S. FISCHER

Maruša Krese

# TROTZ ALLEDEM

Aus dem Slowenischen von Liza Linde

Mit einem Nachwort von Ilma Rakusa und
einem Essay von Jakob Krese

S. FISCHER

Aus Verantwortung für die Umwelt hat sich der S. Fischer Verlag zu einer nachhaltigen Buchproduktion verpflichtet. Der bewusste Umgang mit unseren Ressourcen, der Schutz unseres Klimas und der Natur gehören zu unseren obersten Unternehmenszielen.

Gemeinsam mit unseren Partnern und Lieferanten setzen wir uns für eine klimaneutrale Buchproduktion ein, die den Erwerb von Klimazertifikaten zur Kompensation des $CO_2$-Ausstoßes einschließt. Weitere Informationen finden Sie unter: www.klimaneutralerverlag.de

FSC www.fsc.org MIX Papier | Fördert gute Waldnutzung FSC® C014496

Erschienen bei S. FISCHER

Die Originalausgabe erschien 2012 unter dem Titel »Da me je strah?« bei Založba Goga, Novo mesto, Slowenien.


Satz: Dörlemann Satz, Lemförde
Druck und Bindung: GGP Media GmbH, Pößneck
Printed in Germany
ISBN 978-3-10-397509-3

# 1941

*Angst? Ich? Nein. Schon* seit drei Tagen hocke ich hier im Schnee. Sitze auf einem leeren Rucksack, eigentlich darf ich nicht sitzen, nur hocken. Für einen Augenblick nur würde ich mich gern hinlegen, für eine Sekunde, eine halbe. Das darfst du nicht, hat mir vor ein paar Tagen der Kommissar unserer zerstreuten Truppe ans Herz gelegt. Und jetzt ist er tot. Wir haben ihn noch nicht einmal begraben. Geflohen sind wir, geflohen. Vor den Deutschen, vor den Italienern, vor den Unseren, vor den Weißen, ich weiß nicht. An seiner Leiche vorbei sind wir geflohen.

»Du darfst die Augen nicht schließen«, hat er noch gesagt. Die Augen, seine Augen. Ich lief an ihm vorbei, wie er da im Schnee so lag. Ich sah ihn nicht einmal richtig an. Hätte ich ihm bloß schnell die Augen geschlossen. Ich rannte, rannte nur.

Früher habe ich im Winter gefroren. Früher. Damals war es schön, damals, als ich noch gespürt habe, wie mir der kalte Wind ins Gesicht bläst und die Tränen über die Wangen laufen. Tränen? Ich darf nicht weinen. Nur nicht weinen. Bitte. Sonst bleibe ich liegen, für immer liegen. Diese Kälte, bin ich schon erfroren? Was ist das? Nur nicht die Augen schließen, nicht schließen. Ich kann meine Finger nicht mehr spüren, auch die Zehen nicht. Ich spüre gar nichts mehr. Meine Monatsblutung habe ich schon lange nicht mehr. Bin ich überhaupt noch eine Frau?

Ich höre niemanden. Ist von den Unseren überhaupt noch jemand am Leben? Soll ich zum nächsten Gebüsch kriechen?

Gestern habe ich Katja gesehen. Dort hinter den großen schneebedeckten Baumstämmen hat sie sich versteckt. War sie allein? Wo ist bloß Ančka? Und mein Bruder? Mein jüngster Bruder. Er ist gerade in die erste Klasse gekommen. Ganz stolz, überglücklich ist er gewesen, der Nachbar hat ihm sogar einen Welpen geschenkt. Den hat er mit zur Schule genommen. Nur ein paar Tage lang. Dann sind die Italiener gekommen und der Nachbar mit ihnen. Mit dem Finger hat er auf Vater und Mutter gezeigt.

»Das sind Rote, Rote sind das«, hat er geschrien. Seit wann sind wir Rote, habe ich mich gefragt und vor Angst gezittert. Das war das letzte Mal, dass ich Angst hatte.

»Nicht erschrecken. Ich bin es nur.«

Jemand umarmt mich.

»Ančka. Du lebst.«

—

EINEN MONAT SCHON HABE ich sie nicht gesehen. Sie hat am Feuer gesessen, und ihre Augen waren geschlossen. Sie war schön. Ist sie es immer noch? Lebt sie überhaupt noch? Gestern habe ich ihren jüngsten Bruder in der Jagdhütte gefunden. Barfuß, hungrig, verängstigt. Er weinte.

»Meine Schwester hat gesagt, dass ich nicht weinen darf. Nie. Meine Schwester hat gesagt, dass ich jetzt erwachsen bin«, schluchzte der Kleine.

Ich hob ihn hoch, setzte ihn aufs Pferd und brachte ihn zurück zum Stab. Wir gaben ihm zu essen, wickelten ihn in eine Decke, setzten ihm eine Mütze mit rotem Stern auf den Kopf. Die ganze Nacht hing er wie eine Klette an mir. Ich kann keinen Schritt ohne ihn tun. Er weiß es nicht, nichts weiß er. Er ist verzweifelt. Stumpf vor Schmerz. Die Brüder, die Schwester, die Eltern. Wo sind sie? Der Vater ist im Lager Gonars. Nur das weiß er. Das wissen wir so oder so alle. Soll ich ihn zu den Seinen bringen? Auch sie sind auf der Flucht und verstecken sich schon monatelang. Manchmal berichtet mir jemand, dass er sie gesehen hat. Ich weiß nicht, wie ich ihn trösten soll, was ich ihm sagen soll. Zum Teufel! Soll uns doch endlich alle der Teufel holen. Und wenn ich ihm sage, dass seine Schwester noch lebt? Lebt? Keiner weiß, was mit ihrer Truppe ist. Sie wurden verraten. Und dann? Es ist zu gefährlich, nach ihnen zu suchen. Ist sie am Leben? Sie ist die Schönste, ganz bestimmt. Gewesen? Aber eigentlich hat sie mich nicht einmal angesehen. Ist sie überheblich? Ich weiß, ich weiß. Sie ist aufs Gymnasium gegangen und ich nicht. Sie hat viel gelesen und ich nicht. Trotzdem, wenn sie noch lebt, wenn ich sie finde, gebe ich sie nicht mehr her. Niemals. Und der Bruder? Würde ich so für den Jungen sorgen, wenn er nicht ihr Bruder wäre? Er ist ihr so ähnlich. Zu sehr.

Hier, mitten im Wald, ist es sicher. Sind wir schon in Kroatien? Der Generalstab hat entschieden, dass wir uns alle verstecken sollen, bis dieses Feuergewitter vorbei ist. Ist das richtig? Wir können nicht einfach so hier warten, dass ein Wunder geschieht. Wir müssen weiter. Wir müssen helfen. Wohin? Wer ist wo? Es ist Winter. Der Frühling ist schon wieder spät dran. Wir brauchen einen grünen Wald, dann ist es einfacher. Dann können wir wenigstens Blätter essen. Und Gras. Die ersten Beeren. Bis dahin ist es noch lange. Ist sie am Leben?

Träum nicht rum! Freiwillige, wo seid ihr? Auf geht's.

—

*Ich darf nicht einschlafen.* Jetzt ist erst mal Ančka an der Reihe.

»Wenn ich schnarche, halt mir die Nase zu«, hat sie noch geflüstert, bevor sie die Augen schloss. Sie war sofort weg.

Eigentlich hätte sie mich längst ablösen sollen, aber ich kann sie nicht wecken. Ihr Kopf liegt in meinem Schoß. Ich werde noch ein bisschen durchhalten. Streichle ihr übers Haar. Wann kommen wir endlich zu etwas Wasser, um uns die Haare zu waschen. Alles juckt mich. Bestimmt sind wir schon wieder voller Läuse. Mutter, wo bist du? Wo sind deine sanften Hände, die mir jeden Morgen einen Zopf geflochten haben? Wo bist du? Die Abende, an denen du uns Zichorienkaffee gekocht und Kastanien gebraten hast. Du hast am Kachelofen gesessen und Socken gestopft, Socken für sieben Kinder. Du hast gelächelt und dir unseren Unfug angehört. Erst jetzt kommt mir in den Sinn, dass du wahrscheinlich die ganze Zeit erschöpft warst, dass du allein warst, dass du keine Unterstützung durch deinen Mann hattest, unseren Vater, der immer grimmig und fordernd war und dir ohne Worte ständig zu verstehen gab, dass man ihn zu Hause enterbt hatte, weil er sich für dich entschied. Er hat ewige Dankbarkeit gefordert, und du hast immer geschwiegen. Und die Cousins, die zwei Söhne von Vaters Bruder, der statt dem älteren Bruder den großen Gutshof geerbt und eine Frau geheiratet hatte, die ständig in der Kirche betete, haben in der Schule mit dem Finger auf mich gezeigt und mir ins Gesicht gelacht. Ich habe dir das nie sagen wollen. Wo sind die beiden jetzt? Bestimmt nicht mit uns. Mutter, wo bist du? Der Lojze vom Nachbarn, der sich uns vor etwa einem Monat anschloss, erzählte, sie hätten Vater und dich gefesselt und davongefahren, dass Vater angeblich in Gonars sei, dass über dich niemand etwas wisse und dass meine Brüder in alle Richtungen davongelaufen seien. Unser Zuhause ist jetzt ein italienischer Stützpunkt, und davor haben die Nachbarn sich alles geholt, was noch zu gebrauchen war. Ich bin nicht mehr müde, mir ist nicht kalt, ich habe keine Angst, nur Sorge um euch. Ich darf nicht weinen. Soll Ančka ruhig noch ein bisschen schlafen.

—

Langsam schmilzt der Schnee. Die Jüngsten sind nachts davongeschlichen und am Morgen mit ein paar alten Kartoffeln zurückgekommen, die sie auf einem nahegelegenen Acker gefunden haben. Der Koch hat eine Art seltsame, ungesalzene Suppe zubereitet, und die Jüngsten sind im Nu zu Helden geworden.

Der Spähtrupp ist zurück. Es wird schlimm. Es wird schwer. Wir müssen weiterrücken. Die Deutschen kommen den Italienern zu Hilfe. Nachts haben wir drei Widerstandskämpfer verloren, die im Schnee eingeschlafen sind, und der Sliwowitz ist uns ausgegangen, der den Verwundeten die Schmerzen gelindert hat. Wir werden uns zum Kloster durchschlagen müssen, in dem die Mönche leben, die uns zur Seite stehen. Sie decken uns immer mit Schnaps, Mehl, Fett, mit Trockenfleisch und einer gehörigen Portion Optimismus ein. Wir müssen uns zu ihnen durchschlagen und die Verletzten dort verstecken, wenigstens für ein paar Tage. Die wenigen Pferde, die uns noch geblieben sind, sind viel zu ausgehungert, als dass sie uns noch von Nutzen sein könnten. Was sollen wir mit ihnen?

Wir packen zusammen, verwischen die Spuren und schmieden Schlachtpläne. Ihr jüngster Bruder bittet um eine Flinte oder eine kleine Granate. Eine kleine Granate. Das arme Kind. Werde ich ihn noch weiter schützen können? An seine Schwester versuche ich nicht mehr zu denken. Es tut zu sehr weh.

—

»MEINE LIEBEN KINDER, BLEIBT stark. Vergesst nicht, wer ihr seid, was ihr seid«, sagte unser Slowenischlehrer, bevor er durchs Fenster floh.

Wir zitterten vor Angst und Schrecken. Ins Klassenzimmer traten der Rektor des Gymnasiums, der Religionslehrer und vier italienische Offiziere. Und ein Übersetzer. Mir schien, er war noch blasser als wir. Der Rektor blickte jedem tief in die Augen, schlug mit dem Stock auf den Tisch, später auf unsere Finger und brüllte.

»Wer war es? Wer hat diese Lektüre in die Schule gebracht? Wer hat diesen verräterischen Widerstand organisiert?«

Verräterischer Widerstand? Wer war der Verräter? Wir, die wir die italienische Herrschaft nicht akzeptierten. Wir, die wir dem Lehrer versprochen hatten, nicht zu vergessen, wer wir sind. Wir? Verräter? Der Rektor sagte, wir hätten einen gefährlichen Weg gewählt. Das stimmte. Aber unseren gefährlichen Weg. Noch in derselben Nacht gingen Mara, Katja und ich in den Wald. Wir waren nach der Schule nicht mehr nach Hause gegangen. Maras Bruder hatte vor der Schule auf uns gewartet und uns gewarnt.

»Geht nicht nach Hause. Dort ist die Hölle los.«

Den Lehrer, der sich bei der Flucht aus dem Fenster die Beine gebrochen hatte, erwischten sie. Wir versteckten uns bis zum Abend und kamen nachts über Kontakte zu meinem älteren Bruder, der schon vor ein paar Monaten untergetaucht war.

»Ist besser, wenn ihr nichts wisst«, hatte er noch gesagt, bevor er die Tür hinter sich ins Schloss hatte fallen lassen und gegangen war.

Er musste lachen, als er uns sah. Drei verängstigte Mädchen mit Schultaschen, in Röcken und Sandalen. Es war Sommer.

»Was sollen wir bloß mit euch anfangen«, machten mein

Bruder und seine Genossen sich über uns lustig. Am nächsten Tag gab die Frau des Bauern uns Hosen ihrer Söhne. Nach einer Woche bekam ich feierlich eine Flinte in die eine Hand und ein Glas Met in die andere gedrückt. Und ein paar Tage später, als ich den ersten Menschen erschoss, wurde ich Truppenkommissarin. Genau genommen wurde ich Kommissarin, noch bevor ich die Flinte bekam. Sie schickten mir Ančka als Hilfe, die vom anderen Ende des Landes kam. Ich erblickte und umarmte sie. Im Nu wurde sie mir die Schwester, die ich nie gehabt hatte.

Ančka schläft. Ich streichle sie mit den Händen, die töten. Mit den Händen, die an Mutters Hände erinnern. An die sanften Hände, die mich jeden Morgen gekämmt haben. Hände. Tod. Stille. Stille, die tötet.

—

LANGSAM. LANGSAM. ALLE FÜNFZIG Meter bleiben wir stehen, horchen, warten, und wenn die Patrouille zurückkommt, bewegen wir uns weiter. Wo kommen wir bloß hin, wenn wir so weitermachen? Die Sanitäterinnen sorgen dafür, dass die Verwundeten still sind. Ich will nicht wissen, wie sie das machen. Wäre ich verwundet, ich würde mich auf der Stelle erschießen. So eine Bürde für die anderen zu sein, so abhängig von anderen, so … Nein, ich würde mich sofort erschießen. Ich würde niemanden um Hilfe bitten. Lebt sie, ist sie verletzt? Ich will nicht einmal daran denken.

»Hier übernachten wir«, entscheidet der Kommandant. Wir sind dem Dorf zu nahe gekommen und mussten uns in den Wald zurückziehen. Es ist zu dunkel, um weiterzugehen.

Sie haben mich geweckt, ich soll die Wache ablösen. Aus einem tiefen Traum haben sie mich gerissen. Einem Traum?

Habe ich wirklich geträumt? Ich war wieder der Junge, der seinen Vater zum Bahnhof im nahegelegenen Dorf begleitet. Ich bat ihn, nicht fortzugehen. Ich bat ihn, mich mitzunehmen. Bettelte. Ich weiß nicht mehr, was alles ich ihn bat. Er wollte mir die Tränen mit einem frischen Taschentuch trocknen, das Mutter ihm mit auf den Weg gegeben hatte.

»Das darfst du nicht, das hat Mutter dir mit auf den Weg gegeben«, sagte ich.

Er sah mich an, streichelte mir übers Haar und klopfte mir auf die Schulter: »Du darfst nicht weinen. Jetzt musst du für die Familie sorgen, bis ich genug verdient habe, dass ihr nachkommen könnt.«

Auch der Vater eines Freundes ging fort. Wir beide gingen wieder nach Hause. Langsam, langsam gingen wir. Schweigend. Vor dem Haus saßen Mutter, die jüngeren Schwestern und Brüder. Mutter würde bald wieder ein Kind zur Welt bringen. Ich ging in den Wald, dort zum Bach und weinte. Nach zwei Tagen kam ich zurück. Ich wurde erwachsen. Es kam ein Brief aus Amerika mit drei Dollar darin. Dann noch ein Brief ohne Dollars. Und noch einer. Dann nichts mehr.

Nein, ich habe nicht geträumt. Findet diese Nacht jemals ein Ende? Und dieser Krieg? Noch so einen Winter werden wir nicht überleben. Selbst bei diesem weiß ich nicht, ob wir ihn überleben. Der Freund aus dem Dorf, der mit mir am Bahnhof war, hat sich anders entschlossen. Er ist zu den Weißen.

»Weißt du, mich wird es nicht frieren, und hungrig werde ich auch nicht sein. Und die Meinen sind sicher.«

Hatte er recht? Nein, bestimmt irrt er sich. Zumindest hoffe ich, dass er sich irrt. Das wird ihm noch leidtun. Wenn der Mond sich wenigstens für ein paar Sekunden zeigen würde. Und Sterne! Könnte ich doch bloß heute Nacht, wo ich nicht schlafen darf, die Sterne beobachten. Wie in jenen Nächten, als ich noch Kühe hütete. Ich lag auf dem Rücken und zählte die Sterne, die mich zu Vater trugen. Mit den Sternen reiste ich übers Meer in das Land, von dem es hieß, es sei wundersam und schön. Ich bat die Sterne, Vater zu berichten, wie es mir geht und dass ich wirklich für die Familie sorge, und ich bat die Sterne, mir einen Gruß von Vater zurückzubringen. Damals wusste ich nicht, dass sie so schön sind.

—

»*Warum hast du mich* nicht geweckt?«, fragt sie.

»Du hast wie ein Stein geschlafen.«

»Danke dir für die Rast. Und die Sicherheit. Mach auch du die Augen zu, wenigstens kurz.«

»Ich darf nicht. Es wird schon hell.«

Ich sitze auf einem Felsen. Um mich herum lauter Leichen. Ich bin von einem toten Menschen zum anderen gegangen. Habe ihre Augen geschlossen. Italiener. Deutsche. Partisanen. Ganz gleich. Wie eine Maschine habe ich ihre Augen geschlossen. Bin ich zur Maschine geworden? Was bin ich? Wer bin ich?

Während Ančka versuchte, mich zum Schlafen zu überreden, lief ein Partisan an uns vorbei. Dann noch einer und noch einer. Sie flohen.

»Rennt davon!«, schrien sie.

Wir wurden angegriffen.

»Diese Irren«, rief Ančka, griff die Pistole und rannte in die entgegengesetzte Richtung.

»Angriff! Auf zum Angriff!«, rief sie, als hätte sie den Verstand verloren.

Ich lief ihr hinterher und stimmte ins Geschrei ein. Dabei

kann ich meine Stimme, wenn ich schreie, kaum ertragen. Ich sprang über Büsche und rannte um Leben und Tod. Lieber sterbe ich, als zu fliehen. Uns jagten jetzt auch andere Partisanen hinterher, Partisanen, die noch vor wenigen Sekunden geflohen waren.

Ich sitze auf einem Felsen und blicke auf die Toten. Außer vieren haben alle aus unserer Truppe überlebt. Bin ich wirklich zur Maschine geworden?

»Woher nehmt ihr Weiber bloß diese Kraft?«

Soll das ein Lob sein oder was? Der Kurier kam, um mir zu sagen, dass es Zeit war aufzubrechen.

—

WIE LANGE HATTE ICH schon kein Feuer mehr gesehen. Ich sitze hier im Warmen und warte, dass die Suppe im Kessel fertig wird. Die letzten Tage haben wir nur noch Rinde gegessen, und zehn Verwundete sind uns gestorben. Vielleicht habe ich schon den Verstand verloren? Ich weiß nicht, woher ich all diese Kraft habe. Das ist keine Kraft, das ist Wut, und das ist Wahnsinn. Ein Augenblick, hier und jetzt. Ein Augenblick, in dem du nichts zu verlieren hast. Du schaust dem Gegner in die Augen und weißt: er oder ich! Er oder ich? Manchmal wünschte ich, ich wäre es. Ich wünschte, das alles wäre endlich vorbei.

Ich habe gehört, sie hätten sich gerettet und Ančka und sie seien Kommandantin und Kommissarin des Bataillons geworden. Ich weiß nicht, welche der beiden Kommandantin und welche Kommissarin ist. Haben die im Stab das den Männern zum Spott beschlossen? Sie lebt, habe ich gehört. Wenn ich sie treffe, werde ich sie ansprechen. Schließlich ist ihr Bruder bei mir.

Der Kleine marschiert am Feuer auf und ab, salutiert unsichtbaren Kommandanten und wiederholt unerlässlich: »Ich bin jetzt ein Partisan. Ich bin jetzt ein Partisan.« Der Arme, er hat ja keine Ahnung, was ihn erwartet. Aber nun ist er stolz. Er kann es kaum erwarten, es der Schwester und den Brüdern zu erzählen. Wird er das erleben? Ich weiß nicht, warum ich um ihn mehr Angst habe als um mich.

Gestern haben wir das Schloss angegriffen, in dem ich vor dem Krieg gearbeitet habe. Die Familie des Grafen war schon lange fort, und im Schloss hatten die Italiener sich niedergelassen. Die Schlossbibliothek ist abgebrannt. Ich habe immer noch ein paar Bücher des Grafen. Immer wieder hatte er mir welche geliehen und mit mir debattiert. Ich solle zu Hause grüßen, hatte er mir jeden Abend zum Abschied gesagt und mich bestärkt, ich hätte bald genug verdient, um über den Teich zu fahren und meinen Vater zu finden. Ein eher lächerlicher Trost, der doch jedes Mal kurz half.

Der Dorfpfarrer führte lange Gespräche mit Mutter, bis sie schließlich nachgab. Sie schickten mich auf eine Schule in Ljubljana, ins Aloisianium. Den Großteil der Nächte habe ich geweint, und als ich einem Mitschüler anvertraute, dass ich kein Herr sein wollte, schickten sie mich am nächsten Tag in aller Eile zurück aufs Dorf. In das Dorf, in dem Armut und Misstrauen herrschen. In das Dorf, in das man nur zu Fuß kommt, das Dorf, in dem jedes Haus eine traurige Geschichte verbirgt. Ins Dorf, das auf der Schattenseite des Berges liegt. Ins Dorf, das Bogneča vas heißt. Wenn ich den Namen richtig verstehe, ist es das Dorf, das selbst Gott nicht will. So in etwa.

Ach, Gott. Mit ihm habe ich so oder so meine Probleme. Bisher hat er mich immer verraten. Ich habe mit ihm abgeschlossen.

Oskar setzte sich zu mir. Ich bewunderte ihn. Nein, eigentlich … respektierte ich ihn. Er war aus Spanien zurückgekehrt. Er weiß, was Krieg heißt, und weiß, was Bürgerkrieg bedeutet. Und er weiß, wie das ist, wenn Brüder sich in die Augen sehen, jeder auf seiner Seite. Er weiß alles, aber er will über Spanien nicht sprechen. »Vergiss es«, sagt er jedes Mal, wenn ich ihn frage. »Vergiss es.«

»Ich habe sie gesehen«, sagte er noch. »Aber du wirst dich anstrengen müssen. Sie hat viele Verehrer.« Ich dachte, ich drehe ihm den Hals um. Er grinste mich nur an. Auf ihn wartete seine Frau in Ljubljana. Und ein Kind. Was war mit ihnen? Kann er überhaupt einmal ruhig schlafen?

Ich mache ein Nickerchen. Hier am Feuer. Wann bloß war mir das letzte Mal warm. Ich decke den Kleinen zu. Er schläft schon tief und fest, in der Hand die Mütze mit dem roten Stern. Gute Nacht! Niemand weiß, was morgen kommt. Ruhe. Stille. Angst.

—

*Marija kam in einem* roten Rock zu den Partisanen.

»Bist du irre«, brüllte der Parteisekretär sie an. »Man kann dich kilometerweit sehen!«

Marija weinte: »Du bist doch nicht mein Sekretär. Ich bin nicht in der Partei. Und ich bin geflohen, geflohen, vom Berg aus habe ich zugesehen, wie mein Zuhause brennt. Mein Bruder und meine Schwester und ich, in verschiedene Richtungen sind wir geflohen. Als wir nach Hause gekommen waren, hatten Vater und Mutter erschossen vor dem Haus gelegen. Da rannten wir. Der rote Rock. Mutter hat ihn mir für den ersten Schultag in der neuen Schule genäht.«

Wir sahen uns an: Wir müssen sie in Sicherheit bringen.

»Nachts schlafe ich bei ihr«, sagte ich.

Wenn nachts überhaupt jemand wird schlafen können.

Ich sehe Marija an. Sie hatte im Nachbarhaus gelebt. Ich hatte sie oft beneidet, und das weiß sie. Ich hatte es ihr gesagt. Einige Monate bevor der Krieg begann, war sie mit der Familie aus Amerika zurückgekehrt. Sie hatte das Meer gesehen, hatte es auf einem Schiff überquert. Das Meer. Werde ich es irgendwann einmal sehen?

Marija schluchzt. Ich weiß nicht, was ich sagen soll. Dass ich ihren Vater bewundert habe? Ich erinnere mich, wie wir zu ihm gegangen waren, als die Italiener und die Deutschen die Stadt besetzten. Am Rathaus hing eine Weile die deutsche Fahne, dann wieder die italienische. In einem fort tauschten sie sie aus. Die Stadt war voller Hakenkreuze, und das Gymnasium hatten sie in ein italienisches Militärlazarett umgewandelt. Uns waren nur wenige Klassenzimmer geblieben. Der Italienisch- und Erdkundelehrer, er kam aus der Toskana, sagte uns: »Kinder, vergesst die Politik. Die italienische Sprache und Erdkunde werden euch nützen. Vergesst die Politik. Vergesst sie.« Vergeblich versuchte er, uns ein Lied von einem Huhn beizubringen. Es hatte nur drei Verse. Er verzweifelte an uns.

Und dann standen wir am 1. Dezember, dem verbotenen Feiertag des vereinigten Jugoslawiens, alle auf und gedachten des ehemaligen Landes, das immer noch unsere Heimat war, mit einer Schweigeminute. Auch die Jüngsten in der Schule, obwohl wir ihnen eingebläut hatten, dass sie das nicht dürfen. Sie schickten uns aus der Schule und stellten die Bedingung, dass wir der faschistischen Jugendorganisation GIL beitreten. Wir gingen zu Marijas Vater. Er hörte uns zu, schwieg lange und sah uns an. Und dann sagte er: »Ihr müsst euch selbst entscheiden.«

Die Schule wurde von der Polizei besetzt. Wir zerstreuten

uns in alle Winde. Und jetzt ist er tot. Was soll ich Marija sagen? Dass sie doch mich hat?

Ein schlechter Trost.

—

Der Winter ist vorbei, glaube ich. Die letzte Zeit ist es seltsam ruhig. Die Bauern im Dorf gaben uns Ostereier, Schinken und Potica.

»Wir haben alles segnen lassen«, versicherten sie uns.

Wir badeten im Fluss, schnitten uns die Haare, rasierten uns und schliefen aus.

»Panzer nähern sich der Kolpa«, ruft der herbeieilende Junge aus dem Dorf.

Er fuchtelt mit den Armen. Mit seiner Schwester war ich zur Schule gegangen. Ein paar von uns steigen auf den Hügel. Panzer, Lastwagen, voller bewaffneter Soldaten, Jeeps, Motorräder. Gestern haben wir die Brücke zerstört. Im Wasser bewegt sich etwas.

»Das sind die Unseren«, sagt der mit dem Maschinengewehr.

Ich nehme das Fernglas. Leute auf Pferden versuchen, den Fluss zu durchqueren. Einer mit Bart lässt sein Pferd los und hilft einem anderen, der zu ertrinken droht. Es sind wirklich Unsere, und dieser Fluss ist tückisch. Ich kann sie sehen. Sie redet dem Pferd zu, streichelt es, zieht daran. Sie verliert den Boden unter den Füßen. Lässt das Pferd immer noch nicht los. Die ist doch verrückt. Kraftlos bleibt sie am Flussufer liegen. Wir laufen zu Hilfe.

»Genossin, nimm meine Decke«, sage ich und wickle sie darin ein.

»Ich konnte ihn nicht retten. Ich habe es nicht geschafft«,

flüstert sie. Ihre Lippen sind blau. »Er hat mir so oft das Leben gerettet.«

»Es war doch nur ein Pferd«, sage ich und weiß, was ein Pferd in diesen Zeiten bedeutet. Für meins würde ich mein Leben geben. Mein Leben für ein Pferd. Ich drücke sie ganz fest an mich.

Es ist ruhig, so ruhig. Sie liegt am Feuer. Schläft. Der Bruder umklammert sie. Lässt sie nicht los. Er erzählt ihr von seinen Heldentaten, und sie schläft.

Und Marija? Völlig verzweifelt erzählt sie von ihrem roten Rock. Das Wasser hat ihn davongetragen. »Mutter, meine Mutter hat ihn für mich genäht. Das Wasser hat ihn davongetragen. Den roten Rock.«

Ich werde ihr noch nicht sagen, dass ihr Bruder sich retten konnte, und die Deutschen ihre Schwester geschnappt haben. Dort, am Brunnen beim Weinberghäuschen, haben sie sie erschossen. Wenn der Krieg irgendwann einmal vorbei sein sollte, werde ich ihr einen neuen roten Rock kaufen.

—

*Nur mit Mühe hebe* ich den Kopf. Jemand befeuchtet meine Lippen mit Wasser, und jemand streichelt mich.

»Ančka, du lebst!«

»Du bist verrückt. Du würdest dein Leben für mich geben, für ein Pferd, wahrscheinlich für den Teufel selbst«, schimpft Ančka und lacht.

»Du lebst, du lebst!« Der hagere Junge umarmt mich so fest, dass mir die Luft wegbleibt. »Schwester, schau, was ich bekommen habe.«

Er weint vor Freude und zeigt mir stolz seine Mütze mit dem roten Stern. Wenigstens einer aus der Familie ist am Leben.

Nach den anderen frage ich lieber nicht. Wie viel Angst muss er verspürt haben? Wo ist er nur überall herumgeirrt, und wie hat er sich zu den Partisanen durchgeschlagen? Ich streichle ihm über das einst so gelockte Haar. Was hat er bloß damit gemacht?

»Weißt du, der Kommandant da hat gesagt, mir würde etwas auf dem Kopf herumkrabbeln, und dann haben sie die Haare abrasiert. Aber dafür hat er mir versprochen, dass ich sein Gehilfe sein kann. Kein Kurier, denn dann müsste ich wieder viel allein sein.«

Der Kommandant da? Dort an der Seite, beim Baum steht er und lächelt. Ist das nicht derselbe, der eines Morgens mitten im Winter, als es zwanzig Grad minus war, in unser Lager kam und uns anschnauzte, wir seien bürgerliche Schwächlinge. Bürgerliche Schwächlinge! Wie dreist. Wie arrogant.

»Komm her, komm, setz dich zu uns«, ruft mein Bruder ihm zu.

»Genossin, bist du in Ordnung?«, fragt er mich. Er hat schöne Augen. So dunkel und tief. Darin liegt keine Verachtung. Keinerlei Überheblichkeit. Augen voller Verständnis. Respekt?

Ich nicke und lege den Kopf wieder auf die Decke. Mir ist immer noch schwindelig. Ich kann immer noch den Strudel spüren, der mich ins Unbekannte zieht, dieser Strudel, dem ich beinah nachgegeben hätte. Bin ich dem Tod entkommen? Ich schließe die Augen und beginne zu träumen. Das Meer. Ich bin am Meer.

—

Wir machen Rast. Ich lausche dem Regen, wie er auf die Blätter des Baumes fällt, unter dem ich hocke.

»Weiter geht's«, höre ich. Zum Teufel, ich habe mich noch nicht einmal richtig hingesetzt. Schon wieder weiter. Wir sind durchnässt und voller Schlamm. Ich atme durch. So tief ich nur kann. Auf diesen langen Märschen habe ich mir angewöhnt, langsam und tief zu atmen. Manchmal zähle ich die Sekunden und wie viele Schritte ich mit einem einzigen Atemzug gehen kann. Ich werde immer besser.

»Bist du nicht ins Kloster, um den Sliwowitz für die Verwundeten zu holen? Haben sie ihn dir nicht gegeben?« Hinter mir kommt der Maultierführer angekeucht. Ich kenne ihn noch aus der Zeit vor dem Krieg. Aus dem Nachbardorf. Einst hatten wir Jungs aus unserem Dorf und die aus seinem uns direkt vor der Kirche geprügelt. Alle sollten wir zur Beichte. Keiner von uns ging. Und seitdem haben wir keine Kirche mehr betreten.

»Ja, bin ich. Natürlich haben sie ihn mir gegeben.«

»Hast du nicht wenigstens etwas für uns behalten?«, bedrängt er mich.

Ich schweige. Natürlich habe ich das, aber dafür ist es noch zu früh. Wir haben noch einen langen Weg vor uns. Wir sind auf dem Weg nach Bosnien. Gestern haben sich uns kroatische Delegierte angeschlossen. Irgendwie sind wir misstrauisch.

»Rast!«

»Nur ein Schluck«, flüstert der Maultierführer.

—

*GESTERN HABEN WIR EIN* paar Leute aus dem Dorf abgefangen. Als wir Kinder waren, waren wir ständig zusammen. Ich sehe sie an, wie sie erschrocken auf dem Boden sitzen und warten. Ein Häufchen Elend. Ich bleibe vor Milan stehen. Früher war ich mal verliebt in ihn. Ein bisschen. Eigentlich weiß ich nicht, ob ich es wirklich war.

»Milan, was hast du dir dabei gedacht, dich den Faschisten

anzuschließen? Warum bloß? Warum bist du nicht mit uns gekommen?«

Milan senkt den Blick. »Mit meinem Onkel und dem Cousin zusammen haben wir uns gemeldet. Mein Onkel hat gesagt, dass sein Bruder, mein Vater, sich auch den Weißgardisten angeschlossen hätte. Dass das die Richtigen sind. Auch der Pfarrer hat ihm zugestimmt.«

Ich kann mich an den Tag erinnern, als man Milans Vater auf einem Wagen aus dem Wald brachte. Der Körper war mit einer Plane bedeckt, weil der Anblick angeblich zu schrecklich war. Die Förster hatten eine riesige alte Eiche gefällt, und Milans Vater hatte auf der falschen Seite gestanden. Zu Hause hatten sie fünf Kinder.

Und später am Grab. Nachdem der Pfarrer fertig gebetet hatte, sang der Dorfchor. Milan schloss sich ihnen an. Er stand daneben und sang aus vollem Hals. Über die Wangen liefen ihm Tränen.

Es ist so ein schöner Morgen. Und hier sitzt der verängstigte Milan vor mir. Ich hätte öfter mit ihm sprechen sollen. Hätte ihm erzählen müssen, was die Lehrer in der Schule uns sagten. Wir hatten Glück. Glück? So viele gute linke Lehrer hatten sie in unsere Stadt strafversetzt. Wenn ich an Kosmač denke. Als die Deutschen die Tschechoslowakei einnahmen, erzählte er uns so lebendig von dem Land und seinen Leuten, dass wir uns fast alle als Freiwillige meldeten, den Tschechen zu Hilfe zu eilen. Natürlich wurde daraus nichts. Vor allem war daran meine Tante schuld, die auch an unserem Gymnasium unterrichtete. Französisch. Sie war schrecklich.

»Kinder, spinnt nicht rum«, hatte sie gesagt.

»Wir sind doch schon lange keine Kinder mehr«, widersprachen wir empört. Aber damals hätte ich mit Milan sprechen sollen. Ich habe es nicht getan.

»Was sollen wir jetzt mit ihnen?«

»Vielleicht sollten wir getrennt mit jedem von ihnen reden. Überlasst mir Milan«, sage ich.

Milan ist glücklich.

»Ich werde dein Kurier«, sagt er.

Ich hoffe, ich hoffe wirklich sehr, dass ihm das nicht eines Tages leidtut. Es ist wirklich ein wunderschöner Morgen. Und so eine himmlische Ruhe. Wenn es wenigstens ein paar Tage so bleiben würde!

—

FRÜHMORGENS KAMEN WIR INS Dorf. Die Leute warteten schon auf uns. Sie führten uns zu großen Kesseln, aus denen es duftete. Und wie es duftete! Bosanski lonac, ein geschichteter bosnischer Eintopf.

»Nachschlag gefällig?«

»Noch ein bisschen Rakija?«

Ich fiel ins Heu und schlief. Schlief.

»Wach auf, du Faulpelz! Du hast zwölf Stunden geschlafen. Wach auf!«

»Nerv nicht. Lass mich noch ein bisschen schlafen. Fünf Minuten noch.«

»Wach auf! Wir gehen zu Tito. Verstehst du? Zu Tito! Fünf wurden ausgewählt, zum Gespräch zu ihm zu kommen. Auch wir beide. Steh auf!«

Zu Tito? Meine Knie zittern. Zu Tito? Ich springe auf, rücke die alte Jacke zurecht, spucke in die Hand und richte mir das Haar. Ich spucke wieder in die Hand, aber es ist zu wenig, mir damit die Schuhe sauber zu machen. In der Brusttasche trage ich den aufgesparten Sliwowitz. Soll ich ihn Tito schenken? Tito? Ein slowenisches Geschenk?

Sie verbinden uns die Augen. Ich weiß nicht, wie lange wir gehen. Bergauf, wieder bergab und dann wieder bergauf. Tito. Die verfluchten Knie hören nicht auf zu zittern.

»Genossen, die Lage ist außerordentlich ernst. Wir denken darüber nach, euch, die slowenischen Partisanen, aus Slowenien abzuziehen und Slowenien den Deutschen zu überlassen. Wir können nicht alles kontrollieren. Es ist außerordentlich kritisch.«

Slowenien? Überlassen? Niemals.

Ich taste nach der kleinen Flasche Sliwowitz in der Brusttasche. Sie ist warm. Sie bleibt bei uns.

—

*MIR KOMMT DAS ALLES* wie verkehrte Welt vor. Ich habe mich im Weinberg versteckt und an Weintrauben satt gegessen, so dass mir jetzt der Bauch grummelt. Sie haben mich überraschend zur Kommissarin der Brigade gemacht. Ich habe ganz schön dumm aus der Wäsche geschaut, die Mädchen aus der Brigade haben Katjuscha für mich gesungen, und Ančka ist so stolz, als hätte der Kaiser selbst ihr einen Orden verliehen.

Kommissarin der Brigade. In dem Moment hätte ich gerne das Gesicht meines Vaters gesehen. Er hätte einen Wutausbruch bekommen. Ich bin die einzige Tochter. Mit sechs Brüdern.

»Du wirst nicht mehr zur Schule gehen. Es reicht. Die Jungs werden zur Schule gehen. Daheim gibt es genug Arbeit. Schau nur Mutter an, wie sie von morgens bis abends ackert.«

Damals habe ich das erste und letzte Mal gehört, wie Mutter ihre Stimme hob. Und dann eilte auch noch die Tante, diese widerwärtige Französischlehrerin, zu Hilfe. Die jüngeren Brüder freuten sich, dass ich ihnen weiterhin ihre Hausaufgaben schreiben würde, und der älteste ging grimmig in der Küche auf und ab und traute sich nicht zu erzählen, dass er die Klasse nicht geschafft und ich ihn überholt hatte. Aber er hatte als Einziger von uns schon das Meer gesehen. Das Meer. Der Weinberg. Die Brigade. Vater. Sein wütendes Gesicht. Das italienische Konzentrationslager. Das hatte er nicht verdient. Das war etwas anderes.

Abends, als ich unterm Baum liege und darüber nachdenke, was die Rolle der Brigadekommissarin mit sich bringt, setzt Marko sich zu mir. Ich weiß nicht, ob er mich hasst. Er lacht.

»Du kannst ja wirklich über Wasser gehen.«

Wir waren zusammen zur Schule gegangen. Einmal standen wir im Winter am Bach, und Marko rief mir vom Gegenufer zu.

»Wie bist du auf die andere Seite gekommen?«

»Ach, im Winter können Menschen über Wasser gehen.«

Natürlich war er ins Wasser getreten. Ich hörte das Gebrüll und lief los. Am nächsten Tag verwiesen sie mich fast der Schule. Dann meldete Markos Vater sich zu Wort.

»Der Bengel hat sich das selbst zuzuschreiben, wenn er so verrückt ist, jedem alles zu glauben. Ganz besonders einem Mädchen.«

Jetzt lachen wir beide. Marko hat mich bis auf den Tod gehasst. Das ist noch gar nicht lange her, und jetzt bin ich Brigadekommissarin. Inzwischen sind Jahrhunderte vergangen.

»Marko, du wirst mir helfen müssen.«

»Sind sie schon aus Bosnien zurück?«

—

Ich weiss nicht, ob überhaupt noch Leben vor mir liegt. Schon die ganze Nacht hocken wir hoch oben in den Bergen in Erdbunkern. Den Sliwowitz haben wir ausgetrunken. Der Wind weht, man kann ihn ganz laut hören, und die Wölfe heulen. Manchmal weiß ich nicht, ob ich den Wind oder die Wölfe höre. Und im Tal ist schon Frühling. Die ganze Nacht habe ich das Gefühl, dass das Ende gekommen ist. Das Ende. Das war's, das war das Leben. Ich bin Anfang zwanzig, betrachte die Bilder meines Lebens und warte. Warte. Zum ersten Mal höre ich Wölfe. Gesehen habe ich sie noch nicht. Was alles ich noch nicht gesehen habe. Denk nicht nach.

In Bosnien haben wir nein gesagt.

Bleiben wir jetzt allein?

—

*Zwei auf Motorrädern holten* Marija und mich ab. Beide aus dem Generalstab.

»Kommt, wir gehen ins Thermalbad. Die liegen jetzt in befreitem Gebiet. Wir werden essen, schwimmen und uns prächtig amüsieren.«

»Ins Thermalbad? Natürlich gehen wir.«

Ungeduldig stehen sie am Beckenrand und drängen uns zu gehen.

»Das Mittagessen wird kalt. Ihr seid doch schon zwei Stunden im Wasser!«

»Wir haben es nicht eilig, kein Stück.«

Marija und ich tauchen, bespritzen uns gegenseitig und tollen herum. Die Zeit ist stehengeblieben. Noch ein bisschen, einmal schwimme ich noch hin und her. Noch einmal. Vielleicht doch noch einmal. Das Wasser ist warm, weich und gehört mir. Wir setzen uns auf die Stufen im Wasser und malen uns eine Zukunft aus, ein neues und glückliches Leben. Was in der nächsten Sekunde passiert, ist mir egal. Jetzt, hier, im Wasser, auf diesen Stufen gibt es den Krieg nicht. Es gibt keinen Krieg. In diesem Wasser, das alles Schreckliche augenblicklich davongetragen hat. Ich habe noch nichts Schlimmes erlebt.

Panierte Schnitzel, Reis, Salat und Wein. Noch ein Glas? Ich habe noch nie Wein getrunken.

»Ist unser eigener«, sagt die Wirtin.

Ich bin erschöpft. So schön erschöpft wie noch nie zuvor. Mir ist ein bisschen schwindelig. Marija fallen die Augen zu.

»Gehen wir«, sagt sie. Die beiden Motorradfahrer sehen uns komisch an.

»Es ist spät«, sagt Marija bestimmt.

Die beiden fahren uns wortlos zur Brigade. Ohne sich zu verabschieden, setzen sie uns ab und fahren davon.

»Haben wir was falsch gemacht?«, fragen wir Ančka.

»Ihr naiven Ziegen«, lacht sie. »Glaubt ihr, die haben euch ins Thermalbad gefahren, damit nur ihr Spaß habt?«

Was meint Ančka damit?

Nacht. Wie schön der Mond heute ist. Auch er lacht.

»Gute Nacht!«

—

Wir haben die Kolpa überquert. Jetzt sind wir sozusagen daheim. Ich habe doch wohl auf dem Weg nicht fast aufgegeben? Diese verdammten Wölfe. Noch ein Stück, dann sind wir schon in befreitem Gebiet. Wie sagt man? Auf eigenem Grund und Boden. Irgendwie will mir das alles nicht in den Kopf.

Gulasch wartet auf uns. Die Kinder aus der Partisanenschule heißen uns willkommen. Wenn sie bloß wüssten, wie ausgehungert und, ehrlich gesagt, wie verängstigt wir sind. Wir dürfen uns nicht verraten, wir müssen lachen.

»Winkt ihnen, winkt ihnen zu. Verbergt die Erschöpfung und die Traurigkeit. Singt.«

Wir schleppen uns durch den Wald. Der Boden ist noch nass, und die Blätter faulen. Wie lange werden wir uns noch in diesen Bergen verstecken. Wir sind ja wie Würmer.

»Kennwort.«

»Zum Teufel du mit deinem Kennwort. Wir kommen aus Bosnien zurück.«

Wir sitzen in einer Holzbaracke. Das soll unser Generalstab sein. Hier, tief im Wald, verstecken sich die Baracken. Das ist noch mehr am Arsch der Welt als mein gottverlassenes Dorf. Auch ein paar Intellektuelle haben sie hier untergebracht. Und einen Dichter. Auf die müssen wir aufpassen, sagen sie uns. Das sind wertvolle Leute, sagen sie. Natürlich. Ich weiß zwar nicht, warum, aber von mir aus. Unsere geistige Führung? Ich weiß nicht, ob wir in diesen Zeiten so etwas brauchen.

»Nein, wir verlassen Slowenien nicht. Das habt ihr richtig gemacht.«

Ich schließe die Augen. Höre nur jedes zehnte Wort. Vielleicht nur jeden zehnten Satz. Streiten sie? Wer ist bloß so laut? Braucht es so viele Worte?

Ich kippe auf die Holzbank.

»Ich habe meinen Teil erledigt.«

Jemand deckt mich zu.

—

*Schon wieder Winter. Schon* wieder eine Offensive. Ich schaue nach, ob alle schlafen, ob die Wachen auf ihren Posten sind, ob die Sanitäterin noch wach ist, schaue in den Himmel und zähle, ob alle Sterne noch auf der richtigen Seite sind. Schaue. Horche. Stille. Ich höre nur das Knistern des Lagerfeuers. Lange haben wir diskutiert, ob wir ein Feuer machen oder nicht. Ob es uns verraten wird oder nicht. Das sind die Momente, in denen uns völlig egal ist, was kommt. Hauptsache, wir können uns die Hände wärmen. Wenigstens ein bisschen. Für ein paar Sekunden, ein paar Minuten. Auch die Zehen noch. Auch noch.

Winter. Der Frühling und Sommer sind so schnell vergangen. Den ganzen Herbst hat es nur geregnet, und noch vor Weihnachten fiel der erste Schnee. Weihnachten. Werden wir das noch erleben? Von solchen Tagen wie gestern schaffen wir nicht mehr viele. Aber das denke ich mir sowieso jedes Mal.

Tage wie gestern? Oder war es heute? Ich weiß es gar nicht mehr. Der Kommandant kam und sagte mir: »Du führst das zweite Bataillon ins Tal, und ich gehe mit den anderen den Berg hoch.« Er sah mich an. Schön war er. Nur diese traurigen Augen. Ich erschauderte.

»O Gott«, dachte ich. Ich erschrak vor mir selbst, beinahe hätte ich mich verraten und gesagt: »Du wirst es doch nicht überleben.« Und er überlebte wirklich nicht. Ich hatte es in seinen Augen gesehen.

Ich habe Angst. Ich habe Angst vor mir selbst. Das war mir schon mehrmals passiert. So oft habe ich in den Minuten vor dem Gefecht bei einem Widerstandskämpfer den Tod in seinen Augen gesehen, und jedes Mal durchfuhr mich das Gefühl, er würde nicht überleben. Und jedes Mal geschah es wirklich. Jedes Mal, wirklich jedes Mal flehe ich, obwohl ich nicht weiß, wen ich da anflehe, es möge nicht geschehen.

Wer bin ich bloß? Was passiert mit mir? Diese schrecklichen Ahnungen von Tod. Woher habe ich das? Werde ich anfangen, an Geister zu glauben? Wie ging noch mal dieses indianische Märchen aus? Großvater, Mutters Vater, hat es mir erzählt. Er nähte von Hand und sträubte sich gegen eine Nähmaschine. Stundenlang saß ich bei ihm und hörte seinen Erzählungen zu.

Es ist schrecklich, Ängste und Prophezeiungen in sich zu tragen und darüber zu schweigen. Selbst Ančka traue ich mich nicht, das zu erzählen.

»Du bist ja schon halb irre«, würde sie sagen. Wahrscheinlich hätte sie Angst vor mir.

Alle schlafen. Wie lang diese Nacht sein wird! Und was kommt morgen?

—

MAN HAT MICH BESTIMMT, ich solle ihnen sagen gehen, dass Viktor gefallen ist.

»Dich haben sie lieb, und Viktor war dir wie ein Bruder«, wurde gesagt.

Viktor. Jeden Sonntagmorgen, statt in die Kirche zu gehen, liefen wir zum Bach im Wald, ließen Schiffchen fahren, weit in die Welt hinaus. Viktor war der Kapitän des Schiffs, und ich hielt Ausschau. Immer reiste ich mit Viktors Schiff und zeigte ihm den Weg. Keiner von uns beiden hat je das Meer gesehen. Noch nicht einmal einen richtigen Fluss. Bäche, Gumpen. Unsere Welt.

Gemeinsam gingen wir zu den Partisanen, und ich hatte die ganze Zeit Angst um ihn. So oft übernahm ich an seiner Stelle eine Aufgabe. Ich weiß nicht, warum. Vielleicht, weil er eine Brille trug, und wahrscheinlich, weil er größer war als ich und langsam lief. Große Menschen scheinen mir immer etwas ungeschickt. Manchmal ließen wir auch eine Flaschenpost ins Wasser.

Dann musste ich nach Bosnien. Ohne Viktor. Nachts griffen die Deutschen und die Weißen meine Leute an. Viktor rannte, verlor seine Brille, musste sie suchen und lief dann in die falsche Richtung. Direkt den Angreifern in die Arme. Am nächsten Tag hat man ihn tot aufgefunden. Man wollte mir nicht sagen, wie er aussah. Ich schnitzte ein Holzschiffchen und legte es aufs frische Grab. Lange, sehr lange kniete ich davor.

Die Seinen verstecken sich in einem Weinberghäuschen zwischen den Reben am sonnigen Hang. Nur dass ich nicht auf Viktors Mutter treffe. Mit seinem Vater wird es einfacher.

Er steht dort wie versteinert, blickt ins Leere, und die Tränen laufen ihm über die Wangen.

Ich laufe, laufe davon. Bleibe stehen. Soll ich zurück? Ich bin einfach abgehauen. Wie der größte Schisser. Jemand schnauft den Berg hoch. Es ist doch tatsächlich sie. Wie lange ich sie schon nicht mehr gesehen habe.

»Man hat mich geschickt, ihnen von Viktor zu erzählen und sie zu einem sichereren Versteck zu bringen.«

»Ich bin abgehauen. Dem Vater habe ich von Viktor erzählt, und dann bin ich davongerannt.«

»Dann komm mit und hilf mir.«

—

*Wir saßen auf der* Bank vor dem Weinberghäuschen. Viktors Mutter, der Vater und wir beide. Die Sonne schien. Wir hatten nicht gewusst, dass auch Viktors jüngere Schwester Nežka getötet worden war. Wir aßen Äpfel und Weintrauben. Und die Mutter erzählte, wie der Vater und sie Nežka nachts, etwa eine Woche nachdem sie getötet wurde, wieder ausgegraben und noch einmal hinter dem Weinberghäuschen beerdigt hatten.

»Damit sie bei uns ist«, weinte die Mutter.

»Und Viktor?«, fragte der Vater.

»Dort im Gottscheer Hornwald. Nahe der Basis. Unser Schiffchen habe ich ihm aufs Grab gelegt.«

—

EIN SCHIFFCHEN. BESTIMMT WÜRDE sie mich auslachen. Dem Viktor? Ein Schiffchen aufs Grab? Er war doch kein Kind mehr.

»Kommt mit uns in Sicherheit. Im Hornwald ist ein illegales Lazarett. Kleine Holzbaracken. Selbst wenn man vor ihnen steht, sieht man sie nicht. Dort ist es sicher. Hier verrät euch noch jemand aus dem Dorf.«

»Nein. Wir können Nežka nicht allein lassen.«

Wir warteten und schwiegen. Sahen sie an. Wer würde das Schweigen zuerst unterbrechen.

»Wir haben uns unter der Erde einen Unterschlupf gebaut. Es ist gemütlich.«

»Kommt mit uns. Ihr werdet in Sicherheit sein, und nicht allein. Ihr könnt im Lazarett helfen.«

Sie sahen sich an.

»Kommt lieber ihr mal vorbei. Dann könnt ihr in unseren Gemächern übernachten«, lächelte der Vater und umarmte uns beide. Von der Mutter bekamen wir das Kreuzzeichen über der Stirn.

Wir haben uns nie wiedergesehen.

—

*DIESE HÖLLE WILL KEIN* Ende nehmen. Eis und tiefer Schnee. Er war noch nie tiefer. Sie sagen, ich sei eine tapfere Partisanin, ohne zu wissen, was in mir, dort in meiner Seele, wirklich vor sich geht. Und ich bin eine gute Strategin, sagen sie.

Deshalb werde ich ab jetzt politische Arbeit verrichten. Politik und ich? Möge sich Gott mir erbarmen. Und so gehe ich von Brigade zu Brigade, von Dorf zu Dorf und verrichte politische Arbeit? Welche politische Arbeit? Ich male den Leuten eine helle Zukunft aus, an die ich selbst nicht mehr glaube, und spreche ihnen Mut zu. Lüge ich? Nein, ich überzeuge mich selbst. So wie sie mich.

»Haltet noch ein bisschen durch. Nur noch ein bisschen. Es wird sich lohnen.«

Jeden Augenblick ist Silvester. Wir warten schon drei Tage darauf, dass die Alliierten die deutsche und die weißgardistische Armee bombardieren. Wir beobachten die feindlichen Soldaten und liegen im Schnee. Sie sind in der Übermacht, in großer Übermacht. Wir horchen. Kein Surren der Flugzeuge. Nur von Zeit zu Zeit das Fluchen eines von uns. Wir können nicht mehr warten. Besser, wir sterben im Kampf, als hier in diesem ewigen Warten zu erfrieren. Es ist nicht das erste Mal, dass wir vergeblich auf Versprechungen der Alliierten warten. Und jetzt? Wer trifft zuerst eine Entscheidung?

Wie oft bin ich schon zwischen Leichen gegangen, habe die Toten gezählt und ihre Waffen aufgesammelt. Ich weiß nicht, warum es dieses Mal anders ist. Mit mir geht mein kleiner Kurier Stanka. Er zittert. Er kann die Augen kaum offen halten.

»Lauf zurück zur Brigade. Wärm dich auf und sieh nach, vielleicht haben sie etwas zu essen gefunden.«

Ich gehe zwischen den Toten und zähle. Offenbar stimmt es, dass die Deutschen begonnen haben, die Jüngsten zu mobilisieren. Mir läuft es eiskalt den Rücken hinunter. Es ist das erste, das allererste Mal, dass ich über die Deutschen als Menschen denke. Ausschließlich junge Burschen. Mein Gott, wie sehr ihre Mütter daheim auf sie warten müssen.

Ich kann nicht mehr. Dieser Tod, dieses Blut, diese Traurigkeit, die so stark ist, dass sie selbst das bisschen, was du noch spürst, erstickt.

Wo sind meine Brüder? Ich weiß gar nichts.

—

WENN ES HEISS IST, ist es uns nicht recht, wenn es Winter ist, auch nicht. Die meisten Bachläufe sind ausgetrocknet. Zumindest die, die ich kenne. Wir sind in der Nähe meines Dorfes, trauen uns aber nicht dorthin, weil es von Deutschen und Weißgardisten nur so wimmelt. Was für eine Überraschung werden sie uns dieses Mal bereiten? Ich bin unserem Haus so nahe. Wenn ich bloß dorthin schleichen könnte. Sind die Meinen daheim? Sind sie rechtzeitig geflohen? Ich habe gehört, dass Tonček jetzt ein Kurier ist und auch Zofkas Mann sich den Partisanen angeschlossen hat. Meine Familie ist schon eine großartige Horde von Menschen. Ich weiß nicht, wer von uns das meiste Unglück anzieht.

Wir warten auf die Nacht, damit ein paar von uns mit Feldflaschen zur Quelle ins Tal aufbrechen können, wo wir früher das Vieh getränkt haben. Ins Tal, in dem ich so oft träumte und auf Vater wartete, Pläne schmiedete für die Zeit, wenn er wieder zurückkommen würde. Er hatte zwar versprochen, wir würden ihm nachreisen, aber ich wäre auch zufrieden gewesen, wenn er zurückgekommen wäre. Wirklich. Eigentlich wäre ich glücklich gewesen. Manchmal hatte ich mich so lange mit meinem unsichtbaren Vater unterhalten, obwohl sein Gesicht schon verblasste, dass es dunkel geworden war und Mutter jedes Mal wütend die Nachbarn nach mir schickte. Und dann brüllte sie in einem fort. Während des Gebrülls floh ich in die Scheune und wartete. Meistens die ganze Nacht. Wie ungerecht sie war. Mutter.

»Vater, was für eine Last hast du mir bloß aufgebürdet? Was für ein Erbe hast du mir hinterlassen. Und jetzt bist du nicht hier. Ich weiß, dass du nicht mehr wiederkommen wirst. Wusstest du das auch schon, als du gingst? Wusstest du, dass du alles zurücklässt? Wolltest du das?«

Am liebsten wäre ich weit fortgegangen. Als ob! Vater und Mutter hatten damals das beste Feld verkauft. Es für Vaters Reise nach Amerika verkauft. Was hätte ich nicht alles tun können! Ich wäre durch die Welt gezogen und zur Schule gegangen, aber nicht in diese katholische in Ljubljana und auch ohne die Hilfe des Pfarrers. Dieses verfluchte Erbe des Vaters. »Überleben«, heißt es. Und dann noch die Mutter mit dem versteinerten Gesicht. Ich hatte sie noch nie lächeln gesehen.

Ich bin als Letzter an der Reihe. Fülle die Feldflaschen mit Wasser, drehe mich noch einmal zur Quelle um, zur Jugend, den Träumen und Wünschen, dann mache ich mich wieder auf den Weg den Hang hinauf. Jemand taucht an meiner Seite auf. Umarmt mich. Meine jüngste Schwester Julka.

»Wir sind alle am Leben. Mutter versteckt sich bei der Schwester in Gorenja vas. Bitte, bleib am Leben.«

»Weine nicht und grüß Mutter.«

—

*MANCHMAL SCHEINT MIR, DIESER* Krieg dauert schon Jahrhunderte. Die alten Freunde sind in alle Winde verstreut. Neue kommen. Und alle sterben. Marija haben wir nach Bosnien zum Generalstab geschickt. Dort ist es sicherer. Wir dürfen nicht zulassen, dass die ganze Familie einfach so ausgelöscht wird. So wird wenigstens eine aus ihrer Familie überleben. Bevor sie sich auf den Weg machte, hat sie mir noch einmal einen Zopf geflochten.

»Versprich, dass du auf dich aufpassen wirst. Versprich mir, dass du überlebst«, schluchzte sie.

»Natürlich, du musst mich doch noch ans Meer bringen. Ohne dich kann ich da nicht hin«, tröstete ich sie. Ich bin schrecklich. Manchmal scheint mir, dass der Wunsch nach Meer das Einzige ist, was mich aufrechterhält.

Mara, Ančka und ich winkten ihr nach.

Werden wir uns noch einmal wiedersehen?

Es ist Nacht. Wie viele solcher Nächte, voller Angst und Warten, werden wir noch durchhalten. Angst? Ich habe Angst um andere, nicht um mich. Die Angst um sich selbst schlägt in Gleichgültigkeit um, in Abgestumpftheit, und manchmal verwandelt sich diese Angst auch in Wut und Zorn und die ewige Frage, wie so etwas überhaupt möglich ist. Sind wir denn nicht Menschen? In diesem Zorn bin ich zu allem fähig und frage mich dann, woher diese Kraft kommt. Das sind die Momente, in denen ich vor mir selbst erschrecke.

Ich schaue noch einmal nach, ob die Wachen auf ihren Posten sind und ob für die Verwundeten gesorgt ist. Ich streiche der Sanitäterin übers Haar, die neben einem Unglücklichen mit Bauchverletzung kniet.

»Ich denke, er braucht einen Geistlichen«, flüstert sie.

»Noch nicht. Aber bis morgen müssen wir hier irgendwie raus und ihn ins Lazarett im Hornwald bringen. Sonst ist es aus mit ihm.«

Leise, ganz leise schlüpfe ich zu Mara und Ančka unter die Decke. Mara klammert sich im Schlaf an Ančka fest. Wie lieb ich die beiden habe. Wolken verdecken die Sterne. Hoffentlich regnet es nicht wieder.

»Gestern habe ich die Freundin meines Bruders getroffen. Sie erzählte mir, die beiden bekommen ein Kind. Die sind doch verrückt, in diesen Zeiten«, sagt Ančka.

»Morgen bekommen wir einen neuen Kommandanten«, meldet Mara sich zu Wort.

»Ich dachte, ihr schlaft.«

Marija. Dort auf dem Weg nach Bosnien. War das die richtige Entscheidung? Vielleicht wäre es besser gewesen, sie bleibt bei uns. Nein, es ist schon besser so.

—

ICH KANN ES NICHT glauben, man hat mich zum Kommandanten ihrer Brigade ernannt. Verdammt, gerade ihrer. Mein Maultierführer und mein Kurier haben geweint, als ich mich verabschiedete. Wenn man mich schon fortschickt, soll ich dafür wenigstens etwas bekommen, dachte ich. So bat ich den Kommissar der Division und nahm die beiden mit. Sie sprangen vor Glück in die Luft, der Maultierführer wollte mich aufs Maultier setzen, und der Kurier bat in einem fort, meinen Rucksack zu tragen. Ich ritt voraus. Jetzt sind sie mir auch noch dankbar. Wo sind wir bloß hingekommen?

»Wir treffen uns dort. Ihr wisst ja, wo.«

Alle stehen in Reih und Glied. Ich kann nicht glauben, dass man mich genau hierhin geschickt hat. Ich schüttele jedem Einzelnen die Hand. Bei ihr bleibe ich etwas länger stehen. Und dann auch bei Mara, Katja und Ančka, damit niemand Verdacht schöpft. Wer nimmt mich hier auf den Arm? Diese verdammte Brigade voller Frauen, sind überhaupt noch Männer dabei? Und dann ist sie auch noch Kommissarin.

Ich ziehe mich zurück und fluche. Denen werde ich es schon noch zeigen. Das hat sich bestimmt Miloš einfallen lassen. Er wollte sich dafür rächen, dass ich Zlata zum Arbeiten ins Lazarett geschickt hatte. Er wollte und wollte nicht verstehen, dass ich Sorge um Zlata hatte, dass sie ständig grün, grau und weiß im Gesicht war, sie nicht einmal mehr vierzig Kilo hatte und wir beim Marsch immer auf sie warten mussten. Ihre Beine trugen sie nicht mehr, und so habe ich sie immer auf mein Pferd gesetzt. Würde Miloš sie wirklich liebhaben, hätte er das bemerkt. Es gelingt ihm immer, dass die Frauen alles für ihn tun. Schon daheim. Zunächst die Mutter und die Schwestern, dann auch die Lehrerin in der Schule, die für ihn die Hand ins Feuer gelegt hätte, vom Wald ganz zu schweigen. Die Partisaninnen umschwirrten ihn wie Bienen den Honig. Und Zlata? Sie trauerte immer noch um Tone, den die Deutschen direkt nach ihrer Ankunft in der Štajerska abgeführt und auf dem Schulhof hingerichtet hatten. Und Miloš? Wo hat dieser Mensch bloß sein Herz. Im Lazarett wird Zlata wenigstens regelmäßig zu essen bekommen, und ihr Körper kann sich erholen. Die Trauer wird ihr so oder so bleiben.

Ich lehne mich an den Rest der Mauer des schon längst abgebrannten Hauses. All diese erschöpften Seelen. Meine, ihre, die unseren, die ihren. Wir werden uns wieder zusammenreißen müssen. Ich bin leer, ausgelutscht und aufgezehrt. Als stünde nur noch mein Schatten hier. Wo sind die Zeiten, als ich dachte, das Leben sei zu kurz. Zu kurz für alles, was ich gerne machen möchte. Und heute? Das Leben geht nicht mehr weiter. Es wartet, wartet nur. Wie die Sterne am Himmel, wie die frischen Gräber.

Sie kommt zu mir.

»Dann bist du jetzt also unser Neuer«, sagt sie. Sie hat eine schöne Stimme. Sanft, kein bisschen kommissarisch. Ich höre zu. »Es ist schlimm. Wir haben ordentlich was abbekommen. Noch nie so sehr. Dreißig sind gefallen. Wir haben fünfzig Verwundete und einen Haufen Neuer. Es haben noch nicht einmal alle eine Waffe. Ich weiß nicht, was wir mit all jenen machen sollen, die erschöpft und krank sind. Die können so nicht weiter.«

Sie setzt sich und ich daneben. Was soll ich sagen? Dass alles gut wird? Ein Satz, den ich nicht mehr hören kann. Worte, denen ich nicht mehr glaube. Worte, die ich nicht aussprechen kann. Soll ich ihr ein Wunder versprechen? Verdammt, was soll ich ihr denn versprechen. Einsamkeit? Ich schweige und nehme ihre Hand. Langsam wird es kalt. »Schlaf erst mal, ich bleib wach.«

Ich sehe sie an. Werden wir uns verstehen?

—

*WIR WAREN MEHR ALS* fünfhundert. Sie kamen aus Ljubljana und brachten Grüße aus Bosnien, Mazedonien, Serbien, Kroatien und Montenegro. Der Montenegriner Božo war überglücklich. Ich habe vergessen, warum er überhaupt bei uns ist. Es ist mir peinlich, ihn noch einmal zu fragen. Ich sehe zu, wie er glücklich die Seinen umarmt. Wir sind wie Kinder an Nikolaus!

»Schau, mein Mitschüler ist gekommen. Wir wurden gemeinsam von der Schule geschmissen, weil wir uns einen roten Stern an den Mantel genäht hatten. Jetzt ist er mit meiner Schwester zusammen in der Brigade. Sie hat Typhus überstanden und ist Lehrerin in der Partisanenschule der Division geworden.«

Tränen der Freude und der Erleichterung, des Leidens. Wann ist das alles endlich vorbei? Und was dann? Partisanenschule? Leben? Mutter Gottes.

Wir lauschen den Delegierten aus allen Ecken des Landes, hören Erzählungen von Siegen, Verlusten, abgebrannten Dörfern, eingestürzten Brücken. Hören Geschichten über Gemetzel, über Heldentum, über Tote, über Menschen, die sich mit

Kindern und Verletzten in Höhlen hoch oben in den Bergen verstecken. Hören Geschichten über versprochene Hilfen der Alliierten und Millionen toter Russen. Aber jetzt ist die Rote Armee schon in Polen, und die Amerikaner sind in Frankreich. Frankreich, die Französischlehrerin. Werde ich Paris jemals sehen? Millionen von Juden. Ich höre zu. Das Meer. Ich werde ans Meer gehen.

Nur einmal war ich vor dem Krieg im Kino. Heimlich. Daheim traute ich mich nicht, es zu erzählen. Vater hätte mir wieder Predigten gehalten und über meine Faulheit geschimpft. Kino. Der Film *Maienzeit*. Es war zauberhaft, gern wäre ich sitzen geblieben und hätte weitergeguckt. Meinetwegen auch auf die leere Leinwand. Und jetzt habe ich wieder das Gefühl, als würde ich einen Film schauen. Was für einen Film? Wessen? Wer führt Regie? Und wie geht er aus? Und wann? Ich sehe uns an, wie wir hier unter den Bäumen sitzen, weit von allen Siedlungen entfernt, alle verlumpt, hungrig, versteift. Fürs ganze Leben gezeichnet. Niemand von uns weiß, was kommt, und fast alle sind in Sorge um ihre Familien. Monatelang hören wir nichts von ihnen. Wir zählen die noch lebenden Freunde und klammern uns wie Verrückte aneinander fest und an die kleinsten guten Nachrichten, die so oder so schon alt sind. Doch wir bilden uns ein, sie wären neu und wahr.

Ich beobachte ihn, wie er aufmerksam zuhört. Und nickt. Was denkt er gerade bloß? Über Bosnien schweigt er. Wir bekommen nichts aus ihm heraus. Gar nichts. Auch die anderen, die mit ihm waren, schweigen über den langen Weg. Was war bloß passiert? Aber er ist ein guter Kommandant. Nur manchmal fast zu tapfer.

»Weißt du, ich habe nichts mehr zu verlieren«, sagte er mir mal nach einem Gefecht. »Lieber verliere ich noch mich selbst, als mich wieder jemandem beugen zu müssen.«

Hatte er sich schon jemandem gebeugt? Ich höre zu. Höre ich eigentlich überhaupt noch was? Plötzlich habe ich die Gesichter der Lehrer aus dem Gymnasium vor Augen. Langsam, ganz langsam setze ich ihre Geschichte zusammen und beginne zu verstehen, was sie versucht hatten, uns mitzuteilen. Damals hatten wir uns oft benachteiligt gefühlt, weil man ans Gymnasium in unserem Ort die Lehrer aus ganz Slowenien schickte, die politisch unzuverlässig waren. Viele von uns waren durch sie zu verbotener linker Lektüre gekommen. Jetzt blicken wir hier in den Wäldern auf diese Geschichte aus dem Gymnasium wie auf einen Glückstreffer zurück. Ist das Glück? Ein glücklicher Zufall? Es gibt keine Zufälle.

»*Tito, partija!* Tito, die Partei!« Mara hebt meine Hand. »Wirst ja die Hand heben«, brüllt sie mich beinahe an.

»Warum?«

»Wer zur Partei geht, fragen sie. Natürlich gehst du«, sagt sie und zieht meine Hand hoch. Marija? Wahrscheinlich hebt auch sie irgendwo in Bosnien ihre Hand und ruft: »Tito, die Partei!« Wäre sie jetzt bloß hier. Ich schließe die Augen und sehe die Gesichter der Gymnasiallehrer, die nicken. Einige lächeln mir zu, als wollten sie sagen, jetzt verstehst du es.

Ich hebe auch die andere Hand und sage: »*Tito, partija.*« Ich hasse meine Stimme, wenn ich schreie.

Ich sehe sie an. Alle stehen sie auf und beginnen die Partisanenhymne *Hej, brigade* zu singen. Ich kann die Tränen nicht mehr zurückhalten. Starre auf den Boden. Janez spielt auf dem Akkordeon.

—

Als die Italiener kapitulierten, atmeten wir alle auf. Ohne die Spaghettifresser wird es einfacher, sagten wir. Wer hätte gedacht, dass es Schwabos wie Blätter am Baum gibt. Ich habe das Gefühl, es werden immer mehr. Und der Unseren, die sich ihnen angeschlossen haben.

»Wir verteidigen unser Heim«, sagen sie. Albern sind sie. Was soll daran logisch sein? Sie verteidigen ihr Heim, damit es deutsch wird. Uns beschimpfen sie als rote Teufel.

Letztens brachte sie mir von irgendwoher ein Buch mit.

»Für Friedenszeiten.«

*»Krieg und Frieden.«* Tolstoi. Ich begann zu blättern. Wer hätte gedacht, dass sie mich so gut kennt. Flucht, Hinterhalt, Verrat. Kommandanten und Generäle. Fußsoldaten. Kosaken. Geschütze. Die Heimat verteidigen und sich aufopfern. Irrtümer. Nacht und Kälte. Hunger und Liebe.

Manchmal gelingt es mir, heimlich eine Seite zu lesen. Dass mich ja niemand sieht. Sie würden mich alle auslachen. Alle außer ihr. Letztens, als ich zum Stab ging, habe ich einfach auf dem Pferd gelesen. Ich habe ihm vertraut und war nicht aufmerksam, welchen Weg es wählt. Im letzten Augenblick bin ich davongekommen. Ich weiß nicht, ob mal eine Zeit kommt, in der ich mich unter einem Baum auf den Bauch legen und *Krieg und Frieden* von Anfang bis Ende lesen werde können. Und dann noch einmal. Vielleicht noch ein drittes Mal.

Würde ich an Gott glauben, wäre ich nun überzeugt davon, dass er tot ist. Von allen Seiten haben sie uns angegriffen. Wir haben keine Zeit für die Toten, für die Gräber. Verwundete bitten darum, dass wir sie erschießen, damit sie uns keine Last sind. Aus den umliegenden Dörfern fliehen Frauen mit Kindern. Die Alten bleiben daheim. Die Pferde haben sich in alle Richtungen zerstreut, und der Wind brachte eiserne Schatten.

Hinter dem Felsen liegt Oskar in seinem Blut.

»Oskar, nein. Du darfst nicht.«

Ich schüttele ihn, drücke ihn an mich, rufe nach der Sanitäterin.

In der Hand hält er ein kleines Buch. Gedichte von Lorca.

»Für Marija«, sagt er.

»Du wirst ihr das geben. Schon bald.«

Er lächelt. Stöhnt auf und zieht mich an sich. Er versucht, mir etwas zu sagen. Wie soll ich ihm helfen?

»Du, sei vorsichtig. Sei nicht naiv. Die Partei. Spanien. Ich habe zu viel gesehen.«

»Was zum Teufel hast du gesehen? Oskar, warte.«

Ich rufe nach der Sanitäterin. Es ist alles zu spät. Ich habe schon wieder verloren. Oskar? Spanien? Was hatte er bloß gesehen? Ich? Naiv?

—

*MAN SCHICKTE MICH ZUM* Generalstab, dort in den Hornwald nahe dem Lazarett. Milan sollte mich begleiten. Wir ritten durch den Wald, in dem wir früher als Kinder Verstecken gespielt hatten. An der Bahnstation vorbei, wo mein Vater arbeitete, nachdem sie ihn daheim enterbt hatten. Ich erinnere mich an Onkel Jakob, der ihm zur Anstellung verholfen und dann eingebläut hatte, sich anzustrengen, schließlich hatte er ein gutes Wort für ihn eingelegt. Manchmal kam er uns besuchen und gab Mutter ein Stück Fleisch oder Wurst. Ein andermal Mehl, Eier und Schokolade von der Tante. Für uns Kinder. Heimlich. Vater hätte getobt, hätte er das erfahren.

Wir ritten an den leeren Waggons auf dem Abstellgleis vorbei. Diese alten Waggons waren früher unser Spielplatz gewesen. In ihnen hatten wir die ganze Welt bereist, und alle, wirklich alle waren willkommen. Einst, zu Beginn der Bombardierung von Jugoslawien, standen dort auf einmal neue

Waggons. Sie waren abgeschlossen, und deshalb kletterten wir aufs Dach und reisten davon. Auf einmal kam Vater mit einem anderen Eisenbahner angerannt.

»Ihr Idioten! Verfluchte Rotznasen! Sofort da runter. Ihr spielt mit eurem Leben.«

Milan und ich erinnern uns an die Zeit und müssen lachen. Die Waggons waren nämlich voller Munition.

»Wir hatten wirklich verdammt viel Glück. Was alles hätte passieren können, hätte dein Vater uns nicht bemerkt.«

»Glaubst du, wir haben bis zum Ende des Krieges auch so viel Glück?«

»Glaubst du, es wird ein Ende geben?«

»Wir haben eine Überraschung für dich«, sagen sie im Stab. Sie verbinden mir die Augen, und zwei Partisanen führen mich davon. Auf jeder Seite werde ich von einem gestützt. Schrecklich. Ich weiß nicht, wie lange es dauert. Fünf, zehn, zwanzig Minuten. Vielleicht sogar eine ganze Stunde. Vielleicht überlebe ich das nicht. Kann ich ihnen vertrauen?

»So«, sagte einer der beiden. »Hier wären wir.«

Sie nehmen mir die Augenbinde ab. Ich trete in eine Holzbaracke ein. Erblicke eine Frau, die Bandagen bügelt. Neben ihr sitzt ein Mann, der sie sogleich zusammenrollt. Es ist warm.

»Mutter! Vater! Das kann nicht wahr sein!«

Tränen laufen mir über die Wangen. Mutter wischt sie fort und lässt mich nicht mehr los. Selbst Vater bin ich froh zu sehen. Er umarmt mich. Ich kann mich nicht erinnern, dass er das jemals zuvor getan hätte.

»Dein Kommandant hat angeordnet, dass man uns hierher in Sicherheit bringt. Er ist ein guter Mensch.«

»Du könntest einen besseren haben«, murrt Vater.

Das ist ganz mein Vater, immer noch derselbe. Rein gar

nichts an ihm hat sich verändert. Aber er ist, Gott sei Dank, am Leben. Wann ist er aus Gonars gekommen? Und wie?

»Ihr seid alle am Leben. Alle meine Kinder«, sagt Mutter. »Franc ist irgendwo an der rumänischen Grenze, Jože im slowenischen Küstenland. Und stell dir vor, der kleine Lojze ist Übersetzer geworden. Er war die ganze Zeit krank, und dann brachte ein gefangener italienischer Offizier ihm Italienisch und Englisch bei. Und jetzt übersetzt er. Er ist so glücklich. Stanko und Drago sind in der Gubec-Brigade, und der kleine Ciril ... Na, ihn hast du ja so oder so gesehen. Dein Kommandant hat ihn zu uns gebracht. Erst wollte er nicht bleiben, aber dann haben sie ihn im Lazarett überzeugt, dass sie seine Tapferkeit brauchen. Soll ich dir die Haare kämmen?«

So wie früher. Mutter flicht mir einen Zopf. Wie sehr ich diese Hände vermisst habe. Noch ein bisschen.

»Um Vater steht es nicht gut«, flüstert Mutter mir zu. »Er sagt nichts. Nachts wälzt er sich im Schlaf hin und her. Murmelt irgendetwas vor sich hin. Ich habe keine Ahnung, was er wirklich erlebt hat.«

»Ich muss zurück zur Brigade.«

Mutter umarmt mich und drückt mir einen Apfel in die Hand.

»Milan hat mich begleitet. Er wartet auf mich.«

Noch einen Apfel für Milan.

Wir reiten zurück zur Brigade. Mein Pferd galoppiert doppelt so schnell wie am Morgen. Zumindest scheint mir das so. Als wir angekommen sind, gehe ich schnurstracks zu ihm und umarme ihn.

»Danke.«

Ich habe ihn wirklich gern.

—

HEUTE HABEN SIE UNS überrascht. So sehr, dass wir für einen Augenblick alle versagten. Schnell, verdammt schnell mussten wir uns für etwas entscheiden und zum Gegenschlag ausholen, bevor sie uns schon wieder angriffen. Das dritte Bataillon rüsteten wir zu einer schlagkräftigen Truppe aus achtzig Mann und dreizehn Schützen mit leichten Maschinengewehren um. Kranke, Erschöpfte, Ältere und Neue aus dem Bataillon wurden zusammen mit den anderen und den Stabeinheiten auf die rechte Seite der Krka geschickt. In Sicherheit. Würde es klappen?

Das Problem war, dass keiner der Kranken, Älteren, Erschöpften und Neuen das Bataillon verlassen wollte.

»Nur vorübergehend«, versuchten wir ihnen klarzumachen.

Wo kamen die alle bloß her? Ihre Moral stand uns heute im Weg. Würde ich wirklich mit ganzer Härte durchgreifen müssen? Sie sagte, sie würde mir helfen. Sie ging zum Kommandanten der 15. Brigade. Deren schlagkräftiges Bataillon sollte uns während des Angriffs Rückendeckung geben.

Hatte ich mich verkalkuliert? Schickte ich sie in den Tod?

Vid, der Kommandant der Brigade, die uns Deckung gegeben hat, und ich stoßen mit Schnaps an. Ich frage nicht, woher er ihn hat. Vid gähnt und streckt die Beine aus. Zufrieden nimmt er einen Schluck.

»Woher hattest du bloß diesen teuflischen Plan?«

»Keine Ahnung. Von Gott oder vielleicht telepathisch von Tito.«

»Ihr Irren«, sagt sie und setzt sich zu uns unter den Baum.

»Zwei sind tot, drei verletzt. Aber nicht allzu schlimm. Die anderen schlafen alle schon. Sie schlafen so tief und fest wie schon lange nicht.«

Auch Vid schnarcht. Und wir beide? Heute ist eine Nacht, in

der wir Pläne für die Zukunft schmieden können. Eine Nacht, in der wir uns trauen, von schöneren Zeiten zu träumen. Und?

»Gute Nacht.«

—

*»Dort in der Truhe* habe ich noch ein paar frische Laken und Handtücher«, sagt die Bäuerin. »Bring sie her.«

Ich öffne die Truhe. Es duftet ganz frisch. Neu.

»Das ist die Aussteuer meiner Tochter.«

»Das sind lauter schöne Sachen, ist es nicht schade drum?«

»Die Deutschen haben meine Tochter fortgebracht. Jeden Tag warte ich auf eine Nachricht von ihr. Aber es kommt nichts. Letztens bin ich zu unserem Pfarrer. Der ist mit den Deutschen gut gestellt, und ich dachte, er würde mir helfen. Er hat mich nur angebrüllt. Als wäre der Satan persönlich in der Kirche aufgekreuzt und nicht ich. Nimm schon. Wirklich. Meine Lenka wäre froh, wenn sie wüsste, dass sie die Aussteuer nicht umsonst vorbereitet hat. Ganze Nächte lang hat sie daran genäht. Glücklich war sie. Ihr Freund ist noch rechtzeitig in den Wald abgehauen, untergetaucht. Ich weiß nicht, was mit ihm ist.«

Ančka wischt ganz grün im Gesicht der Freundin ihres Bruders den Schweiß von der Stirn, die Tränen. Mara presst dem Mädchen die Hand auf den Mund, damit es nicht schreit. Wegen der Nachbarn.

»Beiß ruhig rein, wenn es hilft. Pressen. Feste. Noch einmal. Weiter. Atmen! Tief und schnell. Pressen!«

Mara wirkt so entschlossen, man könnte glatt meinen, sie habe ihr Leben lang nichts anderes getan, als Kinder zur Welt zu bringen.

»Noch einmal! Komm! Nur noch ein bisschen.«

Die Freundin von Ančkas Bruder verdreht die Augen. Bald ist nur noch das Weiß darin zu sehen. Ganz blau ist sie im Gesicht. Kraftlos. Sie flüstert. Etwas, das wie »Mutter« klingt. Ich sorge für frische Laken und Handtücher, stopfe Scheite in den Herd, trage Töpfe mit warmem Wasser und beneide uns alle kein bisschen. »Die Liebe«, denke ich, »wohin das alles führen kann. Liebe in diesen Zeiten. Man darf sich ihr nicht hingeben. Das darf man nicht, das geht nicht.«

Die ganze Zeit denke ich an ihn. Jetzt, da ich dieses arme Mädchen sehe, das noch nicht einmal ein Kind zur Welt bringen darf, ohne Angst zu haben.

»Noch nicht«, hatten wir beschlossen. Es war schwer. Aber dann wurde er so oder so zu geheimen Gesprächen nach Vis geschickt. Was würden sie bloß wieder beschließen? Werden wir es dieses Mal erfahren? Aber Vis liegt im Meer. Eine Insel im Meer. Mit dem Schiff sind sie gefahren.

»Schnell, schnell. Ich brauche frisches Wasser«, schreit die Bäuerin beinahe. »Ein Handtuch.«

Plötzlich höre ich eine zarte Stimme, wie das Mauzen eines kleinen Kätzchens. Woran erinnert mich diese Stimme bloß? An das abgekämpfte Gesicht meiner Mutter, an die Geburt des kleinen Bruders. Und noch eines und noch eines Bruders. Insgesamt habe ich sechs Brüder, keine einzige Schwester. Vor mir sehe ich meinen Vater, der wie ein Gockel durchs Dorf stolziert. Er fühlt sich wie ein echter Mann, weil ihm lauter Söhne geboren werden.

Ich schaue in das lächelnde Gesicht der Bäuerin. Ančkas Lachen, Maras Lachen. Auch das Mädchen lächelt.

»Es ist ein kleines Mädchen«, sagt die Bäuerin mit sanfter Stimme.

»Lenka soll sie heißen«, sagt das Mädchen. Der Bäuerin laufen Tränen über die Wangen. »Lenka«, flüstert sie. »Sie muss überleben. Dieses kleine Partisanenkind.« Sie zeichnet ein Kreuz über das Bündel in ihrem Schoß. Die Kleine könnte ihre Enkelin sein.

Ančka küsst die Freundin ihres Bruders auf die Stirn.

»Stellvertretend für ihn.«

Wir warten, bis es dunkel wird. Lange genug haben wir das Leben der Bewohner in Gefahr gebracht. Bis jetzt hatten wir Glück.

Es ist Nacht. Eine nach der anderen schleichen wir vom Haus zum Wald. Der Junge, der auf dem Bauernhof hilft, winkt und treibt uns an.

»Schnell, schnell.«

»Geh mit ihnen«, sagt die Bäuerin, drückt ihm ein großes Paket in die Hand und schließt die Haustür. Schnell muss sie unsere Spuren verwischen.

»Viel Glück, und danke.«

Dass nur das Kind nicht anfängt zu weinen. Mara hält dem kleinen Mädchen die ganze Zeit ihren Finger in den Mund. Ančka zieht das entkräftete Mädchen hinter sich her.

»Ich nehme sie mit aufs Pferd«, sage ich.

Der Wind weht. Langsam reiten wir durch den Wald, am Dorf vorbei, in dem der deutsche Stützpunkt ist. Der Junge vom Bauernhof zeigt uns den Weg.

»Kann ich bei euch bleiben?«

Ich nicke. Die Kleine schläft. Schaffen wir es bis zum Morgen in die befreiten Gebiete? Es regnet. Wir sind am Fluss angelangt. Hier liegt fast schon die Grenze. Die andere Seite gehört schon zu uns. Licht. Die Unseren. Jemand kommt mit einem Boot angerudert. Nimmt das Mädchen und die kleine Lenka mit.

»Geht in Gottes Namen«, brummt Mara.

Zum Teufel, seit wann ist jetzt auch noch Mara so fromm, frage ich mich.

»Weißt du, das habe ich einfach so gesagt. Ich hatte die ganze Zeit so viel Angst. Um die Kleine, um sie, um die freundliche Frau vom Bauernhof. Um uns.«

Wir sitzen unter einem Baum und warten darauf, dass es aufhört zu regnen und hell wird. Aus dem Dorf hört man einen Hahn krähen. Liebe? Manchmal ist der Preis zu hoch.

—

So, JETZT HABE ICH zum ersten Mal englische Piloten getroffen. Überhaupt habe ich zum ersten Mal Engländer getroffen. Sie boten uns Zigarren und Whisky an.

»Nicht schlecht.« Miloš genießt es. »Zum Glück hat man uns geschickt.«

Die Engländer sprechen uns Mut zu und loben uns über den grünen Klee. Warum haben sie das nicht schon früher getan? Und ihre Hilfe, warum erst jetzt? In den höchsten Tönen sprechen sie von ihrem König und seiner ganzen Familie, und Vinko bemüht sich zu übersetzen. Die ganze Zeit kratzt er sich am Kopf und schaut in den Himmel. Als würde dort die Erlösung stehen.

»Sag ihnen, dass unsere Majestät sich bei ihnen verkrochen hat. Mitsamt der ganzen Regierung.«

»Warum sind sie überhaupt gekommen?«, fragen wir uns. Wie unbekümmert, fröhlich sie sind. Ausgeruht. Richtige Komiker im Vergleich zu uns.

Gespräche. Tag und Nacht. Streitereien. Pläne. Zum Glück habe ich in der jugoslawischen Armee gedient und diese Mischung von Sprachen gelernt. Neben mir sitzt ein alter Mazedonier. Mit weißem Schnurrbart und einem warmen Lächeln.

Immer mal wieder haut er mir auf den Rücken und sagt: »*Ej, brate moj.* Grüß mir deine Slowenen, mein Bruder.«

Und Stevo aus Bosnien. An ihn kann ich mich von unserer letzten Reise erinnern.

»Manchmal denke ich, uns ist nicht mehr zu helfen«, sagt er. Alle, die damals mit ihm beim Treffen waren, sind schon gefallen. Auf dem Weg zurück. Auf dem Weg nach Hause.

Wissen wir überhaupt noch, was wir tun? Das mit der Partei ist so schnell gegangen. Es ist nicht lange her, da wusste ich noch nicht einmal, was Kommunismus ist. Dann hat sie mir das schnell erklärt. Sie ist klug. Kein Wunder, dass sie für politische Arbeit ausgewählt wurde, obwohl sie immer noch Kommissarin in der Brigade ist. Na, wenn es so kommt, wie sie mir die Sache erläutert hat, wird es nicht schlecht. Wenn es so kommt?

Ich sitze am Meer, mit den Beinen im Wasser, und schaue in die Ferne. Ein warmer Wind weht, und ich wäre gerne auf einem Schiff, das ins Unbekannte fährt. Egal wohin. Nur weg vom Krieg, dem Hunger und den schlaflosen Nächten. Weg von all diesem Unglück. Weg von immer neuen Entscheidungen, von denen unaufhörlich Menschenleben abhängen. Weg. Weit weg in eine neue Welt, in neue Gerüche und andere Farben, unter andere Menschen. Nur weg. Ins Schöne. Sie würde ich mitnehmen. Würde sie mitkommen? Sie träumt doch ständig vom Meer, einem neuen Leben, einem Schlaf ohne Angst.

Diese verdammte Realität, dieses verdammte Leben. Die Deutschen machen von allen Seiten Druck. Immer mehr. Tschetniki, Ustascha und Weißgardisten wie Blätter am Baum. Ich weiß nicht, woher die alle kommen. Der König meldet sich wieder zu Wort. Dort, im sicheren Ausland. Und hier auf Vis warnt man uns neben alledem auch noch vor der Roten Armee. In keinen Ort dürfen sie vor uns stoßen, befiehlt man uns. Warum? Das sind doch die Unseren. In einem wunderbaren Kuddelmuddel sind wir hier gelandet. Würde doch bloß jemand entschieden das letzte Wort sprechen!

Wir marschieren schon tagelang. Überwiegend nachts. Nicht zum ersten Mal, nicht das letzte Mal. Ich bin schon voller Blasen. Über uns die Flieger der Alliierten. Sie fliegen in Richtung Italien. Auch ein Flugzeug wäre nicht schlecht. Anstelle eines Schiffs.

—

*Es ist Winter. Noch* ein Winter. Wieder Winter. Schon im ersten Winter habe ich gesagt, dass ich noch einen nicht überlebe. Jetzt ist es der vierte. Noch einen überlebe ich wirklich nicht. In der Brigade wird viel getuschelt. Immer wieder kommt jemand mit einer neuen Geschichte an.

»Man sagt, er habe eine Truppe Zigeuner umbringen lassen, weil sie zu spät kamen«, flüstert Katja, während wir hinter einem Strauch auf der Latrine hocken. »Wirklich, Marko hat es mir erzählt.«

»Sei still, du weißt doch, was alles über Dušan erzählt wird. Glaub das nicht.«

»Ich denke, es ist Zeit, dass du ein bisschen mehr deiner Intuition vertraust. Du hast immer das richtige Gespür für Menschen, aber dann vergisst du es auch wieder.«

Man hatte Dušan zu uns geschickt, damit er unseren Kommandanten vertritt, bis der von Vis zurückkommt. Eigentlich darf niemand wissen, dass er auf Vis ist. Ich kann ihn kaum erwarten, und noch schwerer ertrage ich diesen stellvertretenden Kommandanten. Diesen Dušan. Er ist ruppig und arrogant. Ich mache mir Sorgen um unsere Jungs, dass sie sich ihm widersetzen könnten. Letztens hätte ich ihn selbst am liebsten erschossen. Nicht erschossen, ich weiß nicht, was ich wirklich mit ihm gemacht hätte. Immer noch sehe ich die weinenden Kinder, die schweigenden Frauen und Männer, den Alten, der lauthals flucht. Er hat ihn einfach zu Boden gestoßen. Wir gingen durch ein Dorf, aus dem wir die Weißgardisten vertrieben hatten. Wie die rannten! Sogar meinen Cousin sah ich unter ihnen. Zumindest meine ich, dass er es war. Einfach lächerlich.

»Warum lachst du?«, fragte Ančka neugierig.

»Ein andermal.«

Die Dorfbewohner begrüßten uns, und plötzlich hörte ich Geschrei. Eine Frau mit schwarzem Kopftuch versuchte, einem der Unseren ein Huhn aus den Händen zu reißen.

»Bist du verrückt geworden«, brüllte ich ihn an.

»Nicht ich, der neue Kommandant da«, sagte der junge Partisan, ganz rot im Gesicht. »Er hat befohlen, wir sollen aus den Häusern das Essen einsammeln.«

»Bist du verrückt«, drehte ich mich zu Dušan um. »Mitten im Winter. Sie geben uns immer etwas ab, solang sie es nur haben.«

»Schweig«, brüllte er, und in seiner Hand sah ich eine Pistole. Vermutlich hat er diese Truppe wirklich umgebracht, durchfuhr es mich.

Ich sah, wie ein Bauer einen Wagen mit eingespannten Ochsen herankarrte. Und noch einen Bauern und noch einen Wagen. Und noch weitere. Die Leute luden wortlos Essen auf. Mehl. Geräuchertes Fleisch. Hühner. Schmalz. Und ein Weinfass.

»Lass ihnen wenigstens etwas«, sagte ich. Er schaute mich nicht einmal an. Ich drehte mich um und ging langsam weiter. Wie viele solcher Dušans gibt es bloß unter uns, frage ich mich.

Winter. Und noch ein Winter. Der jetzige ist der schlimmste. Und die Dorfbewohner?

—

»IVAN HAT UNS VERRATEN«, muss ich mir immer wieder anhören. Ivan? Verraten? Ivan wurde gefangen genommen, gefoltert und eingesperrt. Sein kleiner Sohn und seine Frau sind auch im Gefängnis. Sie hatten ihm angedroht, den Kleinen zu quälen. Und die Frau. Ivan hat angeblich sein Schweigen gebrochen, und dann haben sie ihn umgebracht. Niemand weiß, wo seine Leiche abgeblieben ist. Ivan, ein Verräter?

Ich borgte mir eine Hose vom Bauern, zog die Uniform aus und ging nachts schweren Herzens zu Ivans Frau. Lange stand ich vor dem Haus und klopfte dann ganz leise ans Küchenfenster. Leise, beinahe flüsternd, rief ich nach ihr. Damit die Nachbarn mich nicht hörten.

»Mach auf, ich bin's.«

Ich umarmte sie. Wir betrachteten den kleinen, schlafenden Jungen.

»Er sieht Ivan ähnlich«, sagte ich verlegen. Fällt mir wirklich nichts Bescheuerteres ein. Was bin ich doch für ein Esel.

»Weißt du, ich habe keinen Namen mehr. Jetzt nennen mich alle nur noch die Frau des Verräters.«

»Hör auf, wir bestimmt nicht. Wir würden dir gerne helfen, aber das geht nicht. Du weißt doch, das steht nicht in unserer Macht. Aber wir können euch ins befreite Črnomelj bringen.« Fast stotterte ich.

»Welche Blicke man uns da erst zuwerfen würde.«

Sie starrte auf den Boden.

Es stimmte, welche Blicke würden sie dort ertragen müssen? Dieser verdammte Krieg. Was er alles mit uns macht. Ivan, der Verräter. Ich weiß nicht, das kann ich mir schwer vorstellen. Ich weiß, dass auch die Brigade Ivan für einen Verräter hält. Keine Ahnung. Ich habe keine Kinder, keine Frau. Und ich weiß nicht, was ich tun würde, würde man meine jüngste Schwester vorführen und mir damit drohen, dass sie gefoltert wird, sollte ich den Mund nicht aufbekommen. Ich weiß nicht. Eigentlich weiß ich, dass ich alles tun würde, um sie zu retten. Ich weiß, ich würde selbst den Teufel auf Knien anflehen, nur damit ihr nichts passiert.

Langsam kehrte ich zur Brigade zurück. Durch den finsteren Wald, in dem sie Ivan erwischt haben. Durch den schrecklichen Wald, in dem wir noch vor wenigen Tagen um unser Leben rannten. Ein schlafendes Kind und eine verlorene Frau. Ich muss sie irgendwie ins befreite Gebiet schaffen, ich muss einfach. Ich muss mit den anderen sprechen. Sie daran erinnern, dass wir alle nur Menschen sind. Sind wir überhaupt noch Menschen? Langsam werden wir zu Bestien. Und sie? Sie ist allein. So allein.

—

*Wir hören Geschichten, von* allen Seiten Geschichten. Geschichten von Deutschen, die vergewaltigen. Geschichten von Russen, die vergewaltigen. Geschichten von blutigen Flüssen. Geschichten von Leichen, die darauf treiben. Geschichten vom befreiten Belgrad. Geschichten von Tausenden Toten. Sie hatten geglaubt, die Vojvodina sei auch schon befreit, und sich verkalkuliert. Wir leben die Geschichten. Immer nur Geschichten. Wir fliehen in alle Richtungen, greifen im Sturm kreuz und quer an. Schießen, so viel, wie es nur geht. Schießen, solange wir noch Munition haben. Schießen auf Leben und Tod. Manchmal habe ich Angst, in diesem ganzen Grauen schon auf die Unseren zu schießen. Tod. Immer nur der Tod. Selbst die Blumen haben aufgehört zu blühen. Und die Vögel? Ich kann mich nicht mehr an sie erinnern.

Heute tragen mich alle auf Händen. Ich denke lieber nicht daran, warum. Manchmal sind Menschen einfach nur Feiglinge. Angsthasen. Gestern war ich auf der Versammlung beim Generalstab. In einem kleinen Haus inmitten einer Lichtung. Für einen Augenblick wurde ich ganz sentimental. Ich setzte mich auf die Bank vor dem Haus und träumte vor mich hin. Träumte von ihm, von Kindern, vom Leben. Träumte von Freiheit.

»Wir sind umzingelt!«

»Umzingelt«, brüllt Janez noch lauter als die anderen.

»Wir müssen fliehen!«

»Bist du verrückt?! Wir sind geliefert.«

Ich schaue sie an, diese verängstigten Helden.

»Wir müssen uns ergeben. Uns bleibt nichts anderes übrig.«

»Nichts da. Bevor die hier reinkommen, erschieße ich mich. Wir alle werden uns erschießen.«

»Wir müssen fliehen«, sage ich wieder.

»Wohin denn? Ihnen direkt in die Arme?«

Ich schaue sie an und renne los. Geduckt, den Blick auf den Boden geheftet, um nicht zu stolpern. Das wäre mein Ende. Ich rede mir ein, dort im Wald würden er und alle meine Brüder auf mich warten. Mutter. Vater. Noch ein Stück. Nur noch ein bisschen. Halte durch, lauf, lauf.

Im Wald werfe ich mich auf den Boden und sehe nach. Niemand im Haus bewegt sich. Ich warte. Was zum Teufel trödeln die da so rum? Ich stehe auf, atme tief durch und laufe wieder zurück ins Haus. Ich bin wütend. Halte mir die Ohren zu, damit ich die Schüsse nicht höre. Und die deutschen Beschimpfungen.

»Seht ihr, der Mensch kann zweimal am Leben bleiben.«

Und wieder laufe ich zurück zum Wald. Jetzt rede ich mir nicht ein, dass dort jemand auf mich wartet. Jetzt will ich den Irren nur zeigen, dass ein Mensch nicht nur einmal, sondern gleich dreimal am Leben bleiben kann.

Ich setze mich hin und sehe mir dieses Glück an. Wir sind alle am Leben. Sie klopfen mir auf die Schultern, diese Männer. Gerne wäre ich allein und würde eine Kerze anzünden. Allein. Fordere das Schicksal nicht heraus. Vergiss nicht, wie verletzlich dieses Leben ist. Meins, deins. Das Leben. Ich schließe die Augen.

—

Sie hatten mich erkannt und ich sie. Um Haaresbreite bin ich ihnen entwischt. Früher, vor dem Krieg, waren sie alle Ministranten gewesen. Dauert dieser Krieg eigentlich nicht schon das ganze Leben? Haben wir wirklich einmal ohne dieses ganze Gemetzel gelebt? Ich kann mich an nichts anderes mehr erinnern. Letztens habe ich geträumt, dass ich knietief im Blut stehe. Ich dachte, ich würde die Beine ins Wasser unseres Dorfbaches baumeln lassen. Aber es war nicht unser Bach, sondern ein Blutbach. Mutter stand am Ufer und brüllte.

»Rotzbengel, wo spielst du schon wieder! Raus da!«

Und ich konnte die Beine nicht bewegen. Und den Mund nicht öffnen. Nicht einen Ton brachte ich heraus. Mit den Händen versuchte ich, ihr zu deuten, dass ich nicht kann. Und sie brüllte immer weiter. Und ich? Würde ich ertrinken?

Alles war friedlich gewesen. Ich war den schmalen Weg an der Weide entlanggegangen. Hatte den Krieg vergessen. Die Sonne schien, und es überkam mich einfach, ich fing an zu pfeifen. Plötzlich standen sie vor mir. Ich blieb stehen und sah sie an. Und sie mich. Niemand griff nach der Waffe, auch ich vergaß die Pistole. Dafür erinnerte ich mich aber, wie sie die Nase gerümpft hatten, wenn Mutter ihren armseligen Korb in die Kirche brachte, damit der Pfarrer ihn segnet. Ich streckte ihnen die Zunge heraus und sprang hinter den nächsten Busch.

»Los, fangt mich doch!«

Ich verspürte eine ungeheuerliche Freude dabei, als ich von einem Gebüsch zum anderen hüpfte.

»Hier bin ich! Kommt schon!«

Sie rannten mir hinterher. Teilten sich in zwei Gruppen auf.

»Na kommt schon, ihr Verräter, ihr Weichlinge!«

Ich hörte sie fluchen, und es machte mir ungemein Spaß. Ich sah, wie sie mit der Flinte auf ein Brombeergestrüpp zielten, und verlor langsam das Interesse. Dann kehrte ich auf den Weg zurück und ging weiter, als wäre nichts passiert. Ob sie mich noch immer suchen?

Die Unseren verstanden nicht, warum es mich so amüsierte. Aber in mir war die Verbitterung, die Erniedrigung von damals wieder hochgekommen. Und Mutters Osterkorb. Ich kann mir nicht helfen. Da ist dieser ganz schreckliche Wunsch nach Rache.

—

*VIELLEICHT, VIELLEICHT JA WIRKLICH.*

Am liebsten würde ich alles hinwerfen. Noch nie hat mich etwas so sehr verletzt. Selbst mein Vater ist zu so einer Glanzleistung nicht fähig. Vielleicht gehe ich wirklich einfach weg. Soll ich es etwa vergessen? Das kann ich nicht. Das will ich nicht. Wie könnte ich es bloß vergessen!

»Blutkommissare«, hat er geschrieben.

Ančka tobt vor Wut. Mara ist in den Wald, damit niemand

sie sieht. Katja ist Gott sei Dank nicht da, weil sie ins befreite Gebiet geschickt wurde, um in der Partisanenschule zu unterrichten. Diesen Winter sind ihr auf dem langen Marsch die Zehen am rechten Fuß erfroren, und man musste sie ihr abschneiden. Seitdem hat sie ununterbrochen Beschwerden. Nicht nur in der Seele. Sie kann wirklich nur schwer gehen und spürt immer noch die Zehen, die sie nicht mehr hat. Wie oft habe ich sie nachts weinen gehört. So leise. Katja, das wird schon!

Und ich sitze verloren hier vor dem alten, zerfallenen Weinberghäuschen und grüble. »Blutkommissare«. Unser großer, unser angeblich größter Intellektueller, der, auf den wir alle andauernd aufpassen, damit er mitten im Krieg in Ruhe und im Warmen nachdenken und künstlerisch tätig sein kann, hat uns, den »Blutkommissaren«, einen Schlag versetzt. Alle sagen mir, es sei albern, dass mich das verletzt. Gerne würde ich ihn bei uns aufnehmen. So für einen Monat, damit er mit mir »kommissaren« kann. Am liebsten im Winter. Ich würde ihm zeigen, wie das so aussieht, wenn wir fliehen. Wenn du denkst, dass alle schon in Sicherheit sind, und du dann noch einmal zurückmusst, um dich zu vergewissern, ob wirklich alle davongekommen sind, ob alle Verwundeten fortgetragen und alle Spuren verwischt wurden. Egal, wie nah der Feind ist. Wie oft ist es schon passiert, dass ich noch einen schlafenden jungen Kerl gefunden habe, der so erschöpft war, dass er von alledem um ihn herum nichts mitbekam. Jung? Ich bin doch selbst noch keine zwanzig. Und schon so alt. Voller Blut? Was ich durchlebt habe, sind Jahrhunderte. Dann würde ich mit ihm, dem Intellektuellen, und der Brigade den Fluss durchqueren. Du gehst als Erste ins Wasser, um zu sehen, ob es sicher ist. Ob der Fluss nicht zu tief ist, ob da keine Strudel sind. Alle Eventualitäten musst du überprüfen. Vor lauter Grauen und Schrecken möchte ich den Tod am liebsten anschreien. Und wieder. Völlig durchnässt wartest du, bis alle am anderen Ufer angekommen sind, und gehst dann noch einmal durchs Wasser. Wieder als Letzte. »Blutkommissare« schlafen von allen am wenigsten. Dafür bleibt irgendwie nie genug Zeit. Nach einem schweren Gefecht musst du dich erst einmal mit dem Kommandanten besprechen. Wie viele Tote, wie viele Verletzte? Wer ist geflohen? Was haben wir vermasselt, wo waren wir zu schnell und unüberlegt, wer ist nicht für die erste Reihe gemacht und auf wen müssen wir in Zukunft achtgeben? Unzählige Fragen, oft ohne Antworten. Entscheidungen. Zu oft schicksalhaft. Und dann, wenn alle schon schlafen, auch der Kommandant, musst du noch eine Runde drehen, nachsehen, ob das Feuer, das uns verraten könnte, gelöscht ist. Nachsehen, ob die Sanitäterinnen die Verwundeten, so gut es geht, versorgt haben und ob alle Wachen auf ihren Posten sind. Lange, sehr lange kannst du nicht einschlafen, und morgens bist du wieder die Erste, die bereit sein muss. Und das Essen? Auch hier kommst du als Letzte an die Reihe. Auch jetzt habe ich Hunger.

Am liebsten würde ich alles hinschmeißen. Nichts deutet auf ein baldiges Ende hin. Ich blicke das Tal hinunter. Soll ich direkt losmarschieren? Ich würde einfach in dieses Häuschen zu Viktors Eltern gehen. Lange habe ich schon nichts mehr von ihnen gehört. Leben sie überhaupt noch?

»Verdammter Hund«, sagt jemand und setzt sich neben mich. Er ist es. Der Kommandant. Gestern ist er von Vis zurückgekehrt, und Dušan wurde, Gott sei Dank, weitergeschickt. Wenigstens eine Last bin ich los.

»Verdammter Hund«, sagt er noch einmal und umarmt mich. Es ist mir nicht mehr peinlich, wenn ich den Kopf an seine Schulter lege.

»Wir sind beide voller Blut«, lacht er.
»Und nächstes Jahr erst.«
»Wenn wir da noch am Leben sind.«

—

WIR SIND WIE KINDER. Laufen umher, während Janez Akkordeon spielt und dazu das Bauernaufstandslied singt. *»Grad gori, vino teče naj, če teče kri!* – Das Schloss brennt, lasst Wein fließen, wenn Blut schon fließt!« Ich glaube, da fehlt der zweite Vers *»grof beži* – der Graf flieht«. Das Bataillon von Miloš spielt Indianer, und ich hoffe inständig, dass uns niemand beobachtet.

Im Schloss hatten die Deutschen ihren Stützpunkt. Im Schloss, in dem ich früher gearbeitet hatte, um Mutter dabei zu helfen, die Familie zu versorgen. Nachdem man mich von der Schule in Ljubljana geworfen hatte. Damals, als ich in der Schule sagte, dass ich kein Herr sein wollte. Ich sah, wie die Deutschen flohen und die Unseren Feuer legten. Der Graf war mit der Familie schon geflohen, als die Deutschen und die Italiener das Land besetzten.

»Nicht auf der Seite«, schreie ich. »Hier sind Bücher. Viele Bücher.«

»Du Verrückter«, höre ich. »Bücher.«

»Aber in der Bibliothek ist noch ein voller Tresor!« Das habe ich mir glatt ausgedacht.

Ich erinnere mich an einen langen Winterabend, als es so heftig schneite, dass es völlig unmöglich war, nach Hause zu gehen. Der Graf kam in die Küche und lud mich zu sich ein. Er führte mich in ein großes Gemach, in dem nur Bücher standen. Alte, neue. Bis zur Decke.

»Setz dich.«

Er schenkte mir ein Glas Wein ein.

»Gehst du nicht zur Schule?«

Geradeheraus erläuterte ich ihm meine schulische Vergangenheit, das Unglück daheim und den Hunger nach Leben. All diese Träumereien und Albträume. Meine nicht realisierbaren Wünsche und das Warten auf den starken Vater, der die Dinge in Ordnung bringt.

»Wofür interessierst du dich am meisten?«

»Geschichte, Geschichte und noch mehr Geschichte.«

Noch jetzt sehe ich vor mir *Die schönsten Sagen des klassischen Altertums*, Napoleons Biographie und die Geschichte der Habsburger.

»Wenn du sie fertig gelesen hast, bekommst du neue.«

Und so las ich die Nächte durch. Las, als ich den Schlossweizen zur Mühle fuhr und auf das Mehl wartete. Las, als ich im Wald auf dem Wagen darauf wartete, dass sie das Holz für die Schlossfamilie aufluden, und las, als ich zu Fuß nach Hause ging. Wie oft stolperte ich, weil ich ins Buch schaute und nicht, wohin ich trat. Ich liebte den Winter, weil ich dann wegen des vielen Schnees häufig nicht nach Hause konnte. Nach Hause, in dieses gottverlassene Bogneča vas, dieses Unglücksdorf. Einst schlug ich den Nachbarn vor, es doch umzubenennen, da jagten sie mich fast aus dem Dorf. Ich weiß nicht, warum sie an diesem unseligen Namen hängen. Und nach dem ersten Abend in der Bibliothek des Grafen wurde mein Lohn erhöht.

»Fackelt das nicht ab!« Ich brülle. »Der Tresor!«

Ich weiß, dass der Tresor leer ist, ich habe damals beim Packen geholfen. Wir alle haben ihnen geholfen, als sie ihr Zuhause verließen. Sie sagten nicht, wohin sie gehen. Die Frau des Grafen weinte, und der Sohn, etwa in meinem Alter, saß auf der Treppe und starrte finster in die Ferne.

»Komm mit uns«, sagte der Graf.

Ich schüttelte den Kopf. Ich wusste, wohin der Weg mich führen würde, sobald sie gegangen waren. Vielleicht wusste er es auch. Gewiss wusste er es. Das ist mir auch egal. Oder?

»Dann such dir wenigstens ein paar Bücher aus. Wir können sie nicht alle mitnehmen.«

»Jetzt ist nicht die Zeit für Bücher.«

Er nickte und umarmte mich.

Das Schloss brennt. Ich kann diese Freude heute nicht ertragen. Auch morgen nicht. Ich werde dort im Tal, beim Fluss auf sie warten. Wenn sie jetzt mein trauriges Gesicht sehen, halten sie mich am Ende noch für einen Verräter.

—

*SCHON WIEDER UNTERWEGS. NOCH* einmal und noch einmal. Tausendmal. Wir gehen, eigentlich kriechen wir, nur nachts, denn tagsüber ist es zu gefährlich. Meine unzähligen Blasen. Kopfschmerzen. Schon lange keine Nachrichten mehr von den Brüdern. Ančka ist schwer krank geworden, und wir haben sie ins Lazarett gebracht. Sie hat sich dagegen gesträubt. Und dann ist auch noch mein Rucksack heute so schwer. Was zum Teufel trage ich mit mir herum? Dass ich nicht mehr kann, will ich mir nicht einmal selbst eingestehen, denn dann ist es vorbei mit mir. Ich kann keine einzige Entscheidung mehr treffen. Zähle nur noch die Schritte, um wach zu bleiben. Dann wird es hell. Ausruhen. Ich verkrieche mich unter einem Strauch. Heute ist mir egal, ob ich Kommissarin bin oder nicht, ob ich am Leben bin oder tot, hungrig oder durstig. Wird schon jeder für sich selbst sorgen. Ohne Kommissarin. Am Vorabend war der Himmel rot.

Ich würde gerne zu ihm, kann aber nicht. All dieses Gerede, Geflüster. All diese Blicke. In einem fort muss man ein Vorbild sein. Die Moral hochhalten. Die Moral? Bei all dem Blut, Tod, Elend, Übel. Die Moral? Wozu? Warum sollte ich nicht eng an ihn gedrückt liegen, um nicht ganz so allein zu sein. »Schlaf ein«, wiederhole ich. Vielleicht geht währenddessen die Welt unter. Das ist alles, was ich mir wünsche. Ein Ende. Ein Ende der Welt. Ganz schnell. Im Hundertstel einer Sekunde zum Beispiel. Vielleicht sogar noch schneller.

Wenn ich die Augen schließe, sehe ich ständig den brennenden Himmel und die Schwarze Madonna. Verliere ich schon den Verstand? Blutiger Himmel und Schwarze Madonna. Ist tatsächlich das Ende gekommen? Mein Rucksack hat mir immer als Kopfkissen gedient, und selbst der ist heute so hart. Ich setze mich hin und öffne ihn. Steine. Jemand hat mir haufenweise Steine in den Rucksack gepackt. Und eine Bibel obendrauf. Das habe ich die ganze Nacht getragen. Ich sehe mich um. Die Genossen schmunzeln, und dann fängt Marko an zu lachen. Und die anderen mit ihm. Die sind doch gestört. Bloß nicht weinen, sage ich mir. Keine Traurigkeit zeigen. Keine Wut. Ich starre noch einmal in den Rucksack und wieder auf die lachenden Männer.

»Jetzt spiel doch nicht die Beleidigte. Wir haben dich gut auf den Arm genommen. Ein bisschen Spaß musst du uns schon erlauben. Wann warst du überhaupt zuletzt in der Kirche? Kannst ja heute Nacht gehen, wenn wir das Dorf angreifen.«

Ich schaue weg. Das Tal hinunter, von wo ich die Kirchenglocken läuten höre. Das Gelächter hinter meinem Rücken. Was wollen sie noch von uns? Von uns Frauen, von mir? Dass ich wirklich Angst bekomme?

Auch er lacht. Kenne ich ihn überhaupt?

—

Wir stehen am Waldrand und warten. Die Deutschen werfen Bomben vom Himmel, und wir hören das Geschrei, das Gestöhne und das Gejammer. Es ist Sonntag, und die Morgenmesse noch nicht vorbei, als die Deutschen mit ihren Überflügen beginnen. Ich ertrage diesen Lärm nicht mehr, dieses Pfeifen der Granaten, Schüsse. Andererseits kann ich ohne gar nicht mehr leben. Ich schaffe es nicht, ruhig zu sein, wenn ich keine Schüsse höre. Als hätte ich den Krieg im Blut.

Langsam hebt sich der Staub, und wir sehen, wie Leute aus der Kirche rennen. Sie drängeln, springen über die am Boden, die sich vor Angst nicht rühren können. Weinende Kinder, Alte, Frauen. Nur wenige Männer. Ministranten. Der Pfarrer versucht mit zittrigen Händen, die Kirche abzuschließen, während er sich bekreuzigt.

»Laufen Sie. Lassen Sie die Tür und die Kirche. Das ist es nicht wert. Schnell!« Wir rufen und fuchteln mit den Armen. »Fliehen Sie!«

Der Pfarrer liegt am Boden. Daneben hält eine Frau ihren beiden Kindern die Augen zu. »Kommen Sie«, fleht sie ihn an.

»Wie kann Gott das alles bloß zulassen?«, fragt eine Frau in Schwarz, die als eine der Ersten den Wald erreicht. »Wie nur? Warum? Drei Kinder habe ich verloren, und meinen Mann haben die Italiener fortgebracht. Niemand weiß, wo er ist.«

»Jetzt müssen wir uns auf die Kraft Gottes in uns selbst verlassen«, sage ich.

Sie sieht mich mit leeren Augen an.

»Aber die Bombe ist ja nicht auf die Kirche gefallen. Nur daneben. Also ist Gott noch mit uns.«

Ich sage nichts mehr. Zum Glück hat sie ihren Gott, er spendet ihr Trost. Meinen gibt es schon lange nicht mehr.

Abends, als es wirklich dunkel ist, begleiten wir die Bewohner zurück nach Hause. Nur wenige Häuser in diesem Ort sind ganz geblieben, an einigen Stellen brennt es noch. Die Leute, deren Häuser unbeschadet geblieben sind, nehmen die anderen bei sich auf. Wir gehen durch die Straßen. Könnten wir doch nur verstehen, warum die Deutschen diesen kleinen Ort ins Visier genommen haben. Um mich herum wird geweint und geflucht. Verzweifelte Blicke. Der Junge, der neben seinem toten Hund weint, der Bauer, der sein verbranntes Vieh zählt, die Schafe, die umherirren. Die zerbrochene Pestsäule. Die Frau in Schwarz, die ihre Kinder verloren hat, bringt mir zwei Würste und Brot.

»Gott sei mit dir«, sagt sie und drückt mir die Hand.

»Gott sei mit dir.«

Es ist Zeit weiterzugehen.

»Ihr lasst uns doch nicht einfach allein. Wir haben keinen Pfarrer mehr.« Die angsterfüllten Augen, die flehenden Blicke. Menschen, die nichts mehr verstehen, nur noch Angst kennen.

—

*Ich zähle bis drei* und mache die Augen auf.

»Ančka!«

Jetzt bin ich nicht mehr allein, wenn ich die Steine aus dem Rucksack und die Bibel ins Feuer werfe. Nicht mehr allein, wenn sie mich auslachen, während ich zähle, wie viele im Gefecht geflohen, wie viele gefallen, wie viele verletzt sind und wer alles stirbt. Ančka werde ich sagen können, dass ich nicht mehr kann, und sie fragen können, ob ihr Himmel auch rot ist. Ančka kann ich anvertrauen, dass ich eigentlich nicht weiß, was es bedeutet, eine Frau zu sein, und dass ich glaube, ein Mann zu werden. Ančka kann ich sagen, dass ich ihm seit der Geschichte mit den Steinen nicht mehr wirklich vertraue.

»Sag nicht, dass du mit ihm geschlafen hast?«

»Nein. Erst wenn alles Schlimme vorbei ist, haben wir uns gesagt. Wenn überhaupt.«

Misstrauisch sieht sie mich an.

»Bist du dir sicher?«

»Schau mich doch an, wie ich vor Grauen und Schrecken aussehe.«

»Schön siehst du aus.«

Während sie krank war, sind ihr die Haare ausgefallen, und deshalb hat sie sie abgeschnitten. Ein Bubikopf. So haben wir das damals genannt. Dunkle Augenringe. Egal. Nur dass sie wieder da ist. Während sie weg war, habe ich mich manchmal wie früher zu Hause gefühlt. Die Brüder, der Vater, Mutter, die nie etwas sagt. Brüder, die unbekümmert herumrennen, Vater, der von mir verlangt, dass ich neben den Schulaufgaben auch noch alle Aufgaben zu Hause erledige, weil ich ein Mädchen bin, und der Mutter anbrüllt, weil der Sterz nicht salzig genug ist. Wie war seine Mutter gewesen? Ich habe sie nie kennengelernt, seine Familie hat uns gemieden, als wären wir ansteckend.

Und seit den Steinen habe ich mich in der Brigade wie früher in meiner eigenen Familie gefühlt. Nur selten, sehr selten, sah ich meine Mitstreiter an und dachte, dass ich sie eigentlich mag.

Wir saßen und teilten uns die Beeren, die Ančka auf dem Weg zurück zur Brigade gesammelt hatte.

»Weißt du, im Lazarett hat Vinko mich besucht. Und ich habe gehört, dass Marija dort in Bosnien schwer verliebt ist.«

Marija. Werden wir uns noch einmal wiedersehen? Gemeinsam lachen? Fahrrad fahren? Werden wir es einmal ans Meer schaffen? Marija, kannst du mich hören?

»Deine Eltern grüßen dich. Mutter hat gesagt, du sollst dir keine Sorgen machen.«

Wir müssen schon wieder los, die Stellung wechseln. Ich gehe hinter Ančka. Wird sie es schaffen? Heute, als ich Ančka erblickt habe, ist mir schlagartig klargeworden, was mit uns geschieht. Wir sind Greise geworden. Früher habe ich nicht verstanden, was es heißt, dass jemand ein menschliches Wrack ist. Jetzt weiß ich es. Das bin ich, das ist Ančka, das ist er. Wir alle.

—

FRÜHMORGENS FÜHRTE ICH SIE auf den Hügel über dem Dorf und zeigte ihr mein Geburtshaus. Diese Stille, diese trügerische Wärme.

»Schön«, sagte sie. »Wie ruhig es ist.«

Das Dorf ohne Leben. Wird es jemals wiederkehren?

Ich erzählte ihr von den Meinen. Von Vater, der nicht mehr da war, aber immer präsent, von Mutter, die nie lachte, von den Schwestern, vom Bruder. Von den wunderschönen Nächten auf der Weide, als ich allein war und träumte und über den Ozean fuhr. Und mir wünschte, noch ein Kind zu sein. Warum erzählte ich ihr das alles? Noch nie habe ich so mit jemandem gesprochen. Ohne verlegen oder beschämt zu sein. Ich spürte ihre Wärme. Und mein Zuhause ist von weitem betrachtet wirklich schön. Von weitem.

»Weißt du, während der Schulferien mussten wir alle arbeiten. Nur der älteste Bruder nicht. Er musste die Klasse wiederholen und hat auch noch ein Fahrrad als Belohnung bekommen«, sagte sie. Sie setzte sich ins Gras und blickte in die Ferne.

»Unser Haus, unser Zuhause kann ich dir nicht zeigen. Die Italiener hatten darin ihren Stützpunkt und haben es, noch bevor sie es abtreten mussten, abgefackelt. Samt unserer Sachen.« Sie sah mich an. »Aber ich würde so gerne das Meer sehen. Wenigstens einmal.«

Ich weiß nicht, wie lange wir so saßen und tagträumten. Alles vermischten wir. Das Lachen und die Wellen des Meeres, Freudentränen und alte Mauern, Sonne und Farben, Geheimnisse und Schmerzen, Leere und Schönheit, Unruhe und Glück. Geflüster und Träume. Albträume. Verlorene Wünsche, die ganz langsam wiederkehrten. Ich wünschte mir, sie mögen zurückkehren und Wirklichkeit werden. Ich wünschte es mir so sehr. Werde ich kindisch? Ich wünschte mir, ihr ein Haus am Meer zu bauen.

»Es ist schon spät. Wir müssen zurück.«

Wir kehren in die Wirklichkeit zurück. Ins Kommissarin-Sein, Kommandant-Sein, ins Gemetzel, ins Unbekannte. Ins Rätsel und in die Absurdität unaufhörlicher Entscheidungen. In den Verstand, der an Wahnsinn erinnert. In die ewige Frage, ob ich morgen noch lebe. Wir kehren, um ehrlich zu sein, ins Grauen zurück.

»Pssst!«

Schnell verstecken wir uns hinter dem Gebüsch. Wir sehen einen Jungen, der langsam und mit gesenktem Kopf den Waldweg entlanggeht. Er hat eine Flinte. Er ist kein Partisan. Ich beobachte ihn und kann mich nicht zurückhalten. Ich springe aus dem Gebüsch hervor und stelle mich ihm in den Weg. Der Junge erschrickt, wirft die Waffe weg und hält die Hände über dem Kopf.

»Peter«, schreie ich fast auf.

Peter. Mein Nachbar. Mein Mitschüler. Mein Freund. Ich wusste nicht, was mit ihm geschehen war. Und jetzt weiß ich es. Er ist bei den Weißen. Jetzt steht er vor mir und zittert.

»Du?« Er sinkt auf die Knie nieder. »Ich wollte nur nachsehen, ob daheim alles in Ordnung ist.«

Er wollte sein Zuhause sehen. Sein Leben. So wie ich auch.

»Peter, was ist mit dir los? Warum bist du zu denen?«

Er war schon immer recht ängstlich. Aber ich hatte ihn trotzdem gern. Von uns Dorfjungs war er das größte Kind. Er glaubte uns immer alles aufs Wort, und manchmal waren wir gemein zu ihm. Nur manchmal.

»Weißt du, ich habe gedacht, wenn ich zu den Weißgardisten gehe, dann sind die Meinen daheim sicher. Und es wird sie nicht frieren. Und sie werden nicht hungrig sein. Und ich auch nicht. Bitte. Ich bitte dich, tu mir nichts.«

Ich schaue ihn an. Er starrt auf den Boden. Ich frage mich, warum ich keine Wut verspüre.

»Lass die Waffe hier liegen und lauf. Lauf. Und dreh dich nicht um.«

Ich blicke ihm hinterher. Hebe die Flinte auf, dann greife ich nach ihrer Hand. Sie sieht mich mit diesen traurigen Augen an. Ich weiß, das hier wird unser Geheimnis bleiben.

Langsam, ganz langsam. Wir haben es nicht eilig.

—

*Wir sind voller Rachegefühle.* Zumindest von mir kann ich das behaupten. Wie wir unaufhörlich betonen, rächen wir uns nicht, sondern verteidigen unsere Heimat. Wir haben die Grenze erreicht und sind schon völlig verausgabt. Manchmal kommt es so weit, dass wir einander auf die Finger schauen, jede Nudel zählen, die der Mitstreiter bekommen hat, die seltene Tasse Tee. Gegenseitig machen wir uns für die Läuse und die Schlaflosigkeit verantwortlich. Solidarität unter Genossen? Verschwindet zunehmend. Das alles dauert schon so lange. Wir werden grausam, wir werden übermütig, wir werden rücksichtslos.

Letztens war ich auf dem Weg zurück zur Brigade, da kam Ančka mir mit dem Kurier entgegengelaufen.

Völlig außer Atem rufen sie: »Schnell, schnell. Du weißt nicht, was sie vorhaben. Das musst du verhindern. Auf uns hören sie nicht.«

Ohne zu fragen, renne ich ihnen durch den Schlamm und das Laub hinterher. Auf dem Boden liegen zwei Widerstandskämpfer. Erschossen.

»Wir kommen zu spät«, schreit Ančka.

»Wer hat das getan?« Ich brülle.

Mit gesenktem Kopf treten vier Partisanen vor.

»Was in Gottes Namen ist hier los?«

Alle schweigen. Ich blicke auf die beiden Jungs, die tot vor mir liegen. Es ist noch nicht lange her, seit sie zu uns gekommen sind. Was werde ich ihren Müttern sagen?

»Sie haben die Grieben aufgegessen, die nur für Verwundete gedacht waren«, meldet Marko sich nach langem Schweigen zu Wort. »Und die vier hier haben nicht auf uns gehört. Wir haben sie gebeten, auf dich oder den Kommandanten zu warten.«

Jetzt waren Grieben mehr wert als das Leben. Ich schaue die vier vor mir an. Mörder, denke ich, und behalte es für mich. Einen davon habe ich gestern noch gerettet. Er war so erschöpft, dass er im Schlaf ins Feuer gekippt war und selbst das nicht mehr mitbekommen hat. Im letzten Moment kam ich am Feuer vorbei. Soll ich sie bestrafen? Warum? Wie? Wer sind wir? Tapfere Helden oder Wilde?

»Grabt Gräber für die beiden aus«, sage ich Marko.

Ich verlasse die Brigade. Sie schicken mich zur Politabteilung der 15. Division. Aber das ist nicht der richtige Moment, um sich zu verabschieden. Wir werden bis zum Morgen warten.

»Ančka, gute Nacht.«

»Ich kann nicht schlafen. Andauernd sehe ich ihre angsterfüllten Augen.«

—

»Das hier ist für gestern!«, brüllt Vid und gibt denen mit leichten Maschinengewehren das Zeichen für den Angriff. Gestern haben wir ordentlich etwas abbekommen.

»Die Weißen fliehen«, ruft Vid ganz euphorisch. »Sieh nur, wie sie rennen.«

»Freu dich nicht zu früh. Sie sind stärker, als ich dachte.«

Ich schaue ihnen hinterher. Sie haben sich nicht weit zurückgezogen.

»Überhitzte Rohre wechseln! Alle Verletzten in Sicherheit?«

Dort, wo gestern noch unsere Verwundeten rasteten, haben wir heute einen Hinterhalt geplant. Ein schlimmer Tag erwartet uns. Noch schlimmer als gestern. Schon heute müssen wir ihren Ring durchbrechen, sonst ist es aus mit uns. Schrecklich, eigentlich ist es schon langweilig geworden. Vor jedem Gefecht verabschiede ich mich in Gedanken von allen. Von den Schwestern, Mutter, Vater und jetzt auch von ihr. Abschied. Als sie die Brigade verließ, hätte ich fast geweint. Werden wir uns noch einmal wiedersehen?

»Teufel noch eins, jetzt auch noch Granaten!«, flucht Vid.

Die Weißgardisten sind in die Offensive gegangen, aber unser Hinterhalt hat ein höllisches Feuer auf sie eröffnet. Hölle: Nie hatte ich eine richtige Vorstellung davon, und jetzt ist sie Wirklichkeit geworden. Einige der Weißen sind gefallen, die anderen haben sich auf den Boden geworfen. Jetzt hängt alles von uns ab. Die deutschen Panzer rücken näher, wir müssen schneller sein als sie.

Wir sind so nah, wir können einander in die Augen sehen.

»Ihr habt die falsche Entscheidung getroffen!«

»Zerlumptes Pack! Zigeuner!«

»Die Sprache eurer Lieblinge zu lernen, selbst dafür seid ihr zu blöd!«

»Ihr roten Socken! Bolschewiken!«

»Klerikale Scheißer, ihr!«

Worte werden schneidender als Schüsse. Zumindest manchmal. Ich springe vor zu meinem Nachbarn, mit dem ich früher Kühe gehütet habe. Er zielt mit der Flinte auf mich.

»Erinnerst du dich noch ... «

Es ist Nacht. So dunkle Nacht. Langsam öffne ich die Augen. Um meine Beine herum ist es ganz nass. Und warm. Wo bin ich? Ich liege, als würde mich jemand wiegen, als wäre ich auf einem Schiff, das über das Meer fährt. Über mir all diese erschöpften Bäume. Sie bewegen sich. Sie gehen. Dieser Schmerz im rechten Bein. Ein Sturm zieht auf.

»Pssst. Er wacht auf.«

Langsam, ganz langsam beginne ich zu verstehen. Ich bin gesprungen, wollte etwas sagen, da knallte es. Jetzt liege ich auf einer Bahre, die von den Sanitätern Mirko und Lojze getragen wird. Wie lange schon? Wo bringen sie mich hin?

»Langsam. Vorsichtig. Pass auf, wo du hintrittst.«

»Drei Tage tragen wir ihn schon. Wann stoßen wir endlich auf einen Arzt?«

»In dieser Offensive schaffen wir es niemals zum Hornwald.«

»Er darf uns nicht einfach so wegsterben, hier auf dem Weg. Er ist ein guter Mensch, nur manchmal zu waghalsig«, höre ich noch.

Wieder wird alles dunkel um mich herum. Ich kann nicht

sehen. Mit den Händen suche ich nach Halt. Kann mich nirgends festhalten. Ich falle.

»Schlafe in Frieden, mein Sohn«, höre ich Vater.

»Vater.«

Vor Schmerzen wache ich auf. Es regnet. Mirko und Lojze hocken im Gebüsch. Ich hebe den Kopf und erblicke das blutige Laken, mit dem ich zugedeckt bin.

»Pssst«, legt Mirko mir die Hand über den Mund. »Wir warten, bis sie vorbeigegangen sind.«

»Nein, so will ich nicht leben. Ich bestimmt nicht.«

Unter der Decke taste ich nach meiner Pistole. Nein. So geht das nicht. Ich muss dem ein Ende setzen. Dass sie mich tragen müssen. Ich werde niemandem eine Last sein. Erst recht nicht mir selbst. Die Pistole ist weg. Habe ich sie verloren? Haben sie sie mir abgenommen? Warum?

»Die Pistole! Ich will meine Pistole, wo ist sie?«, stöhne ich, und Mirko sieht mich nur an. Lojze laufen Tränen über die Wangen.

So kann ich nicht leben. Selbst die Pistole haben sie mir genommen! Wäre wenigstens sie hier, ich würde sie bitten, mir zu helfen, mir ihre Pistole zu geben, damit ich mich umbringen kann. Ich weiß, sie würde es verstehen.

Die Bäume. Sie sind so krude heute.

—

*Mit dem Fahrrad fahre* ich die Straße hinunter. Gerade habe ich Mara besucht, und jetzt erst ist mir klargeworden, wie sehr ich sie vermisse. Sie alle: Ančka, Marija, Katja. Mehr als Schwestern sind wir geworden. Wie Mütter und Töchter sind wir einander. Die Sonne scheint, und es wird warm. Ich strecke die Hände weit in die Luft und singe laut vor mich hin. Daheim hatte ich heimlich versucht, freihändig zu fahren, damit meine Brüder mich nicht auslachen. Es war mir nie gelungen. Ich weiß, dass ich mich zu viel umgesehen habe in der Angst, jemand könnte mich sehen. Auch pfeifen kann ich nicht. Vielleicht kann ich es jetzt versuchen. Keiner sieht mich, keiner hört mich. Am Fuße des Hügels sehe ich das Haus, in dem der Stab des 9. Korps haust. Nur noch ein bisschen. Ich komme ins Schleudern und stürze. Schnell stehe ich auf, damit niemand mich sieht, es ist mir peinlich. Zu spät. Vor dem Haus stehen die Kuriere des Korps. Schnell klopfe ich den Schmutz von meiner Hose, und die Jungs schmunzeln. Sie betrachten das Rad.

»Nichts Schlimmes, nur der Reifen ist geplatzt.«

Sie reparieren mein Fahrrad und lachen dabei auf meine Kosten. Ich nehme es ihnen nicht übel. Wahrscheinlich sah ich wirklich lustig aus. Wir kennen uns schon lange. Jemand im Haus öffnet ein Fenster. Pepca, eine hohe Parteifunktionärin, die mit einem noch wichtigeren Parteifunktionär verheiratet ist. Man munkelt, dass er der eigentliche Ideenführer der Partei ist, nicht Tito. Ich weiß nicht, warum sie mir beide so fremd sind. Besonders sie. Ich kann sie nicht leiden, aber das behalte ich für mich. Selbst Ančka erzähle ich das nicht.

Pepca ruft aus dem Fenster: »Du bist hier am Lachen, während dein Freund, dein ehemaliger Kommandant, fast verblutet ist. Komm sofort hier hoch zu mir.«

Er, verblutet. Fast, hat sie gesagt. Pepca sieht mich an, und ihr wird klar, dass sie sich einen Fauxpas geleistet hat. Er, verletzt. Das ist nicht wahr. Das ist nicht möglich. Doch nicht er. Jeder andere, nur er nicht. Die Kuriere müssen mich stützen, als ich die Treppe zu Pepca hochgehe. Schlechten Gewissens umarmt sie mich. Ich kann sie wirklich nicht leiden.

»Bitte, entschuldige. Ich dachte, du weißt es. Wir alle wissen es«, sagt sie. »Wir geben dir ein Pferd, dann kannst du schnell nach Gradenc reiten. Zum Divisions-Lazarett des Korps. Tonček wird dich begleiten.«

»Nein, lasst mich in Ruhe. Ich will allein reiten.«

Ich reite wie besessen. Wann habe ich ihn das letzte Mal gesehen? Lange hatte er meine Hand gehalten, als wir uns verabschiedeten, und hatte nichts gesagt. Hatte er es mir übelgenommen, dass ich die Brigade verlassen hatte? Aber das war ein Befehl gewesen, ich wäre gern bei ihm geblieben. Diese Politabteilung war ganz bestimmt nicht mein Wunsch. Politik, Partei. Egal. Wenn nur der Krieg vorbeigeht. Aber er? Verblutet. Nein, ihm kann nichts passieren, da bin ich mir sicher. Obwohl er tatsächlich oft das Schicksal herausgefordert hat. Auch dieses Mal? Ich weiß, dass ihm nichts passieren kann. Ihm bestimmt nicht.

»Hier ist er nicht mehr. Alle Verwundeten wurden in den Hornwald gebracht.«

Ich reite. In einem fort rede ich dem Pferd gut zu, bitte es, schneller zu laufen, nur noch ein bisschen durchzuhalten.

»Wir haben ihn nach Zgornji Hrastnik geschickt«, sagt die Ärztin. Ich zittere, beinahe sacke ich zusammen. Ich weiß, dass nach Zgornji Hrastnik nur die Schwerverletzten gebracht werden, vor allem die, denen nicht mehr zu helfen ist.

»Ruh dich wenigstens ein bisschen aus und iss etwas, bevor du weiterreitest.«

Die Ärztin fasst mich an den Händen und setzt mich auf einen Stuhl.

»Wenigstens eine Tasse Tee. Und iss auch ein Stück Brot«, redet sie auf mich ein.

Da, nicht einmal eine Tasse kann ich mehr halten. Immer nur sehe ich ihn. Sein Lachen, seine warmen dunklen Augen. Ich spüre Geborgenheit. Seine Nähe.

»So oder so brauchst du einen Passierschein.«

Ich schließe die Augen. Ein Lied höre ich, ein Lied über den Tod, der so nahe ist.

—

UM MICH HERUM HÖRE ich fremde Sprachen. Verstehe nichts. Eine davon habe ich schon einmal gehört, wahrscheinlich auf Vis, eine andere erinnert mich an Slowenisch, und von der dritten scheint mir, dass ich sie einst im Schloss gehört habe, als Gäste da waren. Gleich platzen mir der Kopf und die Beine. Hätte ich ein Messer, würde ich sie mir einfach abschneiden. Als hätte ein Panzer mich überrollt. Die Sanitäterin will mir einen Löffel Tee einflößen. Ich presse die Lippen zusammen.

»Nur ein bisschen. Wenigstens ein paar Tropfen.«

»Wer sind die Leute? Was sagen sie? Warum dieser Aufruhr?«

»Der englische und der russische Arzt streiten darüber, was man mit dir tun soll. Einer sagt, dein Bein muss hochgelegt werden, der andere, runter. Der Italiener versucht, den Streit zu schlichten. Und der oberste Chirurg Bogdan musste nach Primorska und hat gesagt, wir müssen mit der Operation warten, bis er zurückkommt.«

»Operation?«

»Das Bein ist brandig. Es hat vierzehn Tage gedauert, dich zum Lazarett zu schaffen. Wäre es schneller gegangen ... « Die Sanitäterin schweigt.

Eine Operation kommt nicht in Frage. Und dann ohne Bein. Ich muss das hier beenden, für immer. Mein Blick schweift über die Menschen um mich herum, einige stöhnen, andere schweigen. Ich weiß nicht, wer tot ist und wer lebendig. Wäre ich bloß nicht aus dem Gebüsch gesprungen.

»Wie ist das Gefecht ausgegangen?«

»Ich weiß nur, dass sie unglaublich viele von euch zu uns gebracht haben. So eine Offensive hätten sie noch nicht erlebt, haben sie gesagt. Aber das hier wurde dir geschickt. Man hat dich zum Helden der Sowjetunion gemacht.«

Ich blicke auf den roten Stern und die sowjetische Flagge. Den Brief. Sagen wir mal, Stalin hat ihn unterschrieben. Ich, ein Held. Unerträgliche Schmerzen und Freudentränen. Hat es sich gelohnt? Das hat es. Vater. Wenn er mich bloß sehen könnte! Auch Amerika befindet sich im Krieg. Weiß Vater überhaupt, wer Stalin ist? Ist Vater noch am Leben? Warum meldet er sich nie?

Am Bett steht Janez. Er ist mit dem Medizinstudium noch nicht fertig, aber die Sanitäterin behauptet, er wäre der Beste.

»Hältst du durch?«

Wieder verschwimmt alles vor meinen Augen. Es regnet.

»Trink wenigstens ein paar Schluck.«

—

*Das Leben ist auf* eine hässliche Art geheimnisvoll, so grausam, so ungerecht. In falscher Sicherheit der Lügen gefangen. Es riecht nach Angst und Leid, nach Abschied. Nach Wahnsinn.

»Halt!«

Vor mir steht Igor, der Verwalter der Hornwald-Lazarette.

»Wo willst du hin?«, brüllt er.

»Ich habe einen Passierschein. Vom Politkommissar des Generalstabs.«

»Interessiert mich nicht. Trägt dein Politkommissar die Verantwortung für die Verwundeten oder ich?!«

Ich schaue ihn an. Und wer verteidigt die Verletzten? Wir. Weiß er eigentlich, dass jedes Mal, wenn sich dem Lazarett eine Gefahr nähert, der Generalstab Partisanen aus dem Tal schickt?

Ich drehe mich um. Wieder aufs Pferd. Und das bewegt sich nicht. In der Brusttasche ein Passierschein, der offenbar nichts wert ist.

»Gehen wir«, flüstere ich dem Pferd zu und streichle es. Wahrscheinlich denkt es, ich sei völlig verrückt geworden.

Langsam kehren wir ins Tal zurück. Der Weg ist beschwerlich. In einem fort rollen mir Steine hinterher. Was jetzt? Ich kann nicht zur Division zurückkehren und weiter die tapfere Partisanin spielen. Ich kann nicht. Ich will nicht.

»Warst du bei ihm?«

Zmago. Früher, in der Brigade, war er mein Stellvertreter. Beim Angriff auf einen deutschen Stützpunkt wurde er schwer verletzt. Ančka und ich haben ihn halbtot aus dem Feuer gezogen, während die Deutschen auf uns schossen. Sein linkes Bein ist steif geblieben. Jetzt arbeitet auch er in der Verwaltung des Lazaretts.

»Dreh um. Komm mit!« Er ist wütend.

Ich stehe vor der Lazarett-Verwaltung und warte. Drinnen Gebrüll, Zmago ist noch lauter als der Verwalter. Auf einmal Stille. Aus dem Haus tritt ein Kurier.

»Genossin, wir müssen dir die Augen verbinden.«

Er führt mich an der Hand und sagt mir, wohin ich treten soll.

»Pass auf! Hier ist eine dicke Wurzel. Ein Stein. Vorsicht, das Moos ist rutschig.«

Endlich bleiben wir stehen, und er nimmt mir die Augenbinde ab. Eine Holzbaracke, das Lazarett für Schwerverletzte. Janez fängt mich ab.

»Warte kurz, wir wechseln den Verwundeten gerade die Verbände.«

Er umarmt mich.

»Bleib stark, wenn du bei ihm bist. Morgen werden wir ihm das Bein abschneiden müssen. Es geht nicht anders. Wenn wir noch länger auf Bogdan warten, wird es zu spät sein.«

—

NUR NOCH DEN TOD. Ich wünsche mir nichts anderes mehr. Einen schnellen Tod ohne Tränen und Abschied. Ohne Verzweiflung. Warum kommt er nicht, worauf wartet er noch?

Auf noch schlimmere Schmerzen? Soll mir noch einer sagen, es gäbe einen Gott auf dieser Welt.

—

*ICH GEBE IHM DIE* Hand.

»Setz dich«, flüstert er.

Ich sitze und halte seine Hand. Er zittert am ganzen Körper. Ich wische ihm die Stirn ab und erzähle ihm nur von schönen Dingen, obwohl es davon so wenige gibt. Ich hoffe, er sieht nicht, wie schwer es mir fällt, ihn anzuschauen. Das Bein ist gelb, und das Fleisch löst sich vom Knochen. Ich hoffe, ich kann mein Grauen verbergen, und drücke fest seine Hand. Verliere alte, bekannte Worte und suche neue. Die richtigen, die sanften, die unseren, die weichen. Die Worte, die ihn in eine ruhige Geborgenheit zu führen vermögen.

Die Nacht bricht herein.

»Bleib. Bitte, bleib.«

Mit letzter Kraft hält er meine Hand fest.

»Bleib über Nacht, bitte.«

»Ich kann nicht, ich darf nicht.«

Wieder kommt der Kurier und verbindet mir die Augen. Zmago wartet auf mich. Nur mit einem Blick verabschiede ich mich. Ich kann nicht sprechen. Ich sitze auf dem Pferd, und es ist mir egal, welchen Weg es wählt. Hätte ich ausharren und über Nacht bei ihm bleiben müssen? Insistieren und mit ihm all das Schlimme abwarten. Habe ich zu schnell aufgegeben? Ich weiß nicht. Ich habe es nicht mehr ausgehalten.

—

SIE RANNTEN MIR HINTERHER.

»Warte, wir müssen dir etwas sagen«, riefen sie. »Glaub uns doch!«

Ich will nicht warten. Ich laufe. Dabei stolpere ich viel zu oft. Der Bergkamm ist noch so weit entfernt. Ich falle und rapple mich auf. Alles tut mir weh. Ich laufe. Falle. Die hinter mir lachen. Feixen boshaft. Sind sie schneller? Wieder stehe ich auf. Mit Mühe stehe ich auf, wieder und wieder. Wenn ich doch bloß fliegen könnte. Auf den Kamm des Berges. So einen überwältigenden Schmerz kenne ich nicht. Bin ich in einen Abgrund gestürzt? Dieses schreckliche Lachen hinter meinem Rücken. Wer sind sie? Ich erinnere mich nicht. Der Abgrund bietet Sicherheit, darin fließt Wasser. Es glitzert. Haben sie mich in ein Grab gelegt? Aber im Grab ist es dunkel, und hier ist es hell.

Ich öffne die Augen und blicke in das Gesicht von Janez. Sind das Tränen?

»Wir mussten es tun. Ehrlich, wir mussten.«

Ich drehe mich weg und starre die Wand an. Zum Teufel,

was mussten sie? Sie hätten mich sterben lassen sollen. Aber ich spüre mein Bein doch noch. Ich habe es noch. Unter der Decke strecke ich meine Hand aus, ertaste nasse Verbände. Sie sind warm. Die Erinnerung. Auch die Erinnerung ist weg. Da ist nichts mehr.

Eine Sanitäterin tritt hinzu.

»Alle aus der Brigade und aus dem Stab schicken dir Grüße. Sie denken an dich.«

Was schwafelt sie da. Man hat mich schon längst vergessen, ich weiß, wie das geht. Wenn man zu nichts mehr zu gebrauchen ist.

»Wir hatten nichts gegen die Schmerzen. Haben immer noch nichts. Nur Schnaps.«

Erinnerung. Schmerz. Schnaps und eine Säge. Was für ein Gesäge! Kein Bein. Ich will allein sein. Allein. Begießt mich davor nur noch mit Schnaps. Verschwindet. Alle. Wirklich alle.

»Ich kann dich nicht allein lassen«, flüstert Janez mir zu.

»Lasst mich in Ruhe.«

»Sie sagte, sie würde alles dafür tun, dass man sie heute zu dir lässt.«

»Ich will nicht. Sag ihr, dass ich sie nicht sehen will.«

Das Bein ist weg. Die verdammten Weißen können noch nicht einmal richtig zielen. Haben nur das Bein erwischt. Warum nicht das Herz. Wäre ich doch bloß gestorben.

—

*ICH HABE EINEN WUNDERSCHÖNEN* Brief erhalten. Von Marija. Keine Ahnung, wie lange der Brief bis zu mir gebraucht hat.

»Freiheit«, schreibt sie. »Belgrad gehört uns. Wenn du nur wüsstest, nein, wenn du nur hättest sehen können, wie die Leute uns empfingen, als wir in die Stadt kamen. Uns umarmten. Mit Blumen bestreuten. Ganz Belgrad war auf den Beinen. Die Bewohner zogen uns in alle Richtungen. Woher kommst du? Aus Slowenien. Hast du meinen Jovan gesehen? Rade? So fragten mich die Mütter und Frauen. Ich finde die Worte nicht, dir das alles zu beschreiben. Weißt du, wie schön es ist, frei zu sein. So schnell vergisst du das Leid. Zumindest vorerst. Auch Slowenien wird jeden Moment frei sein. Ich muss dich umarmen. Jetzt ist es wirklich höchste Zeit, dass wir ans Meer kommen. Ich will, ich muss dir so viel erzählen. Schönes. Weißt du, ich habe mich verliebt. So sehr.«

Marija. Immer und immer wieder lese ich ihren Brief. Marija ist verliebt. Marija ist glücklich. Ich sehe, wie sie lächelt. Ich freue mich für sie.

Und er? Erst gestern hat er mir erlaubt, ihn zu besuchen. Hat nichts gesagt. Mir lange in die Augen gesehen. Ich habe nach Worten gesucht und sie nicht gefunden. Nach drei Stunden sagte man mir, ich solle gehen. Dass er müde sei, sagte man. Müde. Ich nahm seine Hand.

»Es hat keinen Sinn«, flüsterte er.

Was soll ich ihm sagen? Dass es sich lohnt zu leben. Dass dieses bisher gelebte Leben noch nicht das wahre Leben gewesen ist. Das wahre Leben ist eine ganz großartige Sache. Soll ich ihm das sagen? Und Marija schreibt, dass die Freiheit schön ist. Freiheit, Schönheit. Wie viele Leben werden noch verloren bis zu unserer Freiheit. Auf all das Blut, das Feuer, die Einsamkeit soll Schönheit folgen? Letztens haben wir eine tote Partisanin gefunden, aufgeschnitten, mit einem fünfzackigen Stern auf dem Bauch. Wir haben sie begraben, und Ivan hat leise für sie gesungen. Wir werden nie wissen, wer sie war. Woher sie kam. Und die Ihren?

Ich kann keine Flinte mehr in die Hand nehmen, ich kann es einfach nicht. Jetzt bin ich politische Beraterin im Korps, wurde befördert. Wo sind wir bloß gelandet? Ich als Beraterin. Politik. Früher hätte ich gesagt: »Möge Gott uns gnädig sein.« Heute schweige ich. Schweige, wenn man mich erschöpft von Brigade zu Brigade schickt, von Gefecht zu Gefecht. Ich will nicht mehr schießen, will den Tod nicht mehr sehen. Jetzt unterrichte ich Marxismus und kann mich nicht einmal erinnern, ob ich *Das Kapital* überhaupt zu Ende gelesen habe.

»Halte noch ein wenig durch. Nur noch ein bisschen.« Das wiederhole ich immer wieder, seit ich Marijas beinahe zu traumhaften Brief bekommen habe. Aber es hilft nicht. Für ein paar Tage war ich im befreiten Gebiet. Im Theater war ich, ausschlafen konnte ich und mich waschen. Und getanzt habe ich, den ganzen Abend lang. Und konnte es doch nicht genießen. Da habe ich meinen Bruder Franc getroffen. Er war schlecht gelaunt. Selbst meine Freude, ihn endlich wiederzusehen, erlaubte er nicht. Und die Freude am Tanzen verdarb er mir.

»Weißt du, sie riefen mich, um als Schiedsmann zu agieren. Sie hätten achtzig Weiße gefangen genommen, ich müsse schnell kommen. Aber als Lojze und ich dort ankamen, war da niemand. Weder von den Unseren noch von den Weißen. Umsonst habe ich herumgefragt. Ich frage immer noch. Verdammte Hunde!«

Franc, Marija, verschwundene Menschen, die Weißen und die Unseren. Stille. Die Freiheit naht. Freiheit? Und er? Stirbt er?

—

Alle rennen umher. Hin und her. Schon um fünf Uhr morgens haben sie mich geweckt, rasiert und gekämmt. Ich bekam einen neuen Schlafanzug und einen Rucksack, in dem die Sanitäterin Vida meine Sachen verstaute. Lächerlich, ich habe doch nichts. Die russische Auszeichnung, die Mütze mit dem roten Stern, ein paar Briefe. Ihren letzten Brief.

»Man schickt mich nach Herzegowina. Ančka auch. Wir werden unterrichten. Wir müssen neue politische Kader vorbereiten. Stell dir das mal vor, Ančka und ich. Diese Welt hat nicht mehr alle beisammen. Und Marija hat geschrieben. Sie ist glücklich und verliebt. Sie umarmt dich. Wann werden wir uns sehen? Ich bin immer bei dir und werde es auch immer sein. Egal, wo du bist. Egal, wie du dich entscheidest.«

Immer und immer wieder habe ich den Brief gelesen. Sie soll mich endlich vergessen. Was soll sie denn mit mir? Und was soll ich mit mir selbst? Mit schlechtem Gewissen hat sie mir geschrieben, weil sie einen Abend tanzen war. Vergessen soll sie mich, aber ich kann nicht ohne sie, ich habe sie so gern. Sie versteht mich. Ich vermisse unsere Stille so sehr.

»Fesch siehst du aus«, tätschelt Vida mir die Wange. Die ist doch verrückt. Sie behandelt mich, als wäre ich ein Kind.

»Warum den ganzen Morgen schon diese Aufregung? Sag bloß, eine neue Offensive steht bevor.«

»Wir schicken euch auf den Weg. Auf einen langen, sicheren Weg.«

»Der Brief. Steck den Brief in meinen Rucksack.«

Sie lächelt mich an.

»Sie war schon lange nicht mehr da. Sehr lange.«

Nicht nur, dass Vida verrückt ist, sie ist auch böse. Was soll das bedeuten? Sie war tatsächlich schon lange nicht mehr da. War ich ihr gegenüber zu grob? Ich habe nur an mich, nur an meinen Schmerz gedacht.

Die ohne Beine werden auf Tragen gelegt, und ihnen werden die Augen verbunden. Diese ständige Abhängigkeit von anderen. Wohin tragen sie uns schon wieder? Bergab? Sie nehmen uns die Augenbinden ab. Verladen uns auf Lastwagen.

»In Sicherheit, an einen besseren Ort«, höre ich den Arzt Bogdan sagen.

»Gibst du ihr Bescheid?«, bitte ich ihn.

»Keine Sorge. Bleib stark und gute Fahrt.«

Seinen Händedruck werde ich nicht vergessen.

Wir fahren im Lastwagen der Verzweiflung. Ich höre leises Stöhnen.

Sie verfrachten uns in ein amerikanisches Flugzeug. Italien, Bari. Wir liegen auf Krankenbahren an der Küste. Meer, Sonne, Bucht. Die Bucht der Verlorenen. Oder Vergessenen?

—

*Ich habe das Meer* gesehen und es ist schöner, als ich es mir erträumt habe. Es war nur so leer ohne Marija, und ein Meer ohne Marija kann nicht das wahre Meer sein. Kann eine Freiheit ohne Marija die wahre sein? Freiheit ohne Ančka, ohne Mara, ohne Brüder, ohne Eltern, ohne … ohne ihn? Werde ich in der Freiheit so einsam sein wie am Meer?

Die Amerikaner sollen begonnen haben, die Schwerverwundeten nach Italien zu bringen. Mit Fliegern, über das Meer. Auch ihn. Er hat mir einen Brief geschrieben. Man hat ihm beigebracht, mit Krücken zu gehen, und jetzt wartet er auf eine Prothese.

»Ich werde nicht zurückkommen«, schreibt er. »Wenn ich gelernt habe zu gehen, mache ich mich auf den Weg. Nach Amerika. Das ist von Italien aus näher. Und einfacher. Ich werde meinen Vater ausfindig machen. Warte nicht auf mich. Sollten sie von mir erzählen, dass ich ein Verräter bin, wirst du wissen, dass es nicht stimmt.«

Und im nächsten Satz: »Vergiss mich nicht. Warte auf mich. Bald, ganz bald bin ich wieder da. Werde wieder kämpfen. Grüß mir die Meinen, die Deinen und die Brigade. Sag ihnen, dass ich jeden Augenblick wieder da bin. Keiner meldet sich bei mir. Ich hatte recht damit, wie schnell ein Mensch vergessen wird. Eigentlich sofort, sobald er zu nichts mehr zu gebrauchen ist.«

Ich habe Sorge, dass er eines Tages einfach aufgibt.

Lauter fromme Gedanken schwirren mir durch den Kopf, das macht mich wütend. Fromme Worte und pfäffische Verwandte, der Religionslehrer in der Schule und seine Worte, die schärfer schnitten als die Rute, die er immer in den Händen hielt. Ich erinnere mich ans Reisigsammeln mit den jüngeren Brüdern im Wald, das wir dann verkauften, um uns Farbe für Ostereier kaufen zu können. Hier im Gorski kotar unterrichte ich Marxismus, und die Frömmigkeit verfolgt mich wie eine Fanatikerin, wie unsere pfäffische Nachbarin. Ich schaue über das Meer zum Horizont und bitte, fast auf Knien flehe ich darum, dass die Geschichte gut ausgeht. Bitten und Gebete für ihn, für die Meinen, für uns alle. Das Ende naht, die Freiheit naht.

—

Ich hasse die Prothese, die ich bekommen habe. Mit ihr kann ich mich nur langsam, ganz langsam fortbewegen. Jetzt muss man mich immerhin nicht mehr stützen. Die Genossen, mit denen ich hergekommen bin, sind fast schon alle zurückgereist. Bald kenne ich niemanden mehr. Vor zwei Tagen ist auch Ivo gegangen, und seitdem fühle ich mich wie der Dorfnarr. Wie der Nachbar Franček in Bogneča vas, der Tag und Nacht vom höchsten Birnenbaum aus österreichisch-ungarische Soldaten vertrieb. Alle belächelten wir ihn, und manchmal halfen wir ihm auch, seine Feinde zu bekämpfen. Ich kann kein Italienisch, also habe ich keine Ahnung, was sie über mich sagen.

Ivo habe ich einen Brief für sie mitgegeben und noch einen für die Schwestern. Ich weiß, dass sie mich verstehen wird, sie wird meine Traurigkeit verstehen, weil ich allein bin, hier weit weg vom heimatlichen Triumph. Von der Freude daheim. Weit von allem, wofür ich die letzten Jahre gelebt habe. Ab und zu zeigt mir ein Arzt eine Karte Europas und zeichnet mit rotem Stift ein, von wo die Deutschen schon überall vertrieben wurden. Manchmal fährt ein Sanitäter mich im Rollstuhl zum Hafen. Ich bitte ihn, mich dort zu lassen und erst einige Stunden später wieder abzuholen. Ich suche mir Schiffe aus, mit denen ich fortgehen könnte, vielleicht wäre es wirklich das Beste. Wenn ich gelernt habe, noch ein bisschen besser zu gehen, und ich weniger Schmerzen habe, werde ich mich aufmachen, Vater zu suchen. Mutter wäre mir furchtbar dankbar dafür. Nur gehen lassen wird sie mich nicht. Und die anderen? Ich werde ihren Blicken entkommen, niemand wird sehen, was wirklich von mir übrig geblieben ist. Niemand wird wissen, dass ich nicht mehr bin als ein verlorener Krüppel.

Und sie? Werde ich sie noch einmal wiedersehen? Würde sie mit mir gehen? Wenn der Krieg vorbei ist, wird sie sich vielleicht eine andere Welt wünschen. Aber das glaube ich nicht. Ich habe gehört, dass man sie andauernd umherschickt, damit sie unterrichtet. Ich habe gehört, dass sie nicht in Slowenien ist, und ich habe gehört, dass sie einen Haufen Verehrer hat. Ich habe gehört, dass sie einige hohe Auszeichnungen bekommen hat. Was soll sie denn mit einem wie mir? Ich habe noch nicht einmal die Schule abgeschlossen. Letztens habe ich chinesische Märchen gelesen. Das Märchen, in dem schon bei

Geburt im Himmel bestimmt wird, welche verwandte Seele deine Seele treffen und auch mit ihr zusammenbleiben wird, habe ich mehrmals gelesen. Alle Seelen haben eine Art farbige Bänder, und die Engel, oder ich weiß nicht genau wer, verbinden sie dort im Himmel dann miteinander. Fürs ganze Leben. So habe ich das verstanden. Farben. Bänder. Sind unsere Farben verwoben? Wurden unsere Bänder verknüpft? Ein bisschen werde ich noch warten.

Diese großen Schiffe verfolgen mich in meinen Träumen. Ich betrachte die Schiffe, das Meer, die Sonne, die Träume sind leer. Nicht einmal das weiß ich, ob die Chinesen auch Engel haben.

—

*Schon den ganzen Abend* sitze ich hier am Meer, halte die Füße ins Wasser, sehe die Erfrierungen, die Hühneraugen, die blauen Flecken. Das Meer. Wenn ich hier so sitze, habe ich das Gefühl, dass ich nur des Meeres wegen zu den Partisanen gegangen bin, nur des Meeres wegen durchgehalten habe. Wenn das Meer bloß unser wäre. Wenn nur. Nichts, es ist schön. Mehr als schön.

Und wenn ich daran denke, dass er dort drüben im Rollstuhl sitzt, aufs Meer schaut und die Schiffe zählt. Verbittert schreibt er, dass er dort im Krankenhaus Redakteur der zentralen Wandzeitung geworden ist, und fügt hinzu, dass ein Mensch, wenn er für nichts mehr zu gebrauchen ist, halt Kulturschaffender wird. Er hat mir ein Bild von sich ohne Bein geschickt. Nur einmal ganz schnell habe ich es angesehen. Ich habe Angst. Ich habe Angst, dass er zurückkehrt. Ich habe Angst, dass er fortgeht.

Ich wäre gern bei ihm, würde ihm gern sagen, dass es mir

leidtut, dass wir damals, kurz nachdem wir uns kennengelernt haben, nicht mitten im Wald geheiratet haben. Er hat mich darum gebeten, und ich dumme Gans wollte auf die Freiheit warten. In jener warmen Nacht. Vielleicht hätte er mich doch noch überzeugt, aber dann wurde er verletzt.

Dieses Warten. Worauf? Warum?

—

»Du bist da, endlich bist du gekommen«, höre ich Marijas fröhliche Stimme.

Mit Tränen in den Augen lacht sie und umarmt mich. Ich sitze im Rollstuhl, und sie krabbelt mir fast auf den Schoß.

»Du erdrückst ihn noch«, scherzt der Mann, der sie begleitet. »Ich bin Marko. Ich habe schon so viel von dir gehört. Von euch allen. Ich bin dankbar, dass ihr Marija nach Bosnien geschickt habt. So konnten wir uns kennenlernen.«

Sein Blick ist warm und entschlossen. Das ist bestimmt Marijas große Liebe, von der sie ihr geschrieben hatte. Beide sehen glücklich aus. Ich habe gehört, dass er Tito nahesteht, dass sie gute Freunde sind. Also wird Marija hierbleiben. Ich weiß nicht, warum ich beruhigt bin. Geht das nicht alles zu schnell? Aber so sind die Zeiten, es wird nicht nachgedacht. Das sind die »Hier-und-jetzt«-Zeiten. Keiner weiß, was dann kommt.

»Keine Ahnung, warum sie mich nach Belgrad geschickt haben, dabei wäre ich so gern nach Slowenien. Ständig habe ich darum gebeten, mich nach Hause zurückzubringen.«

»Du bleibst bei uns«, umarmt Marija mich.

Ich liege auf dem Bett und starre an die Zimmerdecke. Marija ist glücklich, und sie hat wirklich alles dafür getan, dass ich mich wie zu Hause fühle. Zu Hause? Im Winter der Kachelofen, im Sommer das Heu. Und unsere ganze Hütte daheim würde in dieses Zimmer passen, in dem ich jetzt liege. Zu Hause sein. Mit ihr. Ich habe gehört, sie sei tot, und bin fast verrückt geworden. Dann kam die Nachricht, dass sie lebt. Sie schrieb mir und beglückwünschte mich zu den Auszeichnungen, die ich währenddessen bekommen haben soll. Davon weiß ich nichts, bis zu mir ist nichts durchgedrungen. Sie bat mich, nicht ohne sie nach Südamerika zu gehen, ich solle auf sie warten, und sollte es wirklich nicht anders gehen, würde sie auf mich warten, bis ich zurückkomme.

»Du bist also dieser Held aus Slowenien.«

Ich nicke und denke zynisch: »Held aus Slowenien.«

Vor mir steht ein großer, freundlich lächelnder Mensch. Mit dem Stock klopft er sich gegen das Holzbein. »Da, wir sind aus demselben Holz«, lacht er mich an.

Von ihm habe ich schon gehört. Er kommt aus Montenegro, sein Bein hat er schon in Spanien verloren.

»Siehst du, dass man auch so leben kann«, flüstert Marija.

Heute habe ich zu große Schmerzen, um das Holzbein anzulegen, und so bin ich von Marija und den Ihren abhängig. Ich verberge den Schmerz und begrüße Leute, die sie mir vorstellt. All diese Namen habe ich schon gehört. Aber noch nie zuvor habe ich die Speisen gesehen, die die Kellner uns bringen. Ich trinke Rotwein aus einem Glas, dessen Kelch so dünn ist, dass ich die ganze Zeit Sorge habe, er könnte mir zwischen den Fingern zerbrechen.

»Ist das Freiheit?«, frage ich Marija.

»Marko hat mir versprochen, dass man sie nach Belgrad versetzen wird.«

—

*Selbst in Triest liessen* sie uns keine Zeit. Mit einem Jeep fuhren sie uns nach Ajdovščina, wo die slowenische Regierung gebildet wurde. Ich hoffe, der Fahrer hat meine Tränen nicht bemerkt, als ich mich unaufhörlich zur Stadt umdrehte. Zu der Stadt, nach der wir uns alle so lange gesehnt hatten. Hier vom Hügel aus ist sie noch schöner als in unseren Träumen.

Triest, die slowenische Regierung, der Geruch nach Rosmarin und Rauch, Blut. Hoffnung, Übermut und immer wieder der Befehl: »Weiter!«

»Ljubljana ist befreit«, sagt Vlado, der Kommissar des Korps. Ich kann keine Freude in seinen Augen erkennen. Mein Blick streift über seine herabhängenden Schultern und das blasse Gesicht.

»Hauptsache, du lebst.«

»Ach, am Leben schon, am Leben«, sagt er.

Bei Vrhnika winken Offiziere der herzegowinischen Brigade uns zu, wir sollen die Lichter ausschalten.

»Warum, Ljubljana ist doch befreit?«

»Ist es ja nicht, das war bloß taktische Propaganda.«

Propaganda. Wozu denn? Ich werde den Krieg nie verstehen. Wir fahren langsam und hören die Rufe, wir sollen das Licht ausmachen, still sein. Wir bewegen uns in einer Beklommenheit, die einem Todesgrauen ähnelt. Der Lärm der Flieger und Panzer, das Stöhnen der Menschen, das Bellen der zurückgelassenen Hunde. Am Straßenrand liegen Verletzte, Tote, kraftlose Alte, weinende Kinder. Leere Wagen, niedergebrannte Laster. Und ich habe schon wieder die Flinte im Anschlag. Die alte, neue Leier? Dämmerung. Nacht. Wäre bloß er hier irgendwo in der Nähe.

Überall Blumen, Jubelrufe, das Schwenken der Fahnen, Tränen. *Hej, brigade* tönt die Partisanenhymne. Sie ziehen uns von den Lastwagen, umarmen uns, küssen uns. Ljubljana ist heute befreit. Frei. Und ich versinke in Einsamkeit.

—

ALL DIESE BRIEFE, ALL die Besuche. Vor allem viele Slowenen treiben sich hier in Belgrad herum und bemühen sich, in der Hauptstadt zu bleiben. Sie belagern Marija, erinnern sie ständig daran, wie gerade sie ihr doch das Leben gerettet hätten, warten darauf, eingeladen zu werden. Marija schweigt. Sie kann sich an all diese Menschen nicht erinnern. Wo sind wir bloß gelandet. Marija lächelt mir zu. Unsere Seelen sind alt. So alt.

Ich lausche den Geschichten aus Slowenien. Die Engländer haben die fliehenden Weißgardisten und Ustascha zurück nach Jugoslawien geschickt. Hier in Serbien jagt Marko die Tschetniks. Kurzum, der Krieg ist noch nicht aus, das Blut auch nicht. Heute haben sie mir Trauben aus ehemals königlichen Weinbergen geschickt. Wem gehören sie jetzt? Zuerst wollte ich die Früchte zurückschicken, dann habe ich es mir doch überlegt. Warum eigentlich nicht. Sie waren wirklich gut. Wenn ich da bloß an die sauren Trauben daheim denke.

Ich habe ihren Brief erhalten. Sie arbeitet, arbeitet und arbeitet. Sie erlauben ihr nicht, mich in Belgrad zu besuchen. Ihr Brief klingt traurig. Ist das der Lohn für die durchstandenen vier Jahre, fragt sie sich. »Die Pflicht ruft«, hört sie in einem fort. Auch meine Depesche aus dem Stab des Korps zur Volksverteidigung Jugoslawiens hat nicht geholfen. Und mich lassen sie nicht nach Slowenien. Sie sagen, sie brauchen mich hier. Ich frage mich, wofür, denn ich fühle mich nicht gerade nützlich. Vielleicht werde ich einfach hauptberuflich slowenischer Nationalheld. Hier in Belgrad. Ich hoffe, Marija kann meine Gedanken nicht lesen. Aber nach all den Monaten haben sie mir wenigstens meine Pistole wiedergegeben. Und die Ihren sind am Leben. Und die Meinen sind am Leben.

—

*All das Chaos, all* die Freude. All der Übermut. Wir suchen einander. Milan und ich gehen Arm in Arm durch Ljubljana und singen aus voller Kehle das Kampflied *Tam na Pugled gori* – Dort auf dem Berg Pugled brennt's.

Die Leute drehen sich zu uns um. Ich weiß nicht, was sie sich denken. Ist auch egal. Milan wiederholt dauernd, dass ich ihm das Leben gerettet habe.

»Um Gottes willen, hör schon auf.«

»Was machst du jetzt?«

»Und du?«

Wir sitzen am Fischteich.

»Wir sind in Ljubljana.«

»Hm, in Ljubljana.«

»Was machst du jetzt?

»Und du?«

»Eigentlich sind wir jetzt noch verrückter als die letzten vier Jahre.«

»Waren wir denn verrückt?«

»Ich weiß nicht.«

Wälder, Winter, Tote. Angst. Verrückt? Und eine seltsame Leere.

»Ständig habe ich Hunger. Noch schlimmer als während des Krieges.«

»Denkst du denn, dass der Krieg wirklich vorbei ist?«

»Ich weiß nicht. Ständig schwirren Vaters Verwandte um mich herum und sagen, ich solle bezeugen, dass sie auf unserer Seite waren. Sie hätten uns schon immer so sehr gemocht, sagen sie. Und sie seien stolz auf uns.«

»Ich weiß. Ich traue mich gar nicht mehr in unser Dorf. Zu uns nach Hause. Alle Nachbarn, die gegen Mutter und meine Schwester gehetzt haben, verehren mich jetzt. Plötzlich bin ich ihr Held. Angeblich haben sie mir alle schon eine heldenhafte Zukunft prophezeit, als ich noch ein kleines Kind war.«

»Bald sind Wahlen.«

—

ICH SCHLIESSE DIE AUGEN. Wie frisch diese Laken riechen. Ständig muss ich mich vergewissern, dass das alles wahr ist. Das Fenster habe ich ein Stück geöffnet, um das Rattern der Eisenbahnräder und das Pfeifen der Lokomotive besser hören zu können, vielleicht kann ich es dann eher glauben. Marija und ich reisen nach Ljubljana. Das Abendessen wurde uns im Speisewaggon serviert. Selbst ein Glas Wein als Gutenachtgruß haben wir bekommen.

Marija bebt nur so vor Glück, endlich ihren Bruder zu sehen. Den Einzigen aus ihrer Familie, der überlebt hat. Und ich? Wen werde ich treffen? Was werde ich vorfinden?

Diese frischen Laken, dieses Reisen, diese Erwartung. Ich traue mich nicht, glücklich zu sein. So lange hat es gedauert, bis sie mir erlaubt haben, unsere Hauptstadt zu verlassen. Unsere? Diese etwas seltsam siegreiche Stadt. Viele Dinge, die ich so beiläufig gehört habe, würde ich am liebsten vergessen. Mir ist immer noch nicht klar, warum sie mich bei sich behalten wollten.

Jeden Tag habe ich geübt, mit diesem Stück Holz zu gehen. Jeden Tag. Wie ein Irrer bin ich von Marijas Zuhause zur Donau gegangen und wieder zurück. Fünfmal, sechsmal am Tag. Ich habe vor Schmerzen und Einsamkeit geweint, und auf Briefe aus Slowenien gewartet. Ich habe das Leben verflucht, weil ich sie immer noch liebhabe. Geträumt, dass ich mein Pferd wiederhabe und Tag und Nacht reite. Bis jetzt weiß ich nicht, was mit ihm ist. Dem Pferd. Damals im Lazarett habe ich darum gebeten, es meinem Bruder zu geben. Dem jüngeren. Auch ihn habe ich schon lange nicht gesehen.

Ich höre das Rattern des Zuges. Man sagt, die gleichmäßige Fahrt mit einem Zug würde beruhigen, einen in den Schlaf lullen.

Als ob. Ich bin aufgeregt, von Minute zu Minute mehr. Alles verfolgt mich. Diese Bilder, diese Szenen, diese Leute, diese rätselhaften Gerüchte. Das Flüstern. Ein ungewöhnlicher Mensch aus Russland, der ständig um mich kreiste. Angeblich kam er aus Leningrad. Andauernd bot er mir sein Auto und seinen Fahrer an. Beides stände mir stets zur Verfügung.

»Wo immer Sie hinmöchten. Wann immer Sie wollen.«

»Nach Slowenien. Jetzt«, erwiderte ich.

Dann sah ich ihn nie wieder. Auch zu Marija kam er nicht mehr. Was hatte er nur gewollt?

Ich lausche den Geräuschen der Lokomotive. Wir kommen zur rechten Zeit. Die Pflaumen im Dorf sind gerade reif. Im Garten. Hinter dem Haus. Doch zuerst würde ich Mutter trösten müssen. Schon jetzt kann ich ihr Heulen und die Schreie der Verzweiflung der Schwestern hören. Vielleicht gehe ich auch gar nicht nach Hause. Nach Hause?

Werde ich sie sehen? Nach Belgrad ist sie nicht gekommen. Angeblich hat man sie nicht gelassen. Stimmt das? Marija sagt, es sei wirklich so. Marko hat das bestätigt. Man würde sie brauchen. In der Politikschule angeblich.

Ich will nicht nachdenken, ich will schlafen. Teufel noch eins, wann kommt endlich dieses Ljubljana?

—

*Ich schaue aus dem* Fenster. Große Bäume im Mondschein. Bäume um das Schloss herum. Das Schloss im Stadtpark von Ljubljana. Schloss Cekinov grad heißt es. Wer wohl alles hier schon gelebt hat?

»Komm«, ruft Ančka.

»Ich kann nicht schlafen, leg du dich ruhig schon hin.«

Die Freiheit. Ich bin erschöpft. In nur fünf Wochen habe ich das Gymnasium abgeschlossen. Auf die Schnelle haben sie Kurse für diejenigen eingerichtet, die wegen der Zeit bei den Partisanen das Gymnasium unterbrochen haben. Die Lehrer hatten Angst vor uns. Respekt? An ihre Angst glaube ich, an ihren Respekt aber nicht.

Lado hat mir im Unterricht eine Ohrfeige gegeben. Die Mathematikprofessorin hatte Lehrstoff abgefragt, den wir in der Woche zuvor durchgenommen hatten, und natürlich hatte er keine Ahnung. Sie wollte ihm eine schlechte Note geben, da hat er einfach seine Pistole auf sie gerichtet. Dabei war er im Kampf wirklich kein Held gewesen, ich hatte es ja gesehen. »Du hattest während des Krieges Zeit, deine Tapferkeit zu beweisen«, fuhr ich ihn an. »Jetzt führ dich nicht so auf. Warum trägst du hier in der Schule überhaupt deine Waffe mit dir herum? Die Zeit des Stürmens ist vorbei. Schlag lieber mal ein Buch auf.« Er stand auf. Die Mitschüler lachten. Ob über ihn oder mich, weiß ich nicht. Wir grüßen einander nicht mehr.

Tag und Nacht habe ich gelernt, um so schnell wie möglich fertig zu werden und meinen Weg weitergehen zu können. Ohne die Partei, ohne Gehorsam. Ein wenig von dem Leben, das ich eigentlich nicht kenne, nur aus Träumen oder Romanen. Da haben sie mich zurück ins Schloss geschickt, und jetzt unterrichten Ančka und ich Marxismus. Ob wir wollen oder nicht. Wir kommen uns lächerlich vor.

»Tito, Stalin«, hören wir in einem fort und liegen selbst anderen damit in den Ohren. In letzter Zeit habe ich Angst, jemand könnte meine Gedanken lesen. So grob bin ich geworden. Und zynisch. Verbittert. Und wenn schon! Während des Kampfes war es einfach. Leben oder Tod. Fliehen oder angreifen.

»Komm, mir ist kalt«, höre ich Ančka wieder. Sie kennt meine Gedanken und ich ihre. Das Schloss ist jetzt unser Zuhause. Ich weiß nicht, wie lange sie uns allen, die wir hier leben und arbeiten, schon Matratzen versprechen. Wir schlafen auf Decken, die auf dem nackten Boden liegen, wir schlafen schon wieder umschlungen. Wie früher, im Wald. Wann war das? In einem vorherigen Leben oder gestern. Ančka rückt ein bisschen zur Seite und flüstert.

»Glaubst du, wir bekommen auch mal einen Lohn?«

»Ich habe alle Wertmarken schon aufgebraucht. Hast du noch welche?«

»Ja.«

»Ich habe sie meinem Bruder Jože gegeben, damit er sie verteilt, wenn er die anderen Brüder trifft. Und Mutter und Vater.«

»Weißt du, was mit ihnen ist? Hast du was gehört?«

»Stane ist verschwunden. Seine gesamte Truppe. Franc hat man einen höheren Dienstgrad verliehen und ihn an die rumänische Grenze geschickt. Und Drago will zur Seemannsschule. Ich muss ihm helfen. Aber außer Jože habe ich so oder so seit der Freiheit keinen gesehen. Ich weiß nur, was ich über andere höre.«

Stille. Ich weiß, dass Ančka jetzt an ihre Mutter denkt, die sie erschossen haben, als sie vor den Deutschen floh. Und der Bruder?

»Vinko ist in Belgrad. Ich würde ihn so gerne sehen.«

»Schlaf gut.«

Wieder sind wir alle zu Hause. Es ist Abend, und draußen schneit es. Eng beieinander sitzen wir auf dem Kachelofen, und Mutter hat uns einen Topf gekochter Kastanien gebracht und Zichorienkaffee. Den ganzen Nachmittag haben wir im Wald Reisig gesammelt, und morgen vor der Schule werden die älteren Jungs es zum Markt bringen.

Ich träume nicht. Ich wünsche mir, es wäre so.

Ančka schläft. Ich stehe auf und gehe ans Fenster. Heute war ein schöner Sonnenuntergang, der ganze Himmel war rosa. Was erwartet uns jetzt überhaupt? Die Freiheit haben ja wir schon.

—

HIER BIN ICH FRÜHER zu Fuß gegangen. An den Weinberghäuschen, an den Reben vorbei. Durch Schlamm. Durch Schnee. In diesem Wald haben Ivan und ich uns einmal im Nebel verlaufen. Erst morgens haben wir nach Hause gefunden. Mutter hat mich verdroschen, sie hätte meine Märchengeschichten satt. An diesem Bach habe ich geweint und nach Vater gerufen.

Und jetzt muss der Mann meiner jüngsten Schwester mich im Nachbarort abholen, wohin man mich mit dem Auto gefahren hat. Ich sitze auf seinem Karren und schaue durch die Gegend. Es tut weh. Fast vor jedem Weinberghäuschen wartet jemand mit einem Weinballon auf uns. Mit jedem muss ich anstoßen. Auch mein Schwager. Vielleicht schaffen wir es gar nicht lebend bis zu unserem Dorf.

»Ich begleite dich«, sagte sie.

»Erst mal gehe ich allein. Ich würde dir gerne dieses erste Treffen mit meiner Mutter ersparen, seit ich ein Krüppel bin. Das wird eine einzige Katastrophe.«

»Was soll das mit dem Krüppel, hör schon auf!«

Das bin ich jetzt. Für immer verkrüppelt.

Vor der strohbedeckten Holzhütte im Dorf warten die Schwestern und Mutter. Tränen. Gejammer.

»Mutter, lassen Sie das. Wenn ich nicht geweint habe, dürfen Sie das auch nicht.«

Auf dem Tisch in der Küche stehen eine Flasche Šmarnica Weißwein und Griebenbrot. Die Nachbarn kommen. Sie umarmen mich, klopfen mir auf die Schulter.

»Erinnerst du dich noch, als wir ... «

»Erinnerst du dich, als du mir ... «

Alle erinnern sich an irgendetwas. Geschichten, die ich zum ersten Mal höre. Geschweige denn sie wirklich erlebt habe. Ich bestimmt nicht. Was haben die Leute mit ihren Erinnerungen gemacht? Wie viele Lügen in diesen Erinnerungen stecken. Ist es wirklich so einfach? Heute ist es schwarz und weiß, und morgen ist Weiß Schwarz und Schwarz Weiß. Wie oft werden die Farben noch wechseln?

Ich bin erschöpft. Wie gerne würde ich auf den Kachelofen kriechen, aber das kann ich nicht mehr. Um Hilfe werde ich nicht bitten, sonst würde Mutter wieder in Tränen ausbrechen, und das ertrage ich nicht.

»Was machst du jetzt?«, fragen die Schwestern und verhalten sich, als würde auch ihr Leben davon abhängen.

»Ich weiß nicht. Ich würde gern erst mal zum Bach gehen.«

Der Bach, der immer mein Zufluchtsort war. Mein Trost. Mein Geheimnis. Mein Beichtstuhl. Mein Ort, Vater nahe zu sein. Der Bach ist meine lange Geschichte.

Und jetzt habe ich das alles verloren, werde nie wieder allein dorthin gehen können. Dorthin, wo sich mir das Leben immer für einen zarten Augenblick auftat.

—

*Eine Versammlung, die nächste* und noch eine. Unterricht und wieder Unterricht. Wie dämlich manche sind! Als hätten sie während des Krieges einfach aufgehört, mit ihrem eigenen Kopf zu denken. Oder sie wollen nicht verstehen, wie ernst die Zeiten sind. Dass dieses Jetzt gerade erst richtig losgeht. Keine Ahnung, was ich in dieser Abteilung für Volksschutz überhaupt mache. OZNA heißt sie. Sollen sie mich endlich in Ruhe lassen. Ich würde so gerne studieren. Aber es warten schon wieder neue Aufgaben auf mich.

Auf den Straßen Ljubljanas herrscht weiterhin Freude. Und Frieden. Es gibt Tage, an denen vor allem Übermut waltet. Ich weiß nicht, was die Bewohner der Stadt sich denken. Viele ehemalige Widerstandskämpfer tragen noch immer Waffen. Sie verhalten sich, als wäre ihnen alles erlaubt. Sie tun, was immer sie wollen. Entschuldigen sich nicht, erklären sich nicht. Auf einmal wurden alle zu großen Helden. Ich weiß nicht, ob alle darauf warten, von Tito zum Nationalhelden erklärt zu werden, oder was.

Ančka und ich liegen praktisch immer noch auf dem Boden. Die versprochenen Matratzen kommen einfach nicht. Gestern hat Ančka sich fast geprügelt, um an ein Paket vom Roten Kreuz zu kommen. Wir haben einen Tee gekocht, etwas wie Kekse geknabbert und gelacht.

»Den habe ich heute vor der Post getroffen. Ganz zerknirscht streift er durch die Gegend. Bei den Partisanen hat er Štefka geheiratet, und dabei hat niemand gewusst, dass seine erste Frau den ganzen Krieg lang in Ljubljana auf ihn gewartet hat.

Zwei Kinder hat sie schon. Štefka hat ihn auf der Partisanenversammlung vor allen geohrfeigt und ist dann gegangen. Ciril droht ihm mit dem Ausschluss aus der Partei.«

»Los, erzählt es mir. Ich möchte auch ein bisschen lachen, das ist gut für die Seele«, sagt Tone. Er kommt aus dem Saal angeschlichen. Völlig durchgefroren, in eine Decke gewickelt.

»Wir tauschen unsere Neuigkeiten gegen deine. Du zuerst. Du sitzt viel näher an der Futterkrippe als wir beide.«

»Nichts Gutes. Alle sind nervös wegen der Wahlen und wegen denjenigen, die von den Engländern zurückgeschickt werden.«

»Hör auf. Gute Nachrichten. Schöne Neuigkeiten. Wenn wir bis hier gekommen sind, kommen wir auch noch weiter«, unterbreche ich ihn.

Wir sind besorgt. Langsam fragen wir uns, wer wer ist, was vorbereitet wird, was in einem Jahr sein wird. Wir versuchen, ein glückliches Ende zu erwischen. Oder einen Anfang? Ein neues Leben.

»Noch ein bisschen Tee, bitte.«

Vorerst haben wir das Glück einfach auf die Zukunft verschoben.

—

NACH DIESER FEIERLICHEN ANKUNFT in Ljubljana hat man mich auf irgendein kleines Schloss außerhalb von Ljubljana gefahren. Nur für einen Augenblick habe ich sie gesehen. Man ließ mir kaum Zeit zum Luftholen. Schnell umarmten wir uns.

»Sehen wir uns morgen?«

»Bestimmt. Matija wird wissen, wo ich dich finde.«

Dann ging sie still mit Marija und ihrem Bruder davon. Ich sah ihr hinterher und hätte fast geweint. Ich erinnerte mich an unsere Nächte im Wald, voller Pläne und Glück. Lächerlich, dass ich jetzt so denke. Aber wirklich. Nächte voller Ruhe. Jetzt, da ich zurückblicke. Und Marija hat sich im Zug kurz vor Ljubljana ein Kopftuch umgebunden und eine Brille aufgesetzt, damit man sie nicht erkennt. Sie ist noch aus Belgrad müde von all den slowenischen Schöntuern. Seit sie mit Marko zusammen ist. Wie soll das erst hier werden? Den versprochenen roten Rock habe ich nicht vergessen.

Ljubljana. Ich habe das Gefühl, dass niemand weiß, was man eigentlich mit mir anfangen soll. Ständig denken sie sich etwas aus, bieten mir etwas anderes an. Die neueste Schnapsidee ist, dass ich Direktor der Gefängnisse werden soll. Ein Witz eigentlich, der fast schon an Perversion grenzt. Ich bin zu Janez. Er hat ein hohes Amt. Genau wie ich hat er die Schule nicht abgeschlossen.

»Du bist verrückt. Natürlich musst du es annehmen.«

Dann haben wir uns betrunken. Janez hat einem Soldaten aufgetragen, mit einem Militärfahrzeug Ivan und Vlado abzuholen. Beide haben sich zu Partisanenzeiten sehr wichtig genommen und waren übermütig. Ähnlich wie ich. Janez auch. Aber sie sind wenigstens heil geblieben. Der arme Soldat, den Janez buchstäblich aus dem Bett geschmissen hatte, musste uns durch Ljubljana fahren. Die Stadt ist nachts wunderschön. Besonders hier oben auf dem Burghügel.

»Jetzt gehört es uns. Ljubljana«, sagt Vlado. Wir nicken. Der Soldat fährt uns zum Schloss, in dem wir vier wohnen.

»Eine Straßenbahn«, brüllt Janez während der Fahrt plötzlich. »Halt an und warte auf uns«, befiehlt er dem verwirrten Soldaten.

»Eine Straßenbahn«, wiederholt Vlado und fragt Ivan: »Kannst du die fahren?«

»Natürlich.«

Wir sitzen in der Straßenbahn und singen. Die Straßenbahn fährt immer schneller. Ivan ruft um Hilfe. In Wahrheit hat er keinen blassen Schimmer, wie man das Fahrzeug bedient. Er weiß noch nicht einmal, wie es ihm gelungen ist, das Ding in Gang zu bringen.

»Bleib ruhig. Das bleibt schon stehen, sobald die Schienen zu Ende sind.«

Wir liegen in der umgekippten Straßenbahn. Janez murmelt mit blutiger Stirn immer noch: »Ljubljana gehört uns.«

Und Vlado ist einfach eingeschlafen. Mein Holzbein hat sich abgeschnallt.

»Verdammt«, fluche ich, als die Soldaten mich aus dem umgekippten Wagen tragen.

Frühstück. Das Schloss, ein Stück Brot und ein Milchkaffee, der von Kaffee noch nie etwas gehört hat. Vlado und Ivan schauen niemandem in die Augen. Janez ist schon frühmorgens verschwunden.

»Habt ihr gehört, dass nachts jemand eine Straßenbahn geklaut hat?«, kommt Miha ganz aufgeregt in den Speisesaal.

»Ljubljana gehört uns«, sage ich und schiele zu den beiden Mittätern, die auf den Boden starren.

—

*Hier am Fluss haben* wir uns mit ihnen verabredet. Beide warten wir wortlos.

Erinnerungen daran, wie sie mich damals aus dem Wasser gerettet haben. Erinnerungen an Zärtlichkeit und Unsicherheit. Erinnerungen an diesen Duft nach Frühling.

Werde ich meine Traurigkeit verbergen können? Er ist verzweifelt. Schon seit Tagen versuche ich, ihn zu überzeugen, dass alles gut wird. Wir werden es schön haben. Wirklich. Jetzt will ich diese Hoffnung ausleben, die mir geholfen hat, bis zum Ende des Krieges durchzuhalten, den Fluss zu überleben und den ständig drohenden Tod. Dass ich keine Angst hatte. Und jetzt habe ich Angst. Sehr sogar.

»Was sollen die Kinder mit einem verkrüppelten Vater?«, antwortet er mir. »Und du? Wirst du das aushalten? Ich bin jetzt ein anderer.«

Ich erinnere mich, wie Olga und ich nach einem schweren Gefecht zum Dorf gingen, in dem die anderen auf uns warteten. Wir lachten und weinten.

»Was willst du denn mit dem vorlauten Jungen? Er ist so anders als du.«

»Ich kann mir nicht helfen. Weißt du, ich bin so sehr verliebt.«

Es stimmt, ich habe ihn so lieb. Seine Entschlossenheit, seinen Frohsinn, sein Singen. Das steckt immer noch in ihm. Das muss immer noch in ihm stecken. Das kann nicht einfach so verlorengegangen sein. Unmöglich. Ich kann mich nicht einfach verabschieden.

Jemand hält mir von hinten die Augen zu. Ich höre ein Lachen. Das kann doch nicht wahr sein. Er ist tot. Es hieß, seine ganze Truppe sei ermordet worden. Er duftet nach Rosen. Ich traue mich nicht, seinen Namen auszusprechen.

»Stanko!« Es ist wirklich mein Bruder, von dem uns erzählt wurde, er sei gefallen.

»Jetzt fall nicht du auch noch in Ohnmacht, so wie Mutter, als ich vor ihrer Tür erschien. Umarme mich lieber.«

Ich umarme ihn. Noch einmal und noch einmal. Seine schalkhaften Augen. Sie sind immer noch genauso wie damals, als wir beide uns Vater widersetzten und zu Fuß ans Meer wollten. Ich weiß immer noch nicht, ob wir überhaupt in die richtige Richtung gegangen sind. Vaters Onkel Jakob, der Einzige aus Vaters Familie, der in schlimmen Zeiten bereit war, uns zu helfen, hatte uns schnell eingeholt.

»Wohin des Weges?«, lachte er.

Ich versuchte, in den Wald zu entwischen, aber Onkels Knecht hatte mich schnell geschnappt.

»Es hat keinen Sinn. Du kommst nicht weit.«

Dann waren wir drei Tage bei Jakob, bis Vater kam, um uns abzuholen. Er versprach Jakob, es würde keine Folgen haben. Zu Hause haben wir dann trotzdem Prügel bekommen. Noch heute trage ich die Male. Mutter weinte und kam uns heimlich gute Nacht wünschen.

»Mein Stanko«, streichle ich ihn.

Langsam kommen sie einer nach dem anderen den Berg hinab. Mutter, Vater, der kleine Ciril, Jože, Lojze und Drago, der immer noch seine Flinte und die Titovka-Mütze trägt.

»Der Krieg ist doch vorbei«, sage ich.

»Wir müssen immer bereit sein«, antwortet er.

Ich sehe ihn an. Zwölf Jahre ist er alt. Vier Jahre bei den Partisanen hat er hinter sich, und so wurde ihm mit seinen zwölf Jahren erlaubt, an den Wahlen teilzunehmen. Er war auch in der Zeitung, mit Bild. Ein Lockenkopf mit Titovka vor der Wahlurne. Der jüngste Wähler in Slowenien, der jetzt alles daransetzt, zur Seemannsschule geschickt zu werden. Er will aufs Meer. Aufs Meer. Ihm wird das bestimmt gelingen. Hat er es überhaupt schon mal gesehen? Was ist das bloß mit unserer Familie und dem Meer? Diese unaufhörliche Sehnsucht nach dem Meer.

Wir reden alle durcheinander.

»Und Franc? Wo ist Franc?«

»Durchgehend ist er bei diesen Weißgardisten-Prozessen. Er sagt, er ertrage das nicht mehr. Jetzt ist er noch dünner als bei den Partisanen. Ich mache mir Sorgen um ihn. Aber er winkt das immer ab. Keine Ahnung, woher er diese Geduld hat«, sagt Mutter.

Sie weiß nicht, von wem Franc seine Geduld geerbt hat.

»Von wem bloß«, lächle ich ihr zu.

Mutter. Ihr friedliches Gesicht. Sie trägt eine solche Ruhe in sich. Als würde sie keine Sorgen kennen. Auf dem Gras breitet sie ein Tischtuch aus und legt Köstlichkeiten darauf. Ein Brathähnchen und frisches Brot.

»Woher hast du das alles?«

»Den Nachbarstöchtern habe ich Kleider gestrickt und dafür das Hähnchen bekommen. Und Ciril hat drei Tage lang dem Müller geholfen und einen Sack Mehl nach Hause gebracht. Die Müllersfrau hat ihm heimlich Hefe mitgegeben. Mit liebem Gruß an dich. Sie hofft, du erinnerst dich, dass sie immer gut zu dir war.«

Plötzlich verstehe ich, warum Marija sich im Zug das Kopftuch umgebunden und eine Brille aufgesetzt hat. Die Müllersfrau. Als Mara und ich sie damals nach Mehl gefragt und versprochen haben, es bestimmt ganz bald zu bezahlen, hat sie uns davongejagt.

»Ihr Zigeuner, lasst euch nie wieder blicken.«

Ich lächle. Sie war immer gut zu mir. Immer wenn Partisanen zu ihr kamen, hatte sie gerade kein Mehl. Eigentlich hatte sie gar nichts.

»Die Weißen waren gerade hier und haben uns alles genommen«, hat sie jedes Mal gesagt.

»Das stimmt nicht«, haben die Nachbarn erzählt.

Egal. Mutters Brot. Lange, so lange mussten wir alle darauf warten.

Ich sehe zu ihm herüber. Ihm ist doch nicht langweilig? Er sitzt ein bisschen abseits und schaut uns an. Ciril klettert auf ihm herum und setzt ihm Dragans Mütze auf. Der Kleine ist enttäuscht, weil er keine Uniform trägt.

»Dann bist du kein richtiger Partisan«, sagt der Kleine.

Als wüsste das Kind, dass er den ausgeliehenen Anzug eines Freundes des Fahrers trägt, weil seine Uniform, seine einzige Kleidung, heute gereinigt wird.

Vater ist unruhig und betrachtet uns ungeduldig. Er hatte noch nie die Nerven, einfach so in Ruhe mit uns zusammenzusitzen und sich zu unterhalten. Ich habe mich immer gefragt, warum er überhaupt Kinder wollte.

»Reine Zeitverschwendung, euer Geplapper«, hat er immer gesagt.

»Werdet ihr heiraten?«, fragt er auf einmal in all seiner Strenge. Wir sehen uns an. Ich setze mich zu ihm und nehme seine Hand. Wir schweigen. Alle schweigen. Ich weiß nicht, wie lange.

—

Wir arbeiten, schreiben. Sind im Außendienst. Sie gaben mir den Fahrer Tone und ein Auto, weil ich ohne Bein bin. Wir fahren durch die Dörfer von Dolenjska und überzeugen die Menschen, dass die Volksfront das einzig Richtige ist, dass wir, wenn wir die Wahlen gewinnen, wahrlich echte Slowenen werden. Stark und glücklich. Zwischendurch stärken der Fahrer und ich uns mit Wein. Ich mag ihn. Er hat Dachau überlebt. Wenn er zu viel trinkt, krempelt er den Ärmel hoch und zeigt die eintätowierte Nummer. So verliert er bei den Menschen, die wir besuchen, den Status des Fahrers und wird zum Helden. Vor dem Krieg war er Fahrer bei einem Großbäcker in Ljubljana, der nach der Befreiung aus dem Land entwischte.

»Wie es für ihn wohl ausging?«, fragt er sich oft.

»Und für meinen Grafen?«, sage ich jedes Mal.

Wir fahren durch das Land und fragen uns, was mit unseren Dienstherren geworden ist. Wo sind sie bloß gelandet? Haben sie überlebt? Jetzt fahren wir mit einem Auto.

Letztens habe ich Tone gebeten, mich nachts abzuholen und zu den Gefängnissen zu fahren. Er hat mich nichts gefragt. Dieses stille Verständnis. Am liebsten würde ich ihn umarmen. Im Gefängnis habe ich mit einer Schachtel Zigaretten die Wächter geschmiert, damit sie mich zu ihm lassen. Dem Lehrer, der sich damals so viel Mühe gegeben hatte, mich zur Schule zu schicken. Ich habe ihn nie vergessen. War er wirklich ein Verräter? Das kann ich kaum glauben. Angeblich gibt es ziemlich viele Zeugen. Ein paar davon kenne ich und könnte mir eher vorstellen, dass sie das getan haben. Die Hexenjagd hat begonnen. In unserem Land hier. Wer wird das aufhalten?

Sie wecken den Lehrer. Er sieht mich an, und ich habe das Gefühl, er erkennt mich nicht. Unter der Hose ziehe ich drei Bücher hervor. In eines habe ich einen Zettel gesteckt, auf den ich hastig »Danke für alles« geschrieben habe.

Er hält die Bücher in der Hand und betrachtet die kurze Nachricht.

»Du bist es? Du lebst? Wie hast du dich an mich erinnert?«

»Ich vergesse nicht«, antworte ich.

»Danke. Du weißt nicht, wie viel mir dieses Geschenk bedeutet.«

Ich schweige.

»Wo hast du sie gefunden?«

Wieder schweige ich. Ich kann ihm nicht sagen, dass ich sie in der Schlossbibliothek geklaut habe. Und noch weniger, dass ich in diesem Schloss auch lebe.

»Ich besuche das Abendgymnasium«, erzähle ich ihm noch.

»Ich arbeite viel, aber trotzdem würde ich gerne diese verdammte Schule abschließen.«

Er nickt und schaut wieder auf die Bücher. Er drückt sie sich ans Herz.

»Bleiben Sie stark«, verabschiede ich mich voller Hochachtung. Verräter oder nicht.

»Passt mir bitte auf ihn auf«, sage ich den Wächtern. »Das bringt euch die nächsten Zigaretten.«

—

*ICH LAUFE. WENN ES* nur irgendwie geht, treffen Ančka, Mara, Olga und ich uns mindestens einmal die Woche auf der grünen Bank beim Fischteich. Olga wollte schon auf die Bank schreiben, dass sie für uns reserviert ist.

»Du bist ja wie ein richtiger Kapitalist«, wies Mara sie zurecht.

»Na ja, wenigstens eine Bank haben wir uns doch verdient. Wann hast du dich zuletzt wirklich satt gegessen?«, regte Olga sich auf.

Ich beeile mich. Sie haben uns so mit Arbeit beladen, dass ich mir nur schwer diese eine Stunde Zeit nehmen kann, um meine Freundinnen zu treffen.

»Was ist denn mit dir los?«, brüllt jemand mir hinterher.

Einige Fußgänger drehen sich um. Matija. Er ist wütend. Vom Brüllen hat er einen hochroten Kopf.

»Was soll mit mir schon los sein?«, frage ich ihn verärgert.

»Schau dich doch mal an, wie du aussiehst. Der Krieg ist zu Ende, und du plusterst dich immer noch auf«, lässt er nicht locker.

Was hat er bloß? Ich, mich aufplustern?

»Du läufst immer noch in Uniform herum. Dabei weiß doch

jeder, dass du Partisanin warst. Du musst das nicht auch noch zur Schau tragen.«

Er ist verrückt geworden. Ganz sicher.

»Geh nach Hause und zieh dich um. Sofort!«

Ich breche in Tränen aus.

»Mein lieber Matija, jetzt hör mal zu. Ančka und ich schlafen auf dem nackten Boden. Wir arbeiten die ganze Zeit wie zwei Irre. Jede hat zwei Paar Unterhosen, und gemeinsam haben wir eine Zahnbürste. Und die einzige Kleidung, die wir besitzen, ist die Uniform. Jeden Sonntag, wenn wir die Zeit finden, was eher selten vorkommt, säubern wir in Decken gewickelt jede ihre Uniform, die immer noch nach Blut, nach Grauen, nach Tod stinkt. Also erzähl mir nichts. Kein Wort will ich hören. Ihr lasst uns noch nicht einmal Frauen sein. Während des Krieges konnten wir uns dem wenigstens freiwillig entsagen.«

Ich drehe mich um und laufe eilig weiter.

Alle drei sitzen sie schon auf der Bank und lachen ausgelassen. Olga ist schon wieder in ihrem Element und äfft unsere Anführer nach.

»Wenn du weiter so ein loses Mundwerk hast, sperren sie dich weg.«

Ich muss nicht lange überlegen, wer damit gemeint ist.

Olga mit dem Holzbein. Ihren Freund haben sie im Gefängnis umgebracht, kurz nachdem der Krieg begann, und seitdem ist sie nicht mehr dieselbe. Sie ist wunderschön in ihrer Traurigkeit und noch schöner in ihrer Freude. Woher nimmt sie bloß diese Kraft?

»Wirst du heiraten?«, fragen mich alle drei.

»Klar. In Uniform.«

»Bist du irre?«

Ich erzähle ihnen, was mir gerade mitten in der Stadt passiert ist.

»Meine Lieben, es wird Zeit, dass wir etwas unternehmen«, sagt Mara entschlossen.

»Das stimmt«, brummt auch Ančka.

Drei Tage später kehren Ančka und ich spätabends ins Schloss zurück. Milan, der heute Nacht Wache halten muss, gibt jeder von uns ein Paket. Mit unseren Namen drauf.

»Woher kommt das?«, frage ich ihn.

»Keine Ahnung. Ein Militärfahrzeug kam vorbei, und der Fahrer hat mir eingebläut, ich muss euch die Pakete persönlich übergeben. ›Die Frauen wissen schon, worum es geht‹, hat er gesagt und ist, ohne sich zu verabschieden, davon.«

Wir machen die Pakete auf. In jedem ist ein großes Stück grauen und noch ein größeres Stück roten Stoffs.

Milan sieht uns neugierig an.

»Und, wisst ihr, worum es geht?«

Wir fangen beide an zu lachen.

»Milan, gute Nacht. Der Sieg gehört uns«, flüstert Ančka ihm zu. In der Nacht wurde der harte Boden, auf dem wir schlafen, ganz weich.

»Glaubst du, sie werden uns auch die Matratzen schicken?«

»Bestimmt. Aber sie werden sie für alle schicken müssen. Wenn nicht, gibt es hier im Schloss einen Riesenzirkus. Ich glaube, die Leute haben es langsam satt. Sie können uns nicht in einem fort mit Heimatliebe, Sozialismus und einer schöneren Zukunft an der Nase herumführen. Denn eigentlich leben wir ja jetzt. Gab es ihm Wald, im Untergrund, nicht schon genug Selbstverzicht?«

»Kennst du jemanden, der uns Kleider nähen kann?«

»Meine Mutter.«

—

Hier am Tisch zu sitzen ist wirklich unangenehm. Keiner sieht den anderen mehr an. Ich weiß nicht, ob Mutter sich wirklich vorgestellt hatte, ich würde hier auf dem Land bleiben, eine aus dem Nachbardorf heiraten, wenn möglich mit einem großen Feld obendrein. Und noch ein wenig Vieh.

»Bist du dir sicher, dass sie dir einen Sohn wird gebären können?«, hatte Mutter mich gefragt, als wir allein waren. »Und studieren will sie auch noch«, hatte sie gesagt.

Schon wieder dieses Gejammer und Geheule. Ich kann es nicht mehr ertragen.

»Oh, mein Sohn, was soll bloß mit dir geschehen!«

Vom Karren aus winken wir der weinenden Mutter und den Schwestern zu, und mein Schwager fährt uns aus diesem finsteren Tal zum Ort, in dem Tone mit dem Auto auf uns wartet. Mein Fahrer steht mir näher als meine Familie.

Und sie schweigt den ganzen Weg.

Wir machen in dem Ort halt, in dem wir damals, vor fast tausend Jahren, die aus der bombardierten Kirche fliehenden Menschen gerettet haben. Um uns bildet sich eine Menschentraube.

»Ihr seid gekommen, ihr seid gekommen. Ich wusste, dass ihr überlebt«, umarmt mich eine alte Frau. Ich blicke in bekannte Gesichter. Die Namen kenne ich nicht. Ein kleiner Junge hebt mir das Hosenbein hoch und schaut sich mein Holzbein an. »Darf ich mal klopfen?« Jetzt lacht auch sie.

Vor der Kirche werden Tische und Bänke aufgestellt. Wein, Walnüsse, Trauben, Brot und Speck. Geschichten. Wer alles geflohen ist, wer lebend zurückgekommen ist, wer sich immer noch versteckt und wer immer noch nicht weiß, was er tun soll.

»Zum Wohl!«

»Zum Wohl!«

»Bald sind Wahlen!«

Die Wahlen, denke ich. Ich werde die Leute nicht fragen. Ich werde sie nicht beraten. Sie haben das Ihre erlebt. Sie werden schon wissen.

»Auf die Wahlen!«

Nur langsam nähern wir uns Ljubljana, denn auch Tone hat sich betrunken. Alle paar Kilometer hält er an und macht ein Nickerchen.

Der Tag bricht an. Wir bleiben vor ihrem Schloss stehen.

»Hast du die Matratze schon bekommen?«, frage ich sie.

Sie grinst.

»Du bist wirklich ein unverbesserlicher Optimist.«

Gott sei Dank, sie ist gut gelaunt.

»Denkst du nicht, es wird Zeit, dass das ein Ende nimmt?«, sagt Tone, als er mich an meinem Schloss absetzt.

»Was meinst du?«

»Dieses dein Schloss, mein Schloss«, sagt Tone.

»Was soll sie bloß mit mir? Du siehst doch, wie abhängig ich von all dem bin.«

»Jetzt hör schon auf. Schlaf dich aus und dann entscheide dich.«

»Was erlaubst du dir?«, brülle ich ihn beinahe an.

»Entschuldige, aber ich kann ihre traurigen Augen kaum ertragen.«

»Morgen brauche ich das Auto nicht!«

Ich stehe vor der Eingangstür und blicke dem Wagen hinterher. Ich weiß, dass Tone recht hat, außerdem brauche ich das Auto morgen doch. Wieder muss ich dringend zu einer Versammlung. Zum Teufel, warum nur! Irgendwie ist zu viel los.

»Tone!«

Er ist schon weg. Morgen wird er trotzdem kommen, das weiß ich.

Im Zimmer erwartet mich Ivan.

»Wo warst du?«

»Ist doch egal.«

»Ist es nicht! Heute haben sie Miloš abgeholt.«

Wir sehen uns an. Ich werde nichts sagen, und auch Ivan wird schweigen.

—

*Eine neue Arbeit wartet* auf mich. Beim Magazin *Mladina.* Ich werde mit Olga zusammenarbeiten, und Ančka hat man nach Hause geschickt. Auf der Parteiversammlung hat sie kein Wort mehr gesagt.

»Kommst du mich besuchen?«, fragte sie noch, während sie ihre Sachen zusammenpackte. Zwei Kleider, die meine Mutter genäht hatte, die Zahnbürste, die wir uns geteilt haben, und ihre Unterhosen. Matratzen gab es immer noch nicht. »Und was machst du jetzt ohne Zahnbürste?«

»Die erkämpf ich mir schon noch. Haben sie dir wenigstens noch die letzten Wertmarken gegeben?«

Sie nickte.

»Ich weiß nicht, was ich verbockt habe. Habe ich mal zu viel gesagt?«

Ich habe keine Ahnung. Letztens hat sie Matija angeschrien, weil er ihr in einem fort irgendetwas befahl und ihr über die Schulter guckte, als sie sich notierte, was sie an den Vorlesungen ändern würde. War es das?

»Kochen wir uns noch den Reis?«

»Ich kann nicht. Ich könnte keinen Bissen runterbekommen. Aber du kannst mich zum Zug begleiten.«

Ich stehe auf dem Bahnsteig. Ančka.

»Wehe, du heiratest ohne mich«, ruft sie mir durchs Fenster zu.

Ich muss lachen. »Wahrscheinlich heiratest du früher als ich!«

Mir ist kalt. Diese Decke hier auf dem Boden ohne Ančka. Wie soll ich einschlafen? Nur schreckliche Bilder vor meinen Augen. Tote, Blut, Flucht. Hunger. Wie anders lässt es sich mit jemandem an seiner Seite leben, der denselben Horror erlebt hat. Dann kann man in diesem Albtraum gemeinsam auch schöne Dinge suchen und ein wenig Lachen finden. Nur allein darfst du nicht sein. Nur nicht allein. Und die Sonntagmorgen auf dem Schloss. Uniformen auslüften. Beide in grobe Militärdecken gewickelt, lachen wir, und Ančka flicht mir einen Zopf. Es gab zu wenige von diesen Sonntagmorgen.

Unausgeschlafen mache ich mich frühmorgens auf den Weg zu *Mladina*. Die neue Arbeit. Was mich da wohl erwartet? Olga hat die Nacht mit Arbeit verbracht. Ihr ist nicht zum Lachen zumute.

»Ist Ančka fort?«

Ich nicke und versuche, nicht zu weinen.

»Lass uns einen Spaziergang machen«, sagt Olga.

»Dürfen wir das?«

»Weißt du was? Ich hab das alles satt. Ständig muss man vorsichtig sein. Um Erlaubnis bitten? Sie haben uns Truppen, Bataillons, Brigaden anführen lassen. Sie haben keinen Unterschied zwischen uns und den Männern gemacht. Hat dich jemals jemand gefragt, ob du noch kannst? Hat dir jemals jemand die Hälfte seines Stückchens Brot abgegeben oder sich angeboten, dir deinen Rucksack zu tragen? Wie oft bist du als Letzte geflohen? Erst nachdem du dich versichert hattest, dass alle in Sicherheit sind. Wie oft hast du Verwundete getragen? Und jetzt werden wir um Erlaubnis bitten? Wen denn? Und warum?«

Der Nebel steigt langsam auf. Von der Burg aus schauen wir auf die Stadt. Auf den Fluss.

»Kannst du dich an die Freude erinnern, als wir in die Stadt kamen?«

»Glaubst du, wir werden es noch einmal so schön haben?«

—

»Mach keinen Scheiss. Du wirst kein Wunder erleben.«

Es ist Nacht, und ich bin im Haus des Pfarrers. Tone hat mich gefahren, ihm kann ich vertrauen. Vor wenigen Tagen hat mein jüngerer Bruder mir mitgeteilt, er habe gehört, dass der Pfarrer sich auf eine Flucht nach Österreich vorbereitet und sich ihm einige seiner treuesten Gläubigen anschließen wollen. Ich will wissen, warum.

Ich kann mich nicht erinnern, wie wir ihn nannten. Oft kam er abends zum Grafen zu Besuch. Sie schlossen sich in der Bibliothek ein und plauderten. Manchmal luden sie auch mich zu einem Glas Wein ein. Während des Krieges habe ich ihn ein paarmal getroffen. Jedes Mal nickten wir uns nur zu. Die Dorfbewohner erzählen, er habe nicht zu viel verraten. Gerade so viel, dass die Italiener, Deutschen und die Weißen ihn in Ruhe ließen. Auch die Partisanen. Ich weiß nicht. Angeblich hat er manchmal auch jemandem von den Unseren geholfen. Und jetzt stiftet er seine treuen Seelen dazu an, mit ihm zu fliehen.

Noch einmal sage ich ihm, er soll nicht fliehen.

»Hat jemand gesehen, dass du gekommen bist?« Er hat Angst.

»Hör zu. Du kommst mit mir mit. Morgens werde ich dich zum Gericht fahren. Du wirst sagen, was du weißt und was du nicht weißt, und dafür ein paar Jahre bekommen. Ein paar Jahre.«

»Wenn ich da nur auftauche, die lynchen mich sofort.«

»Wer?«

»Deine Roten da. Alle sagen das.«

»Wollen wir wetten?«

Er denkt, ich mache mich lustig. Geschichten, schreckliche Geschichten kursieren. Ich weiß, dass die Engländer alle, die über die Grenze fliehen, zurückschicken. Wirklich alle? Keine Ahnung. Wie soll ich einen Menschen davon überzeugen, sich nicht ins Ungewisse aufzumachen und auch noch andere unschuldige Menschen da hineinzuziehen. Unschuldige? Was weiß ich schon. Nur kein Blut mehr, nicht noch mehr Blut.

»Willst du noch ein Glas?«

»Der ist gut.«

»Habe ich gemacht.«

Er steht auf und gießt mir Wein ein.

»Wirst du auf mich warten?«

Ich nicke.

Er ruft nach der Köchin und trägt ihr auf, ihm den kleinen Koffer mit dem Nötigsten zu packen. Die Köchin kreischt.

»Herr Pfarrer, aber nicht doch. Herr Pfarrer, das würde Ihr Ende bedeuten!«

Die Frau wischt sich mit dem Zipfel der Küchenschürze die Tränen ab.

»Was soll ich Ihren Gläubigen sagen?«, stöhnt sie.

»Sag ihnen, sie sollen nicht fliehen. Sag ihnen, sie sollen auf meine Nachricht warten. Er wird sie ihnen überbringen.« Er dreht sich zu mir. »Das wirst du doch.«

Ich nicke.

Er sitzt auf dem Rücksitz. Winkt der weinenden Köchin und dem winselnden Hund.

»Überallhin hat er mich begleitet. Mein treuer Runo.«

»Du wirst ihn doch bald wiedersehen.«

Tone schweigt und fährt.

—

*Ich habe eine Matratze* bekommen. Und ein Zimmer. Und Freude. Olga, Katja und ich haben endlich ein Zimmer in der Stadtmitte bekommen. Einen Schlüssel für das Zimmer aber nicht, denn der Mensch, der uns unsere neue Unterkunft zeigte, meinte, uns würde so oder so alles gehören.

»Und kein Männerbesuch«, schärfte er uns noch ein.

Also.

»Bis zum Krieg habe ich mit den Brüdern in einem Zimmer geschlafen. Und dann … Ach, ihr wisst ja, wie es dann war«, seufze ich fast vor Glück.

»Ančka hat uns Kartoffeln und Kohl geschickt. Ihr Bruder hat alles vorbeigebracht.«

»Wie geht es ihr?«

»Ihr Bruder meinte, dass sie sich gut zurechtfindet, dass sie vor hat zu heiraten und uns erwartet. Ihr zukünftiger Ehemann sei in Ordnung. Sie haben beschlossen, auf dem Land zu wohnen und einen Bauernhof zu bewirtschaften.«

Ančka, die mutige Ančka. Alle fliehen, und sie ruft: »Auf zum Angriff!« Ančka, die in der Partisanenschule unterrichtet. Sie wird auf einem Bauernhof leben. Wahrscheinlich ist das klug, überlege ich. Hält sie das aus? Mit Kartoffeln, Hühnern, Karotten und einer Kuh.

Wir sitzen am Tisch und essen Suppe aus Kartoffeln und Kohl. Eine Suppe, die ich bei meiner Großmutter gelernt habe zu kochen. Der Großmutter, der so viele Kinder gestorben sind, die ihre Traurigkeit nie offen zeigte und die mir das Lesen beibrachte. Vielleicht kann sie uns jetzt sehen. Das wäre schön. Ein bisschen Wärme aus dem Himmel würde uns guttun.

»Würde ich an Gott glauben, würde ich denken, wir sind jetzt im Himmel«, sagt Olga.

»Ach du lieber Himmel«, ruft Katja. »Heute habe ich Zlata und Štefka getroffen. Sie hatten Pakete dabei, und als ich sie fragte, was sie da bei sich haben, wo sie waren, war es ihnen unangenehm. ›Wir haben es eilig‹, haben sie gesagt und sind schnell weitergegangen. Keine Ahnung, was die treiben.«

»Wie, du hast keine Ahnung«, sagt Olga schroff. »Du weißt doch, mit wem die beiden sich eingelassen haben und dass sie jetzt Zutritt zu besonderen Läden haben.«

»Besondere Läden?«

Vor Staunen bleibt mir der Mund offen stehen.

»Kapierst du es denn nie? Nach all den schlimmen Jahren bist du immer noch so naiv.«

Dauernd macht Olga sich über mich lustig.

Es klopft an der Tür. Milan mit einem breiten Grinsen und einer Flasche Wein.

»Meine Lieben, wir haben gewonnen. Wir haben die Wahlen gewonnen. Die Volksfront.«

Das ist wirklich wie im Himmel, denke ich. Schon wieder ein Sieg. Die besonderen Läden habe ich schon wieder vergessen.

—

Mir platzt der Kopf. Das Bein, das ich nicht mehr habe, schmerzt. Vom Roten Kreuz wurde mir mitgeteilt, dass sich die Spur meines Vaters irgendwo in Brasilien verliert, im Dschungel am Amazonas. Das ist heute.

Und gestern? Gestern haben wir uns fast zu Tode gesoffen. Wir haben gewonnen, und jetzt regieren wir. Im Schloss hat jeder von irgendwoher einen geheimen Vorrat an Schnaps, Wein und eigenartigen selbstgemachten Likören gezaubert. Mir dreht sich immer noch der Magen um. Ich werde nie, nie wieder trinken.

Morgens wurde ich durch lautes Klopfen an der Tür geweckt. Ich sprang auf, vergaß, dass mir ein Bein fehlt, wusste nicht, wo ich bin, und begann nach meiner Pistole zu suchen.

»Wer ist da?«

»Post, nur die Post ist da. Rotes Kreuz.«

Meine Hände zitterten, als ich den Brief öffnete.

Vater. Diese eingebildete Geborgenheit, die mich all die Jahre begleitet hatte. Bestimmt irren sie sich. Ich werde zum Roten Kreuz gehen und sie bitten weiterzusuchen. Sie dürfen nicht lockerlassen. Mutter werde ich davon nichts erzählen. Der Schwester und den Brüdern auch nicht. Vater lebt. Ich weiß, dass er lebt. Ein bisschen werde ich noch warten, dann mache ich mich selbst auf den Weg.

Heute bleibe ich im Bett. Sagen wir mal, mir fehlt ein Bein und das Leben ist eine einzige verfluchte Angelegenheit. So eine ohne Träume. Das Leben bringt Tausende von Wünschen, die ich nicht haben kann und darf.

—

*HEUTE HABE ICH MICH* widersetzt. Ich glaube, langsam werden wirklich alle verrückt.

»Du wirst gerufen, du wirst gebraucht«, kam die Sekretärin in unser Büro.

»Du wirst gerufen, du wirst gebraucht«, äffe ich sie nach.

»Was ist denn mit dir los?«, fragt Stanka, die am Nachbarstisch sitzt.

»Du wirst gerufen, du wirst gebraucht«, murre ich.

Ich trete in das Zimmer von Ciril, den sie zu meinem Chef gemacht haben.

»Du bist doch irre«, erwidere ich ihm barsch, als er mir erzählt, was meine neue Aufgabe sein soll. »Ich soll Leute verhören? Ich? Das fällt mir im Traum nicht ein.«

»Du musst, das sind Leute aus deiner Gegend. Du kennst sie größtenteils.«

Er wirft mir giftige Blicke zu. Aber das kann ich auch.

»Hör zu, ich kann nicht. Ich kann wirklich nicht. Immer noch verfolgt mich die Arbeit als Kommissarin. Viele sagen, ich sei grausam gewesen. Grausam, streng? Ich warte nur darauf, dass jemand mir sagt, ich sei blutrünstig gewesen. Eine Blutkommissarin. Entschlossen zu sein, wenn du selbst unentschlossen bist, zu befehlen, wenn du selbst am liebsten losheulen würdest vor lauter Grauen und Verzweiflung, den Leuten mitten in der größten Gefahr Sicherheit zu versprechen, Menschen, die sterben, zu versprechen, dass ein schöneres Leben sie erwartet. Und jetzt soll ich auch noch Leute verhören? Verhören, verurteilen. Leute, von denen ich nicht weiß, warum sie sich so entschieden haben, wie sie es getan haben. Verängstigte Menschen. Ich will nicht, dass ihr Schicksal wieder in meinen Händen liegt.«

»Du musst«, beharrt Ciril. »Du weißt doch, dass du eine unserer Besten warst. Du wirst doch jetzt nicht aufgeben.«

»Eine eurer Besten? Zum Teufel! Die ganze Zeit weißt du schon, dass ich studieren möchte, dass ich heiraten und Kinder haben will. Ich will leben und den Gestank von Tod loswerden. Du etwa nicht?«

Ciril schweigt.

Ich warte. Lange warte ich. Keine Antwort.

»Ich denke, es ist höchste Zeit, dass ihr ein bisschen für die Bildung der Leute sorgt. Wir sind alle ganz verwildert, und viele können kaum lesen und schreiben. Nur schießen und töten können wir. Und keiner von uns benutzt mehr sein Hirn.«

In die Militärjacke gewickelt sitze ich auf der Bank am Fischteich. Ich warte auf die Sonne und auf Olga und mir ist egal, was passiert, was mich erwartet. Ganz egal. Eigentlich kann ich auch zu Ančka. Oder zu ihm. Heute hat er sich nicht gemeldet. Ich vermisse ihn.

»Ich habe gehört, was passiert ist«, sagt Olga.

»Glaubst du, damit ist mein Schicksal besiegelt?«

»Ich glaube, denen hat es die Sprache verschlagen.«

»Aber weißt du denn, warum sie mich aus der OZNA abgezogen und Ančka nach Hause geschickt haben?«

Sie schüttelt den Kopf und umarmt mich.

Wenn sie wüsste, wie sehr ich wenigstens ein bisschen Zärtlichkeit vermisse. Ich lehne den Kopf an ihre Schulter. Mir ist kalt. Wie wird es für uns bloß weitergehen?

»Ach, komm schon!«

Olga. Sie bringt mich immer zum Lachen.

»Ich habe Štefka getroffen und sie zu uns drei zum Abendessen eingeladen. Und ich habe ihr aufgetragen, uns etwas aus einem besonderen Laden mitzubringen. Dabei habe ich dreimal mit dem Stock gegen mein Holzbein geklopft. So habe ich sie ganz nebenbei an so einiges erinnert. Du hättest ihr Gesicht sehen müssen. Irgendwann müssen wir uns einen Fotoapparat anschaffen.«

»Glaubst du, sie kommt?«

»Mich interessiert eher, was sie mitbringt.«

—

Stille. Schneller. Noch schneller. Vorbei an den Häusern, die es nicht mehr gibt, vorbei an den Menschen, die auch nicht mehr da sind. Menschen, die geflohen oder gestorben sind. Vorbei am gespielten Frieden. Schneller, schnell vorbei an der schrecklichen Stille.

»Tone, bitte, drück aufs Gas.«

»Du weißt doch, auf dem Feldweg geht das nicht.«

Schon direkt am ersten Tag, als er zu mir kam, habe ich ihm verboten, mich zu siezen.

Von Dorf zu Dorf. Holzhütten, meist strohbedeckt. Um diese Armut soll ich mich also jetzt kümmern. Ich bin Volksabgeordneter. Tone fährt mich von Dorf zu Dorf, und ich zähle die Menschen, die ohne alles geblieben sind, und zähle Menschen, die es nicht mehr gibt, und Menschen, die noch etwas haben. In jedem Dorf versammelt die entschlossenste und lauteste Person alle Leute, damit wir uns besprechen können.

»Strom, fließend Wasser«, höre ich überall.

»Brot«, sagen die Kinder.

»Ich habe Hunger«, sagt ein Mädchen. Die Mutter zieht es schnell zur Seite.

»Strom und eine Fabrik!«

»Einen Pflug!«

»Eine Genossenschaft!«

»Eine Straße!«

Ich sitze und höre zu. Wo soll man bloß anfangen? Es ist ja nichts da. Nichts. Was zum Teufel habe ich mir da nur aufgehalst? Ich suche Lösungen und verliere mich in Erinnerungen an eine Zeit, in der ich zu Fuß hier herumgewandert bin und, um mir Mut zu machen, vor mich hingesungen und gepfiffen habe. Ich habe Obst und Gemüse aus den Gärten geklaut und gedacht, es gäbe keinen unglücklicheren Menschen auf der Welt als mich. Auf dem Heuboden habe ich geschlafen und versucht zu zählen, wie viele Sterne die Milchstraße hat. Ich habe auf eine schöne Zukunft und ein schönes Leben geschworen, und wenn ich jetzt zurückblicke, hatte ich eigentlich keine besonders großen Sorgen. Ich hatte nur Angst, nicht genug Geld zu sparen, um mit einem Schiff Vater suchen zu gehen. Ich musste Mutter helfen, die Geschwister zu versorgen.

Und jetzt sitze ich wieder hier. Dieses Mal inmitten der schrecklich angespannten Erwartungen der Leute.

»Einen Traktor, eine Genossenschaft«, schallt es mir in den Ohren.

»Eine Straße!«

»Ich habe Hunger!«

Heute Morgen habe ich Mutter getroffen. Von meinem Bruder und den Schwestern erwartet sie, dass sie mir gegenüber Achtung erweisen. Meinen Geschwistern, als wäre ich nicht mehr einer von ihnen. Sie vertrauen mir ihre kleinen Geheimnisse nicht mehr an, und auch die kleinen Glücksmomente teilen sie nicht mehr mit mir.

»Das ist ihm nicht mehr wichtig«, hat Mutter ihnen eingetrichtert.

Sie ist zu stolz auf mich. Ich bin doch immer noch derselbe. Nur meine Seele ist alt geworden, wahrscheinlich älter als ihre. Wenn sie bloß wüsste, dass ich jetzt hier wie ein Häufchen Elend sitze und nicht weiß, wie es weitergehen soll. Überglücklich hat sie erzählt, dass sie einen neuen Brunnen gebaut und das Strohdach erneuert haben. Vom Brief über Vater habe ich niemandem erzählt, auch ihr nicht. Ich brauche ihn noch. Ich werde warten.

»Ich werde heiraten«, habe ich ihr gesagt und sie umarmt. Die zweite Hälfte des Satzes habe ich für mich behalten. »Wenn sie mich noch will.«

Ganz bleich und verheult winkte sie mir hinterher. Die

Schwester tröstete sie: »Mutter, es wird doch alles gut.« Was hat sie bloß? Gönnt sie mir wirklich kein bisschen Glück?

—

»*ZIEHST DU DAS ROTE* Kleid an?«

»Wann?«

»Wenn wir heiraten.«

Ich blicke auf den Boden. Warum hat er sich auf einmal so entschlossen?

»Ich werde dir eine Last sein«, sagt er.

Lachend auf dem Pferd. Nachts zärtlich. Fürsorglich den Leuten gegenüber nach jeder Schlacht. Unnachgiebig den Deutschen und anderen gegenüber. Voller Mut machender Worte für verängstigte Widerstandskämpfer. Er hat sich keine Schwäche erlaubt. Wie gern er das Leben damals hatte. Und jetzt?

»Hast du es wirklich überdacht?«, fragt er.

»Ja. Nur ohne rotes Kleid. Sonst denken alle, ich sei verrückt geworden.«

Langsam gehen wir durch den Stadtpark. Der Wind weht, und er stützt sich beim Gehen auf den Stock und auf der anderen Seite auf mich.

»Siehst du, ich werde noch nicht einmal Kinder auf dem Arm tragen können.«

»Hör auf, ich bitte dich.«

Wie soll ich ihm sagen, dass ich wirklich gerne mit ihm leben will.

Er ist immer noch nicht da. Heute haben sie mir erlaubt, bei ihm im Schloss zu übernachten, und jetzt ist er nicht da. Ich habe mir so eine kleine Hochzeit gewünscht. Nur die Meinen, die Seinen, Ančka und Olga und Katja. So eine kleine Hochzeit. Vor dem Krieg habe ich mir gewünscht, in einer Kirche zu heiraten, obwohl ich nicht zur Kirche gegangen bin. Aber mit den anderen Mädchen aus der Klasse sind wir an freien Samstagen immer gucken gegangen, wie die Braut und der Bräutigam aus der Kirche kommen. Blumen, Freude, Glück. Der Hochzeit in einer Kirche habe ich mich entsagt, einer kleinen Hochzeit aber nicht. Dann kam Marija. Ich habe geweint vor Rührung und Freude, sie endlich wiederzusehen.

Ich liege im Bett und höre Singen. Betrunkenes Singen. Eigentlich eher Gebrüll. Jemand spielt Trompete. Ich halte mir die Ohren zu.

»Es wird schön«, habe ich in dem Moment gedacht, als ich Marija erblickt habe. Und dann fing es an. Zuerst kamen meine beiden Brüder, beide ganz grün und blau. »Wo sind die Pfirsiche?« Wie zwei begossene Pudel starrten sie auf den Boden. Stane hielt sich das Knie. Nur mit Mühe hatte ich das Geld zusammengekratzt, und selbst das mit Olgas Hilfe, und die beiden gebeten, nach Primorska, ins slowenische Küstenland zu fahren, um Pfirsiche zu holen. Pfirsiche für die Hochzeit. Frische Pfirsiche aus Primorska.

»Weißt du«, stöhnte Jože und stupste Stane an.

»Wir hatten einen Unfall. Wir sind mit dem Motorrad gestürzt.«

Die beiden rochen, nein stanken nach Alkohol.

»Wo sind die Pfirsiche?«

Sie schwiegen.

»Weißt du, wir haben uns so beeilt, um die Hochzeit nicht zu verpassen.«

Was sollte ich anderes tun, als die beiden zu umarmen.

Besonders Stane. Er ist immer noch mein kleiner Stane. Der kleine Stane, der sich auf den heißen Herd setzte, mit den Beinen hinter dem Kopf, und vor Schmerzen brüllte. Er hat die Beine nicht mehr runterbekommen und sich verbrannt. Wie er gebrüllt hat. Das ganze Dorf kam angelaufen.

»Wir sehen uns um sechs. Vor dem Rathaus.«

»So spät?«

»Heutzutage heiraten Leute erst, wenn sie mit der Arbeit fertig sind.«

Aber das Bett hier ist bequem. Ich versuche, nicht einzuschlafen. Nicht heute.

Bei der Arbeit hatte ich mich um kurz vor sechs verabschiedet, und die Arbeitskollegen haben mir Kristallgläser geschenkt. Mit Tränen in den Augen habe ich ihren Stolz bewundert. Wo haben sie diese Kostbarkeiten überhaupt her? Das Geheimnis behalten sie für sich.

Vor dem Rathaus warteten schon er und Ančka auf mich. Er in seiner Offiziersuniform, dem einzigen Anzug, den er hat, und Ančka in ihrer grauen Uniform, so wie ich. Wahrscheinlich sahen wir wie arme Kirchenmäuse aus. Meine kleine Hochzeit.

»Es ist geschlossen. Das Rathaus ist zu.«

Völlig verzweifelt setzte ich mich auf die Treppe vor dem Gebäude.

»Aber sie haben doch gesagt, dass es um sechs offen ist.«

Beide lachten, während vor uns ein Auto hielt.

»Tone«, rief ich vor Freude. »Was ist hier los?«

»Die Hochzeit ist im Hauptsitz des KNOJ.« Auch das noch. Was hat der Korps zur Volksverteidigung mit meiner Hochzeit zu tun?

Wie an einen rettenden Strohhalm klammerte ich mich an ihn.

Na, selbst das haben sie mir genommen. Meine kleine private Hochzeit. Nur die Meinen, die Seinen und Ančka und Katja und Olga. Und dann noch Marija. Nur das wollte ich.

Ich wälze mich im Bett umher. Sie sollen aufhören mit diesem Gebrüll. Ich stehe auf. Schaue aus dem Fenster. Es ist eine schöne Nacht. Die Sterne sind so nah, als könnte ich sie mit der ausgestreckten Hand berühren.

Während der Hochzeitszeremonie habe ich gehört, dass wir heute den nächsten Grundstein der sozialistischen Gemeinschaft gesetzt haben. Sozialistische Gemeinschaft? Meine stolzen Brüder, einer dünner als der andere. Mutter in einem Kleid, das sie beim Roten Kreuz bekommen hat, und Vater in der zerschlissenen Eisenbahner-Uniform von noch vor dem Krieg. Seine Mutter, die weinte. Sie benimmt sich, als hätte sie ihren liebsten Sohn verloren. Vor allem aber weinte sie, weil sie die Hochzeitszeremonie verpasst hat. Und seine Schwestern und der Bruder, die sich ihre Kleider bei den Nachbarn im Dorf ausgeliehen haben. Sozialistische Gemeinschaft. Alles wird gut. Wir müssen uns nur noch ein bisschen gedulden. Wie lange noch? Keiner versteht, dass wir nicht mehr warten können. Wir können nicht mehr warten. Warum überhaupt? Immer noch warten. Und aufbauen, aufbauen. Viel aufbauen und noch mehr verstehen. Und vor allem schweigen.

Marija hat die ganze Hochzeit durchgeweint. Unsere gemeinsame Kindheit, unsere langen Wege aus der Schule. Ihre Eltern, die Schwester, der Bruder. Freunde, die nicht mehr da sind. Wir saßen im mit Blumen geschmückten Schlosssaal. Die ganze Zeit spielte die Militärkapelle. Tische voller Essen, das die Köche aus dem Stab vorbereitet hatten. Braten, gebackene Hähnchen, Torten. Und Speisen, die ich in meinem Leben noch nicht gesehen habe. Ančka setzte sich zu uns. Sie lachte. Ančka.

»Deine kleine Hochzeit. Hier sind mehr als hundert Leute.«

Ich zuckte mit den Schultern. »Eben, und morgen haben wir alle wieder Hunger«, sagte ich Marija in ihrem wunderschönen blauen Kleid.

»Kommt zu mir nach Belgrad«, sagte sie.

»Oh, keine Sorge«, antwortete Ančka. Von ihrer Geschichte erzählte sie nicht.

Es wird langsam hell. Immer noch kann man das Gegröle und die Trompete hören. Heute geht niemand arbeiten.

Ich habe nicht gehört, wann er gekommen ist.

—

SCHON DEN GANZEN ABEND sitze ich vor dem Tresor. Drehe am Zahlenschloss, fluche, rede sanft auf das Schloss ein, streichle es manchmal oder schlage mit aller Kraft mit der Faust drauf. Der Tresor gibt nicht nach und ich auch nicht. Heute bin ich verwirrt. Ich bin zu nichts anderem fähig, als vor dem Tresor zu sitzen und ihn zu knacken. Nachts im Traum hat Vater mich besucht.

»Hier blühen die Orangen«, hat er gesagt. »Der Himmel ist immer blau, alles ist weiß und grün, rot und beinahe golden. Aber trotzdem will ich nach Hause, dorthin, wo ich geboren bin, dorthin, wo meine Frau ist, die mir gegeben wurde. Dorthin, wo meine kleinen Kinder und das Mädchen sind, das auf die Welt gekommen ist, nachdem ich schon gegangen war. Ich habe es nie gesehen.«

»Wir warten auf dich«, habe ich ihm gesagt. »Komm trotzdem, obwohl wir keine Kinder mehr sind.«

Dann ist er aber einfach wieder verschwunden. Ich weiß nicht, ob er mich gehört hat. Wird er diese Nacht wieder erscheinen? Dieser Vater. Manchmal erschrickt mich sein ständiges Spiel mit mir.

Der verfluchte Tresor. Alles Werkzeug hat sie mir gebracht, mir eine Weile geholfen, dann ist sie lachend wieder gegangen. Sie liest wieder. Dauernd liest sie. Sie ist so glücklich mit einem Buch in der Hand. Es ist ihr egal, was sie liest. Hauptsache Bücher.

Direkt nach der Hochzeit wurde uns eine Wohnung zugewiesen. »Zugewiesen« ist in letzter Zeit ein oft verwendetes Wort in unserem Land. Wir waren wie kleine Kinder. Vier Zimmer. Vier Zimmer, Möbel, Porzellan, Silbergeschirr, Gemälde an den Wänden, ein Balkon. Und ein Tresor. Sogar ein Radio. Trotz meines Holzbeins habe ich vor Freude getanzt.

»Siehst du, dass es geht.«

Wir haben die Bücherregale durchstöbert. Sie gestreichelt, an ihnen gerochen, an diesen Buchschätzen.

»Wir werden gar nicht mehr zum Arbeiten kommen«, hat sie gesagt.

Als wir das Badezimmer erkundet haben, habe ich aufgehört zu lachen. Es ist halb so groß wie unsere Hütte daheim in Bogneča vas. Und ich tue so, als wäre all dieser Prunk völlig normal, und versuche, den Eindruck zu vermitteln, ich hätte nie im Leben anders gelebt. Eine Toilette, bei der man einfach nur die Spülung betätigt, und kein Plumpsklo. Schaffe ich diesen Sprung im Leben, dieses Theater, dieses Spiel? Manchmal habe ich das Gefühl, nicht mein eigenes Leben zu leben. Wieder bin ich in den Zeiten des Krieges, in befreitem Gebiet und sehe mir eine Komödie an, die das Partisanen-Theater aufführt. Und dann wieder fühle ich mich wie ein Versuchskaninchen. Wessen Versuchskaninchen, weiß ich nicht. Ich weiß nicht, wer mich beobachtet und wer testet, ob ich es schaffe.

»Zum Wohl«, sagt sie.

Sie hat mir ein Glas Wein gebracht. Auch zwanzig Weinflaschen waren in der Speisekammer.

»Was glaubst du, wer vorher hier gewohnt hat?«, hat sie am ersten Tag gefragt, als wir die Schlüssel bekamen und die Wohnung aufschlossen.

»Denk nicht darüber nach. Jetzt sind wir beide hier.«

Die ersten Tage hat sie sofort, wenn sie von der Arbeit kam, gewischt, geschrubbt, gewaschen und genäht. Um die alten Geister zu vertreiben. Jede Tasse hat sie in die Hand genommen, jeden Löffel, jedes Glas. Jedes Buch von Staub befreit und an die Tür einen Zettel mit unserem Namen in schönster Schrift geklebt. Und diesen Zettel nenne ich Glück.

Ich kann es nicht glauben.

»Komm! Komm schnell!«

Sie kommt angelaufen.

»Schau! Ich habe ihn geknackt! Schau, was da drin ist.«

Sie guckt in den Tresor und dann mich an. Schaut wieder in den Tresor.

»Bist du verrückt geworden?«

Ich weiß nicht. Sie kann meine Freude nicht teilen. Im Tresor liegen Zigarren. Ich zünde mir eine an.

»Heiliger Bimbam«, entfährt es mir.

»Aber weißt du, dass du noch verrückter bist, als ich gedacht habe«, fängt sie an zu lachen.

Es klingelt an der Tür.

Ich höre bekannte Stimmen, Genossen aus meiner letzten Brigade.

»Habt ihr noch ein paar Truman-Eier?«

Gelächter. In letzter Zeit bekommen wir amerikanische CARE-Pakete. Darin sind auch Eipulver und ein seltsamer roter Käse in großen Konserven.

»Nicht mehr, aber wir haben Zigarren.«

Warum hat sie ihnen bloß mein Geheimnis verraten? Ich will diese Zigarren nicht teilen, ich will nicht. Mit niemandem.

—

*Heute Morgen habe ich* mir nach langer Zeit wieder die Haare gekämmt. Den Hausmantel mit den Glitzersteinchen angezogen, den Olga mir gebracht hat.

»Aus einem Paket der Amerikaner«, hat sie gesagt und geweint.

»Ich muss weiter, ich muss leben«, sage ich mir die ganze Zeit. Schon eine Woche bekomme ich keinen Bissen Essen runter. Mutter ist gekommen und hat Biskuit gebacken. Er duftet, aber ich kann nicht. Sehe ihn nur an.

Schon wieder lege ich mich aufs Sofa.

»Komm, es wartet noch so viel Schönes im Leben auf dich«, sage ich mir unaufhörlich. »Du musst, allein schon seinetwegen.«

Aber ich kann wirklich nicht. Schließe die Augen. Ich habe Zwillinge geboren. Zuerst einen, dann den anderen. Es war so still um mich herum. Eine schreckliche Stille und Kälte. Ich habe zuerst den einen tot und dann den anderen tot geboren. Beide. Den Arzt habe ich bei den Partisanen oft getroffen. Immer habe ich ihm vertraut. Jetzt schweigt er. Hält meine Hand. Die Schwestern bringen die beiden Jungen fort. So ganz schnell. Beide.

»Wohin«, stöhne ich.

Der Arzt schweigt weiter. Er spritzt mir etwas, damit ich

einschlafen kann. Was für ein Schlaf. Was für ein Albtraum. Ein Albtraum von der Blasphemie auf Erden, von hungrigen Kindern, zerlumpten Soldaten, Müttern von Toten und neuen Fahnen. Kinderleichen, die vom Fluss weggetragen werden. Ein Albtraum voller Grobheit und verlorener Seelen. Ein Albtraum von den Spuren des Verbrechens und dem Sturm auf See.

»Was haben sie nur mit mir gemacht.« Ich wache schweißgebadet auf. Er ist gekommen. Blumen und Tränen hat er gebracht. Ich liege auf dem Sofa. Ich kann nicht aufstehen. »Für wessen Sünden bezahle ich nur?«, frage ich mich.

Es klingelt an der Tür. Ich gehe nicht hin. Teufel noch eins, wer klingelt so beharrlich? Nur mit Mühe schleppe ich mich zur Tür. Drei in Uniform. Einen kenne ich. Eine Weile war er mein Kurier, aber ich habe ihm nicht wirklich vertraut und damals um einen anderen gebeten. Ich habe gehört, er sei in letzter Zeit ziemlich hoch aufgestiegen. So wie viele. Jetzt ist er Vorsitzender einer besonderen Kommission, die alle Wohnungen abklappert, die »zugewiesen« wurden, und Kostbarkeiten einsammelt, die von den vorherigen Besitzern zurückgelassen wurden. Angeblich für das Nationalmuseum. Auf diesen Besuch war ich schon vorbereitet und habe mein Lieblingsgemälde unter der Matratze versteckt. Noch bevor ich entbunden habe.

»Für alle Fälle«, habe ich ihm gesagt.

»Zu uns wird sich schon niemand trauen. Und uns Dinge wegnehmen«, sagte er überzeugt und machte sich über mich lustig.

Ich stehe an der Tür und schaue sie an.

»Kommt ein andermal. Ich kann mich kaum auf den Beinen halten.«

»Das geht ganz schnell. Leg du dich ruhig wieder hin.«

Ich schaue ihnen dabei zu, wie sie Gemälde von den Wänden nehmen und die zwei schönsten Teppiche einrollen, aber das Porzellan lassen sie zum Glück in Ruhe.

Und der Kurier, gegen den ich Misstrauen hege, setzt sich zu mir auf das Sofa.

»Was ist denn mit dir?«

»Ich bin krank.«

»Was hast du denn?«

»Nichts. Du weißt doch, kannst es dir ja vorstellen. Vier Jahre lang haben wir im Wald gelegen. Im Regen, im Schnee.«

Ich gebe mir solche Mühe, freundlich zu sein. Was geht ihn das eigentlich an. Ihn bestimmt nicht.

»Weißt du, ich dachte, dass bei euch das Gemälde mit dem See und dem Mond ist.«

Ich schüttle den Kopf.

»Schade, Tito wünscht es sich so sehr. Ich weiß nicht, wo ich noch danach suchen soll.«

›Tito, Tito wünscht sich dieses Gemälde‹, hämmert es in meinem Kopf. ›Wenn Tito sich dieses Bild wünscht‹, denke ich.

Fast auf allen vieren schleppe ich mich zum Schlafzimmer, schaue mir noch einmal in Ruhe den See und den Mond an, verabschiede mich vom Bild und bringe es ihm. Meinem Kurier, der Gemälde für Tito und das Museum sammelt.

Und spätabends, als er nach Hause kommt, lacht er mich aus.

»Denkst du wirklich, das Bild kommt bei Tito an? Dass er überhaupt weiß, dass es existiert?«

Und auf einen Schlag beginnt eine neue Wut den Schmerz in mir zu überdecken. Tito! Die Partei.

—

Irgendetwas geht hier vor. In letzter Zeit haben wir jeden Tag Parteiversammlungen. Immer nur alte Nachrichten. Aber neue liegen in der Luft, ich weiß es. Warum nur rufen sie uns fortwährend zusammen. Das sät Misstrauen. Sie laden mir immer neue Funktionen auf, neue Aufgaben. Zusätzlich zu meiner Arbeit als Abgeordneter. Fast jeden Tag kommt jemand aus einem der Dörfer, in denen ich Abgeordneter bin. Mit Beschwerden.

»Nichts geht voran. Rein gar nichts«, jammern die Menschen.

Wir haben zu viel versprochen.

»Du musst heute Abend um sieben zur Versammlung kommen. Wir werden nur wenige sein.«

Du musst, du musst. Dein Privatleben ist ihnen scheißegal. Du musst.

Und daheim liegt ein kleines Mädchen. Es ist winzig. Wird es überleben? Jedes Mal, wenn ich nach Hause komme, gehe ich zuerst zum Kind. Nachts, wenn ich nicht schlafen kann, weil mir ständig mein Bein weh tut, das nicht mehr da ist, sitze ich neben ihm und lausche, ob es noch atmet. Und sie? Sie ist ganz blass und dürr. Schwarz unter den Augen. Sie hat Angst, sie hat ständig Angst, die Kleine würde nicht überleben. Nach drei Wochen haben sie sie schon zurück zur Arbeit geschickt, und so rennt sie mindestens dreimal am Tag von der Arbeit nach Hause, um zu stillen. Die Ihren sind zu uns gezogen, Mutter, Vater und der jüngste Bruder. Ihre Mutter ist still und sanft, und wenn es nur geht, nimmt sie das Mädchen auf den Arm, um es aufzuwärmen. Aber wir sind nie allein.

»Du musst kommen«, dröhnt es in meinen Ohren. Mir scheint, von diesem »Müssen« gibt es jetzt weitaus mehr als während des Krieges. Zum Teufel, sollen sie doch wenigstens sagen, worum es geht. Warum stellen sie uns in einem fort auf die Probe? Als ich im Krieg meinen Kopf riskiert habe, als ich Berichterstatter war, hat mich niemand auf die Probe gestellt. Da war ich im Gefecht für jede erste Reihe gut genug.

Woher auf einmal all diese Schwarzmalerei? Ich bin müde. Aber selbst das darfst du nicht mehr sagen. Wenn ich abends nach Hause komme, habe ich manchmal das Gefühl, dass die Hälfte der Brigade bei uns wohnt. Wenigstens bringt jeder etwas mit. Mal ein Ei, ein Stück Fleisch, ein Wollknäuel für ein Jäckchen für das Mädchen, eine Decke vom Roten Kreuz für die Kleine. Eine Flasche Wein, damit sie mehr Milch hat. Ančka schickt ständig ihr Gemüse. Sie ist eine richtige Bäuerin. Und zufrieden sieht sie auch aus. »Weißt du, ich denke gar nicht nach. Zähle Karotten und Kartoffeln. Und Kohl.« Zwei Kinder hat sie schon.

Spät in der Nacht sitzen wir in der Küche. Wir sind ein bisschen misstrauisch geworden. Also wärmen wir alte Geschichten auf, so wie wir auch auf den Parteiversammlungen unaufhörlich alte Geschichten hören. Wir lachen Tränen. Das Grauen haben wir vergessen. Außer nachts, wenn alles zurückkommt.

Letztens habe ich mit ihrem Arzt gesprochen. »Was ist eigentlich los?«, habe ich ihn gefragt.

»Weißt du, diese Frauen, die Partisaninnen, sie haben zerstörte Körper. Der Hunger, die Kälte, die Anstrengung, der nicht einmal wir Männer gewachsen waren. Sie werden ein paar Jahre brauchen, damit ihre Körper wieder zu Kräften kommen, von ihren Seelen ganz zu schweigen.«

Ich erinnere mich, wie viele Partisanen vor ihr zitterten. Sie haben ihre Strenge verachtet. Einige haben bei mir gejammert. Ich habe sie immer darum gebeten, direkt mit ihr zu sprechen. Und ich habe mich ständig gefragt, was sie mit ihrer weichen Seele, der Sanftheit und Verletzlichkeit getan hat, die nur ich kenne. Vielleicht noch ihre Mutter.

Und dann das heute um sieben. Was geht mich das an. Sieben Uhr hin oder her, ich werde zu spät kommen. Zuerst gehe ich nach Hause und sehe nach, wie es ihnen geht.

Ihre Mutter ist mit dem Mädchen allein. Sie sitzt in der Küche am warmen Herd und singt ihm vor. »Sie ist nur schnell nach Hause gekommen, um zu stillen. Ich habe sie gezwungen, wenigstens ein bisschen zu essen. Um sieben muss sie bei einer wichtigen Parteiversammlung sein. Was wird nur aus euch, wenn das so weitergeht. Iss du wenigstens was.«

Ich streichle das Mädchen, und mir scheint, dass seine Wangen heute schon etwas rosiger sind. »Schau, sie hat mich angelächelt«, sage ich.

»Bestimmt«, lacht ihre Mutter.

—

*DIESES GESTERN SCHNELL VERSCHLEIERN*. So schnell es nur geht, müssen wir das Gestern vergessen, das letzte Jahr und noch das vorletzte und überhaupt alle vorherigen Jahre. Ich laufe zur Versammlung. Ich werde vor Erschöpfung zusammenbrechen. Das Mädchen hat geweint, als ich gegangen bin. Es weint viel.

An der Tür fängt Ciril mich ab. Grob zieht er mich zu sich und flüstert. »Pass auf, du bist nicht für Stalin. Stalin ist unser Feind.«

Verdutzt schaue ich ihn an. »Stalin doch nicht. Du irrst dich. Noch heute Morgen war er unser Freund«, entgegne ich.

»Du bist nicht für Stalin. Pass auf, was du sagst.«

»Meinst du die Engländer?«

»Nein, die Russen. Die Engländer sind noch immer unsere

Verbündeten. Jetzt noch mehr. Und die Amerikaner. Merk dir das. Freunde.«

»Gott steh mir bei«, denke ich.

Wir sitzen an einem runden Tisch. Ciril und noch zwei andere, die ich nicht kenne, befragen uns, wir antworten. Schön der Reihe nach. Wie in der Schule.

»Stalin ist unser Feind.«

»Wir sind bereit, unsere Grenzen vor der Roten Armee zu verteidigen. Wir müssen es. So, wie wir sie vor Hitler verteidigt haben.«

Nein, noch einen Krieg ertrage ich nicht.

»Stalin will sich uns einverleiben.«

»Stalin hasst die jugoslawischen Kommunisten und Tito.«

»Er sagt, dass wir Sklaven des Kapitalismus sind.«

Ich höre zu.

»Stalin ist nicht unser Freund«, plappere ich ihnen wie ein Papagei nach. »Die Engländer, Amerikaner sind es. Die ganze westliche Welt.« Nach den Chinesen traue ich mich nicht zu fragen.

Katja ist an der Reihe.

»Tito, Stalin, Tito, Stalin«, skandiert sie. So, wie wir das gestern noch alle getan haben. Genau genommen noch heute Morgen. Katja spricht jetzt auch noch von Lenin und Engels und Marx.

Ich stupse sie mit dem Ellenbogen an und flüstere ihr zu: »Stalin ist nicht mehr unser Freund.« Katja lässt nicht locker. Irgendetwas muss ich tun. Ich halte ihr die Hand an die Stirn und stehe schnell auf.

»Katja hat hohes Fieber. Ich glaube, sie phantasiert. Ich werde sie nach Hause bringen.« Ich ziehe sie vom Stuhl, wickle sie in meinen Mantel und drücke sie fest an mich. Als wir gehen, blicke ich Ciril direkt in die Augen.

»Wehe, du sagst etwas«, denke ich.

»Mund zu«, befehle ich Katja.

»Was war denn das?«, fragt Katja, als wir auf der Straße sind.

»Lass uns schnell gehen. Du schläfst bei uns.«

Das Mädchen schläft schon. Wir sitzen in der Küche. Katja, meine Mutter und ich. Mutter hat Brot gebacken und einen Zichorienkaffee gekocht. Katja ist ganz verwirrt, und auch meine Mutter versteht nichts mehr. Nur das versteht sie, dass auch wir beide nicht wissen, was passiert. Keine hat es eilig, ins Bett zu kommen. Und er ist noch nicht da. Dauernd habe ich den runden Tisch im Sitzungszimmer vor Augen, wo die Parteiversammlung war, und uns, die wir wie Kinder beim Religionsunterricht wiederholen: »Stalin und die Sowjetunion sind unsere Feinde.« Wie Kinder. Nein, selbst Kinder würden sich trauen zu fragen, was heute anders ist.

»Ich weiß nicht, kurz bevor ich zur Versammlung gekommen bin, hat Ciril mir zugeflüstert, dass die Sowjetunion unser Feind ist. Warum nur?«

»Wenn ich so darüber nachdenke, hast du mir gerade das Leben gerettet«, sträuben sich Katja die Haare.

»Wir hatten Glück, dass ich früh genug da war, damit Ciril mich noch warnen konnte.«

»Morgen gehe ich zu ihm. Sie sollen uns ehrlich sagen, was zum Teufel los ist, und nicht auf so eine hinterhältige Art.«

»Und was geschieht mit denen, die nicht rechtzeitig wussten, dass Stalin nicht mehr zu uns gehört?«

Er, zum Beispiel, denke ich.

»Ich denke, er wusste es, weil er die ganze Zeit auf und ab gegangen ist und geflucht hat. Er hat zwar gesagt, er würde fluchen, weil heute sein Holzbein noch mehr knarzt als sonst. Aber bisher hat er in solchen Momenten immer gelacht und es wieder eingeölt«, tröstet Mutter mich.

Ich muss an meine Brüder denken, waren sie auf die Neuigkeit vorbereitet gewesen? Weil ich Mutter nicht noch mehr beunruhigen will, lasse ich es unerwähnt. Sie sind noch so jung. Manchmal scheint mir, als läge unser ganzes Leben schon hinter uns. Wir brauchen keine neuen Unruhen und auch keine neuen Rätsel. Keine Ungewissheit.

»Marija in Belgrad weiß bestimmt, was los ist«, sagt Katja.

Endlich. Er schließt die Tür auf. Mit Tone betritt er die Küche.

»Einen Schnaps, bitte. Bestimmt ist noch etwas da.«

Wir warten. Alle drei warten wir darauf, was er sagen wird. Er starrt das Glas an, und dann uns.

»Ich denke, wir werden morgen die Fenster verdunkeln müssen.«

»Aber der Rollladen im Schlafzimmer ist kaputt«, sagt Mutter.

—

DAS MÄDCHEN SCHLÄFT, UND wir beide suchen nach Dingen. Dinge, die nach Sowjetunion riechen, Dinge, die an das gestrige Brudervolk erinnern, Dinge, die plötzlich nicht mehr zu uns gehören. Das Radio läuft.

»Dieser Tito hat heute aber eine lange Rede gehalten«, sagt sie. »Hast du gehört, angeblich stehen Panzer an den Grenzen.«

In den Händen halte ich die Auszeichnung »Held der Sowjetunion« und eine kleine sowjetische Fahne, die einmal voller Tränen war. Wie sehr habe ich damals im Lazarett vor Freude und Stolz und auch Traurigkeit geweint. Der Stolz hat gesiegt.

»In den Müll«, sagt sie.

»Ich kann nicht. Das verstecke ich irgendwo.«

»Das geht nicht. Jetzt ist es anders. Wir haben ein Kind.«

Ich sammle Bücher zusammen. Tolstoi. Dostojewski. Tschechow. Gorki. Ich schaue sie an.

»Was denkst du?«

»Die wurden doch vor Stalin geschrieben«, sagt sie entschieden.

Ich lache. So kenne ich sie aus Kriegstagen.

»Aber stell sie im Regal trotzdem hinter die anderen Bücher.«

Ich erinnere mich an Oskar, als er starb. In meinen Armen. Der spanische Widerstandskämpfer, der zu viel gesehen hatte. Nie werde ich erfahren, was er alles gesehen hat. Keiner von denen, die in Spanien gekämpft haben, erzählt, was wirklich passiert ist.

Die Stadt liegt im Dunkeln, in Stille gehüllt. Ich wollte nicht zur Versammlung gehen. Zu starke Schmerzen im Bein, habe ich gesagt. Ich weiß, dass das eine dumme Ausrede ist. Sie kennen mich doch. Wahrscheinlich wird schon das zu viel sein. Aber ich kann sie nicht allein lassen. Nicht heute.

Wir liegen im Bett. Lauschen dem Atem des kleinen Mädchens im Korb. Sie drückt sich an mich. Zum ersten Mal im Leben spüre ich ihre Angst.

»Jetzt ist es anders«, hat sie gesagt. »Wir haben ein Kind.«

Mütter mit Kindern, die vor den Deutschen fliehen, vor den Italienern, vor den Weißen, vor den Alliierten, vor den Russen, vor uns. Vor dem Hunger, vor dem langen Winter. Ich kann nicht schlafen. Diese verdammte, verlogene Wahrheit.

»Schläfst du noch nicht?«, höre ich sie sagen.

»Nein.«

»Vielleicht sollten wir morgen aus Ljubljana rausfahren und

bei den Bauern einen Vorrat an Essen kaufen. Wir haben eine Vorratskammer und einen Keller.«

Immer, immer hat sie Angst, dass uns das Essen ausgeht.

—

*Er hatte mir so* viel erzählt von diesem Zug. Katja, Mara, Olga und ich kamen einfach nicht vom Tisch im Speisewagen weg, um schlafen zu gehen. Jeder Tisch hatte eine eigene Lampe, und der Kellner fragte uns in einem fort nach unseren Wünschen. Wünsche? Keine. Wir sind überglücklich. Wir reisen nach Belgrad. Wem haben wir es zu verdanken, dass sie gerade uns vier geschickt haben? Uns vier. Bestimmt will man sich bei uns für etwas revanchieren.

Ančka. Ich weiß, dass wir alle an sie denken. Wir reisen zur Konferenz der Antifaschistischen Frauenfront, und Ančka ist nicht dabei. Wir haben also einen Wunsch, aber den kann uns der Kellner nicht erfüllen.

Am Bahnhof erwarten uns eine Kapelle und Musik und Fahnen. Und Marija.

»Meine Lieben, ihr werdet bei mir übernachten.«

Wir sitzen in Marijas Wohnzimmer. Die großen Fenster schauen auf einen wunderschönen Garten.

»Welcher Prinz hat denn in diesem Palast gelebt?«, stichelt Olga.

Marija wird rot. Sie wird noch röter, als die Haushälterin ihren kleinen Sohn ins Zimmer bringt, der so alt ist wie mein Mädchen. Ich nehme ihn auf den Arm. Er ist doppelt so schwer wie meine Kleine. Vielleicht habe ich sie doch zu früh allein gelassen.

»Machst du dir Sorgen?«, fragt Marija.

»Ja. Aber eigentlich nicht wirklich. Sie ist ja bei meiner Mutter.«

»Siehst du, mein Junge wird nie meine Mutter kennenlernen.«

Marija beginnt zu weinen. Und ich mit ihr. Wie empfindlich wir geworden sind. So seltsam rührselig. Und immer in den falschen Momenten, habe ich oft das Gefühl.

Die Tage gehen schnell vorbei. Wir lernen die Frauen aus den anderen Republiken kennen. Viele kennen wir auch schon aus dem Krieg. Es gibt Unterschiede zwischen uns, trotz der Brüderlichkeit und Einheit. Nur darfst du das nicht laut sagen. Jeden Abend kehren wir überglücklich zu Marija nach Hause zurück. Marija studiert und beschäftigt sich nicht mehr mit Politik. Ich beneide sie darum. So sehr.

»Ich habe mir das schwer erkämpft«, sagt sie.

»Und ich nicht.«

»Du musst.«

»Ich weiß. Hat Marko dir geholfen?«

»Als ob! Aber wahrscheinlich die Tatsache, dass ich seine Frau bin. Weißt du, sie haben Angst vor ihm.«

Wir bereiten uns alle darauf vor, Marija zu fragen, was es eigentlich mit der Sowjetunion auf sich hat.

»Jetzt können wir, wo Marko nicht da ist«, sagt Olga nach dem Abendessen.

Aber keine von uns sagt etwas. Aus Achtung vor Marija. Oder wegen ihrer Sicherheit. Keine Ahnung. Es liegt so viel Seltsames in der Luft. Auch auf der Konferenz spricht keine davon. Ich habe bemerkt, dass ein paar Frauen, die ich zu Partisanenzeiten kennengelernt habe, nicht dabei sind. Frauen, die die Auszeichnung als Heldinnen bekommen hatten. Und sie werden von keiner erwähnt. Stille. So wie in Ljubljana. Nur hin und wieder hört man, dass jemand sich erhängt hat, dass jemand verschwunden ist, dass jemand abgeholt wurde. So nebenbei hörst du das und fragst nicht nach. Du fragst nicht einmal, wer sie abgeholt hat.

Kapelle, Blumen, Abschied. Schön war es, die ganzen Frauen aus dem ganzen Land zu treffen. Davorka, Zana, Ferida, Branka, Nataša, Jovanka, Zlata. All diese Namen. All diese Gesichter. All diese Geschichten.

»Mit Tito, für die Heimat voran«, waren die letzten Worte am Bahnhof. Eigentlich sind wir schon ein bisschen lächerlich. Ich hoffe ja, nicht.

Wir fahren nach Hause. Ich versuche zu schlafen. Keine Ahnung, warum ich die ganze Zeit dieses Plakat vor Augen habe. Das Bild einer Mutter mit Kind und die Aufschrift:

*Za Tita!*

Für den Sozialismus!

Für das Glück unserer Kinder!

—

»Aus diesem Kind wird doch nie etwas«, sagt Mutter, als ich ihr meine Tochter zeigen komme. Das Mädchen lächelt sie an, und sie betrachtet es skeptisch. »Ein richtiges Stadtkind.«

Ich schaue meine Mutter an. Wird sie sich denn nie beruhigen? Ich helfe doch so sehr ich kann, ständig. Meine Schwester nimmt die Kleine auf den Arm und trägt sie in den Obstgarten. Wütend bitte ich meinen Neffen, mir aufs Pferd zu helfen und mit mir zum Bach ins Tal zu kommen. Zum Glück sind Tone, die Kleine und ich allein gekommen, ohne sie. Sie wäre geplatzt vor Wut. Und Traurigkeit.

Mein Neffe hält das Pferd am Führstrick, und ich reite. Nach all der Zeit. Ich hoffe, wir treffen auf dem Weg niemanden. Mit dieser baumelnden Prothese auf dem Pferd. Diese mitleidigen Blicke, ich kann sie nicht mehr ertragen.

Ich sitze am Bach, hatte mich so sehr gefreut, wieder in mein Dorf zu kommen. Es ist Ostern, und die letzte Zeit war einfach schrecklich, ist es immer noch. Dauernd musst du überlegen, was du sagen darfst und was nicht. Vertrauen kannst du so oder so niemandem mehr. Ständig sind wir auf der Hut. Wird Stalin sich beruhigen? Und die anderen? Tschechen, Bulgaren, Polen, alle. Eigentlich sind sie alle jämmerliche Waschlappen. Diese slawischen Seelen. Vielleicht. Vielleicht sollte ich das alles lassen, die Partei, die Politik, und wirklich zurück aufs Dorf ziehen. »Ach, komm schon«, denke ich dann. »Was soll ich denn hier.«

Der Neffe sitzt neben mir und lässt die Füße ins Wasser baumeln.

»Ich komme so gern hierher, ganz besonders vor der Abenddämmerung, wenn ich die Kühe tränke. Manchmal würde ich am liebsten hier schlafen, aber Mutter erlaubt es nicht.«

Er ist redselig und voller Leben, erzählt vom neuen Kälbchen und dass er bei der Geburt dabei war, erzählt vom Freund aus dem Nachbarshaus und dass er manchmal nachts die Großmutter weinen hört.

»Ich weiß nicht, warum. Wir sind doch alle brav.«

Mutter. All diese Jahre allein. Allein in ihrer Sorge ums Überleben. Allein mit den Kindern. Und der Krieg. Jetzt, da sie endlich aufatmen könnte, verliert sie bei jedem Anzeichen von Sanftmut ihrer Kinder und Enkel fast die Nerven. Bestimmt tut es ihr heute Nacht leid, dass sie sich beim Anblick meiner Tochter so verhalten hat. Dafür habe ich kein Verständnis. Ich weiß nicht, wie viel ich ihr verzeihen kann.

Wir sitzen am Tisch. Ich sehe meine Schwester an. Meine Mutter.

»Es ist Ostern«, sage ich.

Schweigen.

»Es ist Ostern«, sage ich.

»Und?«

»Habt ihr denn keine Ostereier?«

»Ich dachte, ich darf nicht«, sagt meine Schwester leise.

»Jetzt übertreibt mal nicht«, murre ich.

Es ist Ostern. Stille. Die Sonne geht unter. Und auf dem Tisch stehen gekochte Eier in den Farben der Freude.

»Dürr ist sie, dürr«, sagt Mutter, als sie das schlafende Mädchen betrachtet.

»Aber schön, so wie ihre Mutter«, sagt die jüngste Schwester.

Abschied.

—

*Ich nehme zwei Stufen* auf einmal. Ab und zu schaffe ich auch drei. Vor Freude fliege ich fast durch die Luft. Gerade habe ich mich an der Universität eingeschrieben. Matija hatte mich zu sich gerufen.

»Tu, was du für richtig hältst«, brummte er.

»Wie, was ich für richtig halte?«

»Schreib dich halt an deiner Universität ein, wenn du immer noch so verrückt danach bist.«

»Verstehe ich das richtig?«

»Jetzt geh mir schon aus den Augen. Los.«

Er sah mich an, als hätte ich die schlimmste Sünde des Lebens begangen. So geht das nicht. So leicht kommt er mir nicht davon. Ich rührte mich nicht von der Stelle.

»Aber hör zu. Du musst trotzdem in der Partei aktiv bleiben, und du musst trotzdem von Zeit zu Zeit unterrichten. Weißt du, studieren zu dürfen ist echter Luxus in diesen Zeiten.«

›Die sind doch verrückt‹, dachte ich. ›Luxus. Statt die Leute zur Schule zu schicken.‹

»Natürlich, natürlich«, nickte ich. »Wie ihr wollt.«

Eigentlich wäre es das Klügste, schnell zu verschwinden, bevor er es sich anders überlegt, dachte ich.

Bei unserer Bank am Fischteich warte ich auf Olga und Katja. In den Händen halte ich das kleine Studienbuch mit meinem Namen und dem Stempel der Universität. Ich klappe es auf und wieder zu. Wieder und wieder. Nur noch einmal, jetzt aber wirklich. Wie soll ich das nur meinen beiden Brüdern sagen? Letztens kam Stanko weinend nach Hause gelaufen. Schluchzte lange, bevor er überhaupt ein Wort rausbringen konnte.

»Du weißt doch, wie gerne ich zur Schule gehen würde. Aber sie erlauben es mir nicht. Ich muss bei der Armee bleiben, sagen sie. Warum zum Teufel bin ich überhaupt zu den Partisanen? Ich bin doch kein Soldat.«

Mir hat es die Sprache verschlagen. Werden jetzt all die Jungs, denen die Jugend genommen wurde, Soldaten bleiben? Wer von ihnen ist denn als Soldat auf die Welt gekommen? Offenbar lohnt sich Heldenmut nicht. Er bringt Schmerz und Einsamkeit. Und Stanko. Als Kind war Stanko am glücklichsten, wenn Mutter ihm sonntags ein Stück Leinen gab. Und ein Knäuel Garn. Er stickte und stickte. Blumen, Sterne, Sonnen, Tannen. Für Mutter rote Herzen. Jedem von uns schenkte er ein Taschentuch mit unseren Namen. Auf jedes Taschentuch stickte er die Namen der ganzen Familie. Und dieser Junge soll jetzt Soldat sein. Einfach so, sein ganzes Leben lang.

Und Franc. Wie viel Literatur würde ich ohne ihn gar nicht kennen. Immer brachte er Bücher mit nach Hause, und dann unterhielten wir uns nächtelang und gaben uns Träumereien hin. Wir bereisten die Welt, sprachen über Geheimnisse, über das Glück, Leid, Unrecht, über Gott, die Religion und über weit entfernte Orte, an die wir einmal, eigentlich bald, reisen würden. Einmal. Und jetzt? Sie haben ihn wieder an die rumänische Grenze geschickt. Als Belohnung, als Dank, für die ganzen Verhöre Tag und Nacht, als er mit jedem Tag blasser und schweigsamer nach Hause kam. In diesen Zeiten an die rumänische Grenze. Schon lange, sehr lange hat er sich nicht gemeldet.

Ich werde ihnen helfen. Ich weiß nur noch nicht, wie. Auch ihn habe ich gebeten. Die beiden sind doch keine Soldaten. Jože schon, doch, doch. Er ist gern Soldat. Dann hat er wenigstens Ruhe vor der Familie. Und Lojze haben sie erlaubt, Jura zu studieren, weil er krank und für das Militär nicht geeignet ist. Drago ist in seiner Seemannsschule dort am Meer so oder so überglücklich.

»Kommt zu Besuch, kommt schon. Es ist so schön«, schreibt er dauernd.

Und der Jüngste. Nach all der Zeit als Kurier ist er wieder in die Grundschule gekommen. In die Klasse, in der er war, als der Krieg begann. Alle Mitschüler sind vier Jahre jünger. Jeden Tag kommt er weinend aus der Schule. Er sitzt mit Kindern in einer Bank, die noch nie den Tod gesehen haben. Und er war vier Jahre lang Kurier. Das sagt seinen Klassenkameraden rein gar nichts. Hält er durch? Er war so stolz auf seine Titovka, und jetzt versteckt er sie. Ich mache mir Sorgen um ihn. Vater ist wütend und Mutter verzweifelt.

Wieder schlage ich das kleine Studienbuch auf. Mit meinem Namen. Mit dem Stempel der Universität.

»Bist du jetzt glücklich?«, höre ich Olga hinter mir lachen.

Und Katja?

»Du musst das ja echt wollen. Das schaffst du doch nie«, sagt sie.

So gerne würde ich sie zu Tee und Gebäck einladen. Aber man kann ja nirgends hin. Ich glaube, es wird Zeit, dass eines der alten Kaffeehäuser wieder aufgemacht.

—

MILOŠ.

Ich mache die Tür auf und erblicke sein breites Grinsen. Er sieht ein bisschen abgemagert aus.

»Wo warst du?«

»Ach, frag nicht.«

Ich schenke ihm ein Glas Wein ein.

»Der Šmarnica hier ist aber ganz schön sauer.«

»Das ist das Einzige, was wir dahaben. Von daheim.«

»Ich habe schon lange keinen Wein mehr getrunken. Ist gut.«

Miloš hat bei uns übernachtet. Bis tief in die Nacht hinein saßen wir zusammen. Sie auch. Seit sie studiert, ist sie noch dünner geworden und hat noch dunklere Augenringe. Aber sie ist glücklich. Beide warten wir, dass Miloš doch noch anfängt zu erzählen.

»Ich habe vor Stalin und der Sowjetunion gewarnt, aber sie haben nicht auf mich gehört. Die Russen werden uns verarschen, habe ich ihnen gesagt. Aber sie haben nicht auf mich gehört. Und als ich wütend zu Matija ging, wollte er mir nicht einmal zuhören. Er hat mich aus dem Büro geworfen. Und dann haben sie mich abgeholt.«

»Wohin haben sie dich gebracht?«

»Frag nicht.«

»Zum Glück haben sie dich wieder gehen lassen.«

»Ich habe von der Sache mit Stalin gehört und hatte Sorge, sie würden den Fehler nicht eingestehen wollen und würden mich tatsächlich einfach einbehalten. Ich hatte richtig Angst. Ich war sicher, ich würde einfach da drinnen bleiben.«

»Zum Wohl.«

Wir bieten Miloš an, bei uns zu bleiben. Bis klar ist, was mit ihm werden soll.

Das Mädchen ist aufgewacht. »Wie ähnlich sie dir sieht«, sagt Miloš und sieht sie mit Bewunderung an. Nicht das Mädchen. Sie. Bin ich eifersüchtig? Nein, ich bestimmt nicht.

# 1952

ENDLICH BIN ICH MIT Mutter allein. Tone hat uns hingefahren. Mutter sagt, es sei ein Thermalbad. Ich weiß zwar nicht, was ein Thermalbad ist, aber am Morgen sind wir ins Becken mit warmem Wasser und Blubberbläschen gestiegen. Lange saßen wir im warmen Wasser, und ich hatte Hunger. So großen Hunger. Dieses warme Brot mit Erdbeermarmelade morgens. Zu Hause haben wir immer nur Pflaumenmarmelade. Große Töpfe in der Küche, voller Pflaumen und Zucker. Alle müssen wir beim Rühren helfen. Schnell rühren, weil alles kocht und in alle Richtungen spritzt. An die Wände, Regale, auf uns. Wenn die Marmelade in den Gläsern ist, kommen meine Onkel, also Mutters Brüder, und streichen die Küche neu. Und in der Vorratskammer stehen dann tausend, bestimmt sind es tausend, Gläser Pflaumenmarmelade. Pflaumenmarmelade am Morgen, Pflaumenmarmelade am Abend.

Jetzt weiß ich, was ein Thermalbad ist. Etwas, wo du die Mutter nur für dich hast, etwas, wo es Becken mit warmem Wasser gibt, das nie kalt wird, und Blubberbläschen, und etwas, wo du Erdbeermarmelade zum Frühstück bekommst.

»Wir bleiben drei Tage hier«, sagt Mutter.

Wir sitzen auf dem Balkon, und ich betrachte sie, wie sie die langen Haare in der Sonne trocknet. Drei Tage nur wir beide, ohne alle anderen. Ich könnte weinen. Zu Hause sitzt sie den ganzen Tag mit drei weiteren Leuten im Wohnzimmer. Der Tisch, an dem sie sitzen, ist voller Hefte und Bücher. Dauernd zeichnen sie Fläschchen und schreiben Buchstaben und Zahlen. Manchmal erlauben sie mir, mit ihnen am Tisch zu sitzen.

Sie geben mir ein Blatt Papier, und dann kann auch ich Fläschchen und Röhrchen und Sonnen malen. Manchmal auch ein Segelschiff.

Abends ist Mutter meist nicht daheim. Nur Großmutter und eine Haushälterin, die leider fast jede Woche eine andere ist. Und ich kann nicht einschlafen, bis nicht wenigstens einer meiner Eltern nach Hause kommt. Aber sie kommen nie allein. Immer bringen sie noch irgendwelche Freunde mit. Ich liege im Nebenzimmer und höre ihnen zu. Von dem, was sie sagen, verstehe ich nur wenig. Ans Fenster gelehnt, beobachte ich den Mond und die Sterne, wenn es nicht bewölkt ist. Lausche den Regentropfen, wenn es regnet. Wenn es schneit, versuche ich, die Schneeflocken zu fangen, und während ich den Gesprächen der Erwachsenen im Nebenzimmer zuhöre, weiß ich, dass ich, wenn ich groß bin, Partisanin werde. Anscheinend ist das der einzig richtige Beruf. Vielleicht schaffe ich es ja schon früher. Wie meine Onkel, noch bevor sie groß waren. Großmutter hat versprochen, mir das Lesen beizubringen, und das muss ich noch lernen, bevor ich mich auf den Weg mache.

Beim Abendessen in der Therme versammeln sich an unserem Tisch wieder viele Menschen. Alle sind ganz fröhlich und umarmen sich.

»Ich habe dich so lange nicht gesehen. Seit dem Angriff auf den deutschen Stützpunkt. Wie sie dort in Richtung Mokronog geflohen sind!«

»Wo bist du jetzt?«

»Du bist gewachsen, seit ich dich das letzte Mal gesehen habe.«

»Siehst du, das war mein Kurier und der dort mein Stellvertreter«, erzählt Mutter ganz glücklich und stellt mir die Leute vor.

»Jetzt geht das wieder los«, denke ich.

Mit dem Löffel rühre ich in der Suppe rum, die schon längst kalt geworden ist. Auch ein Thermalbad ist etwas, wo du die Mutter nicht nur für dich hast. Wieder musst du sie teilen, musst schießen, fliehen, angreifen und vor allem ein gutes Gedächtnis haben. Aber Mutter sieht heute Abend wirklich wunderschön aus. Auch das ist ein Thermalbad.

»Kannst du dich erinnern? Erinnerst du dich noch?«

Ich höre zu. Am liebsten würde ich schreien, aber ich darf nicht. Ich kann nur warten. Und zuhören. Wann ist der Abend endlich vorbei? Der Kellner bringt mir ein Stück Torte. Kastanientorte mit viel Sahne.

Mitten im Lachen steht Mutter auf und nimmt meine Hand.

»Gehen wir. Gute Nacht«, sagt sie zu mir und verabschiedet sich von den anderen.

Die Bettlaken im Zimmer duften.

»Du lässt mich doch nicht allein, wenn ich eingeschlafen bin?«

Sie drückt mich an sich.

»Jetzt schlafen wir. In Ruhe und lange, ganz lange.«

»Wir dürfen nur das Frühstück nicht verpassen«, erinnere ich sie.

Im Bett kuschle ich mich an Mutter. Ein Thermalbad ist etwas, wo du mit Mutter im selben Bett schläfst. In Ruhe und lange. Bevor ich Partisanin werde, gehe ich noch ein paarmal in die Therme. Ganz bestimmt.

—

*Unser Leben.*

»Es hat sich so viel verändert, meine Lieben«, sagt Olga.

Stille. Wir stehen oben auf dem Berg und schauen auf die erleuchtete Stadt am Meer hinab.

»Ja, das stimmt. Und das wird es auch noch.«

»Denkt ihr, es wird zu uns gehören?«

»Natürlich, wir sind doch als Erste in Triest einmarschiert.«

»Aber es sieht wohl nicht gut aus, hat Marko gesagt. Behaltet das bitte für euch«, vertraut Marija uns an.

Als wäre es gestern oder heute Morgen gewesen. An alles kann ich mich erinnern. Und Mirjam habe ich hier zum letzten Mal gesehen und Gorazd und ... Hier am Meer, in dieser wunderschönen Stadt sind sie gefallen. Ich will die Erinnerungen nicht. Es sind zu viele. Wir hatten es damals so eilig. Wir haben nicht einmal nachgezählt, wie viele von uns noch übrig waren. Wir mussten nach Ljubljana. »Weiter, weiter«, hieß es die ganze Zeit. Ich erinnere mich nur, dass ich mir die ganze Zeit gewünscht habe, Marija wäre bei mir und ich könnte die Füße ins Meer stecken. Wenigstens für einen Augenblick.

»Weiter nach Ljubljana!«

Wenn ich jetzt zurückdenke, haben sie uns wie Vieh weitergetrieben. Nach Ljubljana. In diese Freiheit.

»Es wäre schön, wenn es zu uns gehören würde«, seufzt Katja.

»Wir könnten mit dem Schiff nach Venedig fahren«, sagt Marija.

»Oder noch weiter.«

Träumen können wir noch. Das ist uns geblieben. Marija ist nach Ljubljana gekommen, und wir sind ans Meer gefahren. Davon haben wir den ganzen Krieg über geträumt. Katja und Olga auch. In die Zone B. Und vom Berg in Zone B blicken wir in die Zone A.

»Aber es muss doch eine Gerechtigkeit auf dieser Welt geben. Wie viele Menschen in den slowenischen Dörfern auf italienischer Seite getötet wurden. Was soll mit den Leuten dort geschehen? Letztens kam eine Delegation italienischer

Slowenen. Sie sagten, wir müssen sie besuchen. Sie sagten, es sei wunderschön. Sie haben sogar ihren Schinken, den Pršut, mitgebracht. Und sie haben ein slowenisches Theater und eine Musikschule. Und auch eine Zeitschrift.«

»Denkt ihr, sie lassen uns irgendwann da rüber?«

Der Wind weht. Er trägt den Geruch nach Meer zu uns herüber. Den Geruch nach fernen Orten, den Geruch nach Leben. Er bringt die Erinnerung an rote Himmel und Sonnenuntergänge. Und Sehnsucht. Sehnsucht nach ruhigen, sanften Momenten, die es in diesen Zeiten kaum gibt.

—

Noch gestern waren die Straßen voll. Die Menschenmengen sangen, trugen Transparente, riefen: »*Trst je naš!* Triest gehört uns! Wir geben Triest nicht her! *Trst, Gorica,* Rupnik ist ein Schwein! Tito, die Partei!«

Auch sie ist gegangen und hat die Kleine mitgenommen. Auf dem Marktplatz haben wir ihr eine Tonpfeife in Form eines Hahns gekauft, damit sie darauf trillern kann. Ich glaube, fast unsere ganze Brigade ist zusammengekommen und auch ihre Kollegen, mit denen sie die ganzen Tage am Studieren ist. Dort beim Prešeren-Denkmal.

Wir sehen uns fast nicht mehr. Wenn ich abends nach Hause komme, schläft sie schon oder sitzt immer noch vor ihren Heften, und wenn sie spät nach Hause kommt, dann schlafe ich schon oder habe davor ein bisschen getrunken und bin so oder so für nichts mehr zu gebrauchen. Manchmal frage ich mich, ob wir uns überhaupt noch kennen. Unsere Welten werden langsam immer unterschiedlicher. Die Erinnerungen an den Krieg haben wir gemeinsam. Und den Wunsch nach einem schöneren Leben.

Das Telefon klingelt. Wie gerne höre ich dieses Klingeln. Einen ganzen Monat haben wir schon ein Telefon. Es gibt nur so wenige Telefone in Ljubljana, dass unseres fast nie klingelt.

»Scheiße«, höre ich Marija sagen.

»Bist du in Ljubljana?«

»Nein, in Belgrad. Ich wollte es dir nur kurz sagen. Grüß mir deine beiden. Nur warte mit der Neuigkeit bis morgen früh. Uns geht es gut. Und euch?«

»Außer der B-Scheiße – in Ordnung. Gute Nacht.«

Ich lege auf. Das ist richtig scheiße. Ich werde ihnen nichts sagen, wenn sie nach Hause kommen. Die Kleine weiß so oder so nicht, worum es geht. Vielleicht versteht sie es ja doch. Irgendwo hat sie gehört, dass es in der Zone A Kaugummis aus Amerika gibt.

Ein Glas Wein.

»Wir werden ein schöneres und größeres Triest erbauen«, höre ich schon den ganzen Morgen Tito im Radio sagen. Der schafft es wirklich, die Leute zu überzeugen. Was werden wir erbauen? Wo werden wir wieder anfangen? Noch ein Neuanfang.

»Dann brauche ich den Hahn nicht mehr«, sagt die Kleine, als wir ihr die Dinge erklären. »Werden wir jetzt Partisanen?«, fragt sie noch.

—

*WERDEN WIR ÜBERHAUPT IRGENDWANN* einmal in Ruhe leben?

Ich bin todmüde. Von Franc haben wir zwei Jahre lang nichts gehört. Ich weiß, dass Mutter sich tief im Inneren schon von ihrem Kind verabschiedet hat.

Eines Tages bestellten sie mich zur Geheimpolizei UDBA

zum Verhör. Mich. Zum Verhör. Zur UDBA. Weit sind wir gekommen.

»Ich gehe mit dir«, sagte er.

»Ja, bitte«, sehe ich ihn dankbar an.

»Wann hast du ihn zuletzt gesehen? Was hat er gesagt? Hat er dir geschrieben? Hat er jemanden eine Nachricht überbringen lassen?«

»Sagt mir, ist er tot?«

»Hat er sich bei den Eltern gemeldet?«

»Sagt mir, ist er tot?«

»Noch mal! Wann hast du ihn zuletzt gesehen?«

»Sagt mir, ist er tot?«

»Wann, warum, wie?«

»Sagt mir, ist er tot? Sagt mir, ist er tot? Sagt mir, ist er tot?«

Dann fing er auf einmal an zu brüllen. Wie damals, als die Wachen der Brigade sich mitten in der Nacht besoffen hatten und alle eingeschlafen waren.

Ich gucke ihn an. Sie gucken ihn an.

Der Verhörende gibt dem Soldaten ein Zeichen.

»Franc!«

Mein Bruder umarmt mich. Er zittert am ganzen Körper.

Als wir nach Hause kommen, bricht er in Tränen aus. Weint. Erzählt. Weint. Habe ich ihn schon einmal so weinen gesehen? Nur, als Großvater starb. Und selbst damals nur ein paar Tränen.

»Iss wenigstens ein bisschen Rindsuppe«, bitte ich ihn ständig.

An der rumänischen Grenze hatte er sich im Schnee verirrt. Als er eine ihm unbekannte Sprache hörte, versteckte er sich im Gebüsch. Die Hunde fanden ihn. Deutsche Schäferhunde.

Zwei Jahre war er in einer Zelle eingesperrt, ohne Bett, ohne alles. Sein Mitgefangener war ein rumänischer Arzt.

»Ich kann doch kaum fünfzig Wörter Russisch.«

Langsam verstand er, dass rumänische Soldaten ihn gefangen genommen hatten.

»Zwei Jahre, zwei Jahre lang. Der nackte Boden, der Arzt und ich. Niemand ist gekommen, niemand hat etwas gefragt. Ich habe die Tage nicht mehr gezählt. Der Arzt hat mich ständig gedrängt, mich körperlich zu betätigen.«

Als sie ihn endlich vors Gericht brachten, befragten sie ihn auf Rumänisch und Russisch. »Ich verstehe nicht«, hat er nur gesagt. Ich verstehe nicht.

Während eines Verhörs hat der Arzt sich in der Zelle erhängt.

Endlich brachten sie eine Dolmetscherin zum Gericht. Die verstand ihn und berichtete den Unseren, dass es sich um einen schrecklichen Irrtum handelt. Die Rumänen ließen ihn laufen, und dann haben die »Unseren« ihn in Ljubljana eingesperrt. Keiner von uns wurde benachrichtigt, dass er da ist, dass er lebt, dass es ihn gibt. Was auch immer. Dass er eingesperrt ist. Und dass er nur noch Haut und Knochen ist.

Und Mutter sieht ihn nur an. Von Zeit zu Zeit streichelt sie ihn. Ich denke, sie kann es immer noch nicht glauben, dass er lebt.

Ich habe einen Entschluss gefasst. Ich werde alle Beziehungen spielen lassen. Wir müssen uns treffen. Vater, Mutter, die Brüder. Meine Familie. Wie Straßenhunde sind wir in alle Winde dieses Landes verstreut. Nicht nur in Slowenien, über ganz Jugoslawien. Dass wir uns einmal im Jahr in die Arme fallen können, wenigstens das haben wir uns verdient.

—

In einem fort klingelt es. Telegramme, Blumen. Ihre Familie, seine Familie, die Familien ihrer Familien. Und Vater, der vor Glück weinte. Er wurde als Volksheld ausgezeichnet. Er hat ein Telegramm von Tito bekommen. Frühmorgens. Selbst der Briefträger hat Vater umarmt und sich vor ihm tief verbeugt.

Die Nachbarn bringen frischgebackene Potica, Kekse, und aus Vaters Dorf wurde ein Fass Wein geliefert. Und ein Spanferkel. Ich verstecke mich zwischen den Blumen, die Großmutter und Mutter im Spätherbst wegen der Kälte vom Balkon ins Wohnzimmer stellen. Hier werde ich nie bemerkt. In Ruhe kann ich beobachten, was vor sich geht, und den Gesprächen der Erwachsenen lauschen. Und von hier aus kann ich dieses Wunder verfolgen. Bevor ich mich versteckt habe, hat mir jeder Besucher, dem ich die Tür geöffnet habe, gesagt, er hoffe, ich würde einmal in die Fußstapfen meiner Mutter und meines Vaters treten, die während des Krieges vielen Leuten ein Vorbild waren. Und auch nach dem Krieg und auch noch heute. Jedes Mal nicke ich. Mein Geheimnis, dass ich so oder so Partisanin werde, verrate ich niemandem.

Wie schnell das Leben sich ändert. Noch gestern haben Vater und Mutters Bruder sich über irgendwelche Prozesse unterhalten. Und über Volksfeinde. Über die Verfolgung des Klassenfeindes. Als sie bemerkten, dass ich im Zimmer war, wechselten sie das Thema. Ich weiß nicht, warum. Ich weiß noch nicht einmal, was ein Prozess ist. Geschweige denn, ob es viele Prozesse gibt. Oh, wenn ich doch nur etwas verstehen würde. Klassenfeind? Volk? Was bedeutet das alles bloß? All diese seltsamen Worte.

Und heute – eine einzige Freude im Haus. Die Haushälterin hat die Eingangstür einfach offen gelassen, weil sie sagt, sie rennt nicht mehr hoch und runter. Dann kam noch Mutters Vater und brachte Nelken aus Plastik. Ich dachte, Großmutter würde ihm den Kopf abreißen. Ich habe sie noch nie wütend gesehen. Nie.

Wie soll ich bei dem ganzen Singen einschlafen. Und dazu noch das Akkordeon. Dieses *Hej, brigade,* die gibt es doch schon lange nicht mehr.

Vorhin habe ich Mutter gehört, wie sie sich mit Olga unterhielt. Sie sprach von Neid. Und von den Nachbarn. In der Straße, in der wir leben. Morgen gehe ich nicht auf den Hof. Das habe ich schon heute Morgen beschlossen. Der Nachbarssohn, der ein bisschen älter ist als ich, bringt oft eine Puppe mit, die wirklich hässlich ist. Sie erinnert ein bisschen an den Barbaren Brdavs aus dem Buch *Martin Krpan.* So eine Puppe mit großer Nase und einer Warze am Kinn. Und ganz haarig ist sie.

»Das ist dein Vater«, sagt er immer.

Dann nimmt er einen großen Stein in die Hand.

»Und das ist die Limousine von deinem Vater«, sagt er.

»Was für eine Limousine überhaupt?«

»Guck mal, jetzt wartet dein Vater auf die Limousine, und weil der Chauffeur auf dem linken Auge blind ist, sieht er deinen Vater nicht und fährt ihn einfach um.«

Der große Stein liegt auf der Puppe.

Nein, morgen gehe ich bestimmt nicht auf den Hof.

—

WIR SITZEN AUF DER Tribüne und schauen zu. Panzer, Soldaten, Jungpioniere, Pioniere, Arbeiter und wieder neue Panzer. Kanonen. Turner. Und wieder Arbeiter mit Spitzhacken und Schaufeln. Bauern mit Sensen in den Händen. Ich weiß nicht, wie lange wir schon sitzen, zusehen und zuhören. Militärkapelle. Schlagkräftige Lieder. Wo haben sie die nur aufgetrieben?

Und? Ich weiß nicht, warum ich eigentlich meine Tochter mitgeschleppt habe. Ich sehe, dass sie nicht weiß, was sie mit sich anfangen soll. Trotzdem sagt sie nichts. Geduldig schaut sie sich die Panzer, Kanonen, Soldaten an. Wenn wir jetzt aufstehen und gehen, gibt es morgen ein Riesentheater. Später werde ich ihr sagen, wie leid es mir tut.

Ich blicke mich auf der Tribüne um. Schaue mir diese Sitzordnung an. Wer sitzt wo? In letzter Zeit haben sich ganz schön viele Parteifunktionäre angesammelt. Sie wetteifern nur so untereinander. Was sie alles für die Revolution geleistet haben. Schwere Zeiten waren das, sagen sie. Ich kann mich an so gut wie keinen von ihnen aus diesen »schweren« Zeiten erinnern. Wo haben sie nur all ihre unermesslichen Bürden abgelegt?

Revolution? Ich weiß, dass ich in die Wälder gegangen bin, als die Italiener ins Dorf kamen. Vom Kommunismus hatte ich keine Ahnung. Ich hatte bis dahin noch nicht einmal etwas davon gehört. Sie schon. Sie ist schließlich in Novo mesto aufs Gymnasium gegangen.

»Warum haben wir so viele Waffen?«, flüstert Janko mir zu. »Wir sind doch ein friedliches Land.«

»Pscht. Falls uns jemand angreift. Wir müssen vorbereitet sein. Wir sind doch allen Nachbarn ein Dorn im Auge.«

Ich hoffe, er versteht, dass er still sein soll. Wie soll ich ihm erklären, dass um uns herum Leute sitzen, die gleich vier Ohren haben. Vielleicht sogar mehr.

»Was ist das, Kommunismus?«, fragt meine Tochter mich auf einmal.

Was zum Teufel soll ich ihr bloß sagen.

»Ist unser Leben Kommunismus?«, fragt sie weiter.

»Noch nicht. Ein bisschen müssen wir noch warten. Und dann wird es dort im Nebotičnik, in diesem höchsten Gebäude in Ljubljana, lauter Büros geben. In den Büros werden Leute sitzen, die Listen mit den Namen aller Menschen haben, die bei uns wohnen. Da wirst du dann hingehen, und sie werden dich fragen, was du brauchst. Ein Radio, einen Kühlschrank, einen Topf, Gläser oder Bettlaken. Noch etwas? Du wirst ihnen sagen, was du alles brauchst, und all das werden sie neben deinen Namen schreiben. Und dann wirst du das alles bekommen.«

»Das wird schön«, sagt die Kleine. »Und wie trägst du das dann alles nach Hause?«, fragt sie weiter.

»Sie werden es dir nach Hause liefern.«

Herrgott, am Ende glaubt sie mir das noch, durchfährt es mich plötzlich.

—

*Es regnet und regnet.* Schon den dritten Tag regnet es. Ich laufe durch die Geschichte, an der Geschichte vorbei, in die Geschichte hinein. Immer wieder gehe ich in all dieser Geschichte fast unter. Ich fahre nicht mit dem Bus, weil ich Geld spare, um, bevor ich diese Stadt verlasse, den Kindern Fahrräder zu kaufen. Vielleicht auch mir selbst.

Manchmal gehe ich zu unserer Botschaft. Nicht oft, weil der Botschafter so oder so denkt, dass ich verrückt geworden bin.

»Was machst du bloß hier im Vatikan?«

Jeden Tag sitze ich zehn Stunden oder mehr in den Restaurierungs- und Konservierungswerkstätten. Dazwischen schlaflose, und zugegeben, tränenreiche Nächte. All diese misstrauischen Blicke im Vatikan, das Flüstern hinter meinem Rücken, unfreundliche Begrüßungen oder schlichtweg gar keine. Ich habe ein halbes Jahr Zeit, etwas zu lernen. Aber eigentlich will ich nur nach Hause. In der Fremde wird man schnell verletzlich. So verdammt verletzlich.

Ich bewundere die Schätze in der Stadt, die Denkmäler, Gemälde, Fresken, Katakomben. Und die alten Ruinen. An den Läden gehe ich lieber schnell vorbei. Schade, dass er nicht hier ist. Ich weiß, er wäre begeistert. Geschichte wollte er studieren, aber das haben sie ihm nicht erlaubt. Jura.

»Ich und Jura«, hat er geflucht.

Sie zeigen mir alte, mit Goldtinte geschriebene Handschriften und wundern sich, dass ich überhaupt die Bibel kenne.

»Ihr Kommunisten habt doch alles verbrannt«, sagt der Archivar. Dieses Bild, das sie von uns haben.

Soll ich überhaupt etwas antworten? Soll ich ihm von den Erdklumpen erzählen, die man mir ins Museumslabor bringt? Fast jede Woche ein paar Kisten davon. Und diese Erdklumpen sind Bücher, Dokumente und Gemälde, die wir bei Kriegsbeginn ganz schnell in der Erde vergraben haben, um sie zu verstecken. Auch vor den Italienern. Und deshalb bin ich jetzt hier. So gerne würde ich aus diesen vertrockneten Erdklumpen die Bücher, Zeichnungen, Tagebücher, Erinnerungen retten. Die Geschichte wieder zum Leben erwecken. Wenigstens ein kleines Stück Geschichte.

Im Zimmer, dem wahrscheinlich kleinsten in der ganzen Pension, erwartet mich eine Nachricht: »Abendessen in der Botschaft. Heute um sieben Uhr. Abendgarderobe.« Die sind doch verrückt geworden. Abendgarderobe. Wie kommen sie bloß auf solche Ideen? Abendgarderobe. In einem grauen Rock und weißer Bluse mache ich mich auf den Weg zur Botschaft. Einfach nur, weil ich Hunger habe. Diese römischen Straßen. Manchmal habe ich das Gefühl, aus den Fenstern der Häuser strahlt mir nur Hass entgegen. So wie heute, zum Beispiel. Ich beeile mich.

An der Botschaft ist man außerordentlich höflich. Was haben sie bloß? Der Pförtner verbeugt sich, der Botschafter umarmt mich, die Frau des Botschafters betrachtet meine Kleidung und sagt: »Wir haben Sie vermisst. Sie müssen öfter kommen.«

Soll sie doch aufhören zu lügen.

Jemand umarmt mich. Marija.

Marija und Marko sind nach Rom gekommen. Sie wollten, dass man auch mich zum Abendessen einlädt. Und so habe ich in den Augen unserer Diplomaten an Achtung gewonnen. Solange ich in der Stadt bin, erwartet mich also wahrscheinlich noch die eine oder andere Einladung zum Abendessen. Ich bin gespannt.

»Marija, wenn du bloß wüsstest, wie oft ich schon fast meine Sachen gepackt habe. Ich halte es kaum aus hier«, sage ich ihr, als wir endlich im Garten allein sind.

»Ich weiß, ich weiß. Ich war zum Studieren drei Monate in London. Wenn du bloß wüsstest, wie viel ich geweint habe.«

Marija auch.

Ich rechne durch. Wenn ich eine Woche weniger bleibe, kann ich den Kindern Fahrräder kaufen. Ich glaube, das mache ich.

Bahnhof. Ljubljana. Freudentränen.

—

»Da, das ist unsere Zukunft«, sagt Janez.

Er ist doch verrückt geworden. Mit Limousinen und Blaulicht werden wir durch Bukarest gefahren. An Villen mit Stacheldraht auf den Mauern vorbei. An riesigen Gebäuden, von denen jedes Einzelne so groß ist wie halb Ljubljana. Kapellen, Empfänge, Hochrufe auf den Sozialismus und kein, aber wirklich gar kein Leben.

Janez und ich haben abends das Hotel verlassen. Nach nur

drei Metern wurden wir schon aufgehalten. Ich weiß nicht, vielleicht waren es auch zehn.

»Das dürft ihr nicht.«

»Wir machen nur einen Spaziergang.« Unser gebrochenes Russisch.

»Nein!«

Janez empörte sich, und die Wachposten riefen nach Božo, unserem Delegationsleiter. Wütend kam er uns holen. In einem fort brüllte er uns vor allen an. Vor dem Rezeptionisten, dem Pförtner, den verwunderten Hotelgästen. Wenn das überhaupt Gäste waren. Er schrie so sehr, dass ich Sorge hatte, es könnte ihm jeden Augenblick die Stimmbänder zerreißen.

»Wenn ihr euch nicht so benehmt, wie von euch erwartet wird, schicken wir euch zurück.«

Wie zwei begossene Pudel sitzen wir im Hotelzimmer. Gott sei Dank habe ich immer noch die Flasche Schnaps aus der Kartause Pleterje, die unter den mitgebrachten Geschenken war. Ich wusste doch, dass ich wenigstens eine Flasche behalten muss. Das ist mir noch aus der Zeit bei den Partisanen geblieben. Immer, wenn ich ins Kloster Pleterje Schnaps für die Verwundeten holen gegangen bin, habe ich etwas einbehalten. Wenn das damals jemand gewusst hätte, hätte man mich wahrscheinlich auf der Stelle erschossen.

»Diesem Božo sieht man wirklich an, dass er ein serbischer General ist.«

»Du hast das mit unserer Zukunft hoffentlich nicht ernst gemeint.«

Janez sieht sich im Zimmer um.

»Ich glaube, die hören mit«, flüstert er.

»Wir müssen ein bisschen was für morgen übrig lassen.«

Morgen. Neue Paläste, neue grandiose Reden, neue Auszeichnungen. Für uns und für sie. Und nie werden wir die Menschen kennenlernen, die in diesem Land leben.

Im Zug, kurz vor der jugoslawischen Grenze, kommt Božo in unser Abteil. Er macht die Tür zu und sieht uns an.

»Merkt euch das. Es war gut. Es war schön. Rumänien ist ein gutes und schönes Land.«

Wir schweigen. Wie lange halten wir das noch aus?

—

DRAUSSEN IST ES WINDIG, und ich trinke zusammen mit Vater Tee in einem Wiener Kaffeehaus. Der in Schwarz gekleidete Kellner bringt uns Tee mit Zitronen und Zucker in einer Silbertasse mit einem Silberlöffelchen. Und kleine Kuchen auf dem Silbertablett. Die Stühle sind weich und die Gardinen aus Samt.

»Vater, wer war Sisi, wer war Maria Theresia und wer Franz Joseph?«

Wien. Heute bin ich zum ersten Mal in einem fremden Land. Ich bin schon fast sieben, und die Lehrerin in der Schule hat mir erlaubt, mit Vater und dem Fahrer für ein paar Tage nach Wien zu reisen. Österreich.

Zu Hause, in Ljubljana, in Jugoslawien, haben sie uns in der Schule oder vielleicht auch schon im Kindergarten beigebracht, dass die Slowenen schon viele Jahrhunderte ein unterdrücktes Volk waren, dass man in der Schule Deutsch sprechen musste, und dann wurden sie Jugoslawen. Das auserwählte Volk. Wir haben gehört, dass es nach dem Ersten Weltkrieg eine Art Volksabstimmung gab, dass damit etwas nicht in Ordnung war und dass viele unserer armen Volksgenossen in Österreich bleiben mussten. In Kärnten. Man hat uns erzählt, dass sie ungerecht behandelt wurden und viele deshalb noch heute leiden.

Wir fahren über die Grenze. Die jugoslawischen Zöllner sind außerordentlich freundlich, obwohl ich Angst vor ihnen habe. Vor den österreichischen habe ich noch mehr Angst, aber auch sie sind freundlich. Wir fahren einen schwarzen Studebaker mit rotem Stern auf dem Kennzeichen.

Weil wir auf einer kurvigen Schotterstraße fahren, entscheidet Tone sich für eine erste Pause. In einem Dorf, das eigentlich zu uns gehören sollte, jetzt aber Teil von Österreich ist. Stolz steige ich auf dem Parkplatz aus dem Auto. Schließlich sind wir auf unserem Grund und Boden, und sogar eine rote Fahne haben wir. Zwei Kerle nähern sich uns langsam. Sie bleiben stehen, sehen Vater an und dann das Auto. Und wieder Vater.

»Geht zurück, woher ihr gekommen seid. Was macht ihr hier überhaupt, ihr Kommunistenschweine!«

Ich fange an zu weinen. Vater sieht den Fahrer an, der mich schnell zurück ins Auto drängt, und als er aufs Gas drückt, sagt Vater endlich etwas. Er ist ganz bleich.

»Ich wusste doch die ganze Zeit, dass es noch so kommt.«

»Dann glauben nicht alle, dass wir aus einem Land der Helden kommen?«, frage ich flüsternd.

Soll ich das auch in der Schule erzählen?, grüble ich während der Fahrt.

Langsam bewegen wir uns durch riesige Säle. Eine große Besuchergruppe und ein Fremdenführer, der Deutsch spricht. Gold, Kristall, Gemälde und verzierte Polstersessel. Der Fremdenführer zeigt auf das Porträt von Franz Joseph. Vater übersetzt für mich.

»Schauen Sie ihm in die Augen«, sagt der Fremdenführer. »Wenn Sie den Saal verlassen, müssen Sie ihm immer noch in die Augen sehen, und er wird Ihnen hinterherschauen.«

Ich habe Angst vor dem Blick dieses Kaisers. Und erinnere

mich an Mutters Vater, der ihn dann und wann aus der Mottenkiste zieht.

»Das waren vielleicht Zeiten. Als Franz Joseph noch gelebt hat. Unter Maria Theresia war es noch besser.«

Ich hatte keine Ahnung, wer Maria und Joseph waren. Aber ich erinnere mich, dass Mutter ihn dabei immer mit bösen Blicken strafte.

Wien, Tee, erleuchtete Säle, Sisis silberne Haarbürsten, der geheime Ausgang aus ihren Gemächern, der Prater, rote Sterne. Kuchen aus der Wiener Konditorei. Wann gehen wir nach Hause?!

—

*Schon wieder diese Kommission.* Seit sie mich in die Kommission für doppelte Rentenzeiten beordert haben, verfolgen mich wieder diese Albträume. All die Gräber, die Mütter toter Helden, all dieses Blut, dieses Quälen der Heimat. Diese Lügen.

Sieben Stunden sitzen wir schon hier. Jedem, der bei den Partisanen oder im Untergrund gewesen war oder der Befreiungsfront OF geholfen hatte, würden diese Jahre doppelt für die Rente angerechnet werden. Wir lauschen den Geschichten der Leute, und mindestens von der Hälfte weiß ich, dass sie nicht wahr sind. Soll ich etwas sagen? Soll ich schweigen?

»Treffen wir uns morgen und besprechen die Leute?«, fragt Milan.

»Mein Kopf platzt gleich von all dem. Und morgen kann ich nicht.«

»Dann Sonntag.«

»Gut, dann Sonntag«, sind sich alle einig.

Am Sonntag würde ich gerne schlafen, schlafen, schlafen. Und mit den Kindern zum Fischteich gehen.

Spätabends komme ich nach Hause. Mutter und mein Bruder sind noch wach. Ich bin froh, dass sie noch nicht schlafen. Er ist so oder so nicht da.

»Was ist denn mit dir?«, fragt mein Bruder.

»Ich dachte gerade, dass wenn während des Krieges wirklich so viele Leute aktiv gewesen wären, wie jetzt die doppelten Jahre in Anspruch stellen, hätten wir den Feind locker in drei Tagen besiegt.«

Das Gulasch, das Mutter kocht, ist immer so gut.

Sie hat schon im Garten auf mich gewartet. So blass und dünn ist sie.

»Mutter, ich würde so gerne meinen Geburtstag feiern. Darf ich Freunde zu meinem Geburtstag einladen?«

»Ich kann nicht, ich bin so erschöpft. Es tut mir leid.«

Schweigend nickt sie, nimmt meine Hand, und gemeinsam gehen wir ins Haus. Er ist noch nicht da. Schon wieder ist er nicht da.

»Gute Nacht«, sagt meine Tochter und macht die Zimmertür hinter sich zu.

In letzter Zeit liest sie ständig nur. Ich weiß, dass sie nachts lange die Taschenlampe anhat. Nur mit Mühe bekomme ich die Suppe runter, die vom Mittagessen übrig geblieben ist. Verlange ich zu viel von dem Kind? All dieses Verständnis. Und wie oft schreie ich sie zu Unrecht an. An Tagen wie heute zum Beispiel.

Im Labor war auf einmal die Parteikommission aufgetaucht. Hin und wieder kommen sie, um sich anzusehen, was ich so mache.

»Aus Bewunderung«, sagte einer von ihnen.

Ich lächelte. Denken die wirklich, ich sei auf den Kopf gefallen? Kurz darauf kam heraus, dass sie dachten, mein Labor würde unbedingt einen Chef brauchen, damit ich in Ruhe meine fachliche Arbeit erledigen kann. Und als Chef schlugen sie den vor, der in meiner Trauer in unsere Wohnung gekommen war, um die Gemälde und Teppiche abzuholen und mich wegen des Bildes, das ich versteckt hatte, aufs Kreuz zu legen. Dieses »für Tito«.

»Meine Lieben, lasst mich in Ruhe. Ich habe euch schon fast alle alten Parteidokumente gerettet. Ganz ohne Chef. Wenn ihr das nicht sein lasst, gehe ich zu Matija. Ich meine es ernst.«

Es stimmt, dass ich mich, soweit es nur ging, aus dem politischen Leben zurückgezogen hatte, aber sie vergessen, dass ich immer noch wer sein kann, wenn ich nur will.

Ich klopfe an die Zimmertür meiner Tochter.

»Wir können ja Samstag eine Feier machen, wenn du magst.«

»Nein, es muss ja nicht sein. Wirklich nicht«, sagt sie, und auf ihren Wangen sind immer noch Spuren der Tränen.

»Schon in Ordnung. Gute Nacht.«

Ich suche im Haus nach Resten von Wolle. Bis Samstag werde ich ihr wenigstens ein Jäckchen stricken. So eins mit Hunden, Vögeln, Pilzen, Häuschen und Sonnen. Wie soll ich das bloß alles unter einen Hut bekommen. Die Arbeit, die Kinder, die Partei, und dann ist auch noch er nie daheim. Wenn ich jetzt anfange zu weinen, ist es aus.

—

HEUTE HAT UNSERE TOCHTER sich widersetzt.

»Ich geh nicht. Ich geh nicht mehr mit«, hat sie geweint.

So etwas kennen wir beide nicht. Dieses »Nein« eines Kindes. Noch heute sieze ich meine Mutter, und sie hat immer noch Angst vor ihrem Vater. Und die Kleine widersetzt sich uns, sagt, sie würde nicht mit uns gehen.

»Das ist doch schließlich der Feiertag der Brigade deines Vaters«, redet sie ihr zu.

Die Kleine sitzt auf dem Bett. Sie wird noch in ihren Tränen ertrinken, denke ich.

»Und die Brigaden und die dicken Bäuche und die betrunkenen Soldaten. Und die Mütter, die ihre Kinder im Krieg verloren haben. Und das Händeschütteln. Und jeder fragt mich, ob ich auch so brav bin wie meine Mutter. Und so mutig. Und die Nelken, lauter Nelken. Stundenlanges Warten. Eure alten Fahnen. Und alle seid ihr betrunken.«

Wir sehen uns an. Von der alten Geschichte müssen wir uns also verabschieden.

—

*ICH WUSSTE DOCH, ICH* hätte schon morgens zum Friseur gehen müssen. Jetzt stehe ich hier bei der Schneiderin, die mir das Kleid enger macht.

»Sie haben schon wieder abgenommen«, sagt sie.

Sie redet sich bloß heraus.

»Was für ein schöner Stoff«, sagt sie. »Zuletzt habe ich so etwas vor dem Krieg gesehen.«

Er hat ihn mir aus Griechenland mitgebracht. Immer bringt er mir etwas Schönes mit. Immer wieder überrascht er mich. Eigentlich kenne ich ihn immer noch nicht wirklich. Der Schneiderin sage ich nicht, woher ich den Stoff habe. Das wäre ja wie beim Friseur. Das macht sofort in der ganzen Stadt die Runde. Und es wird noch etwas hinzugefügt. Nur ein wenig. Aber dieses Wenig wird schnell zu viel.

Tito ist schon wieder da. Er hat Nasser mitgebracht. Wieder wurden wir nach Bled eingeladen. Würde ich sagen, ich käme nicht mit, würde er mir mit der Scheidung drohen.

Kann die Frau nicht ein bisschen schneller machen? Und der Friseur? Schaffe ich es noch rechtzeitig?

Erst mal werden wir sehen, wer heute in Titos Nähe sitzt, und so die politische Situation einschätzen. Und uns danach Reden über befreundete Staaten, über Neutralität und die Liebe unter den Völkern anhören. Über den Fortschritt. Und immer wieder anstoßen.

»So«, sagt die Schneiderin. »So ist es gut. Gehen Sie wieder nach Bled? Oder ist der Empfang in Ljubljana?«, fragt sie neugierig.

Ich habe noch genug Zeit für den Friseur.

Zu Hause gibt es Geschrei. Schon von der Straße kann ich es hören. Nirgends kann er einen seiner Orden finden. Er ist einfach verschwunden. Ich weiß nicht, welcher, der Verdienstorden oder der für Tapferkeit. Die Kinder und die Haushaltshilfe rennen hin und her.

»Ich habe schon alles auf den Kopf gestellt. Dreimal, nicht einmal. Sogar die Haushaltshilfe der Nachbarn ist zur Hilfe geeilt«, jammert die Haushälterin verzweifelt.

»Wahrscheinlich haben die Kinder schon wieder Deutsche und Partisanen gespielt. Letztens haben sie alle Orden in den Garten getragen«, beruhige ich sie.

So gerne würde ich mich in Ruhe umziehen und wenigstens einmal in den Spiegel schauen. Und er steht wie ein Häufchen Elend mitten im Zimmer. In seiner Uniform. Voller Orden.

»Man sieht doch gar nicht, dass etwas fehlt.«

»Meinst du.«

»Weiß ich.«

»Aber trotzdem würde ich unsere Rotzbengel am liebsten verdreschen.«

Endlich fahren wir nach Bled. Ich weiß, dass es Tone freut,

weil er dort die anderen Fahrer treffen wird, auch sie bekommen ein kleines Festessen.

»Weißt du, ich mag nicht. Mir ist das so lästig.«

»Ich weiß, aber wir müssen«, sage ich und nehme seine Hand. Ich selbst hatte Angst, das auszusprechen. Ich dachte, er würde wütend werden. Wir sind erschöpft, beide sind wir erschöpft von all diesen verschiedenen Leben.

Letztens, als Haile Selassie hier war, haben seine Mitarbeiter und Begleiter sich so betrunken, dass die Wächter die Frauen vor ihnen schützen mussten. Vor allem die drei jungen Sängerinnen. Die Polizei musste Verstärkung anfordern. Ich hoffe, dass es dieses Mal anders ist.

Ich freue mich, Mara zu sehen. Sie lebt jetzt in Paris, ihr Mann ist Botschafter geworden.

»Es ist ein Kreuz mit der Diplomatie«, sagt sie. »Dieses Jonglieren zwischen dem Osten und dem Westen. Aber eigentlich, glaube ich, kann uns niemand wirklich leiden.«

Kinder, Freunde, Erinnerungen. Ich bereue es nicht, dass ich gekommen bin. Immer wieder schüttelt es uns beide vor Lachen. Immer dann, wenn wir sehen, wie sich jemand heimlich Essen in die Tasche stopft und ein anderer, so wie immer bei den Empfängen, schon wieder Silberbesteck in seiner Hosentasche verschwinden lässt.

»Jetzt muss er schon richtig viel davon haben«, flüstere ich.

»Der hat doch schon bei den Partisanen immer nur an sich gedacht«, antwortet sie mir.

»Was gackert ihr beiden denn so?«, fragt ein Mitglied des Politbüros und setzt sich dazu. Er hat nicht einmal gefragt, ob es uns recht ist. Ich habe ihn noch nie wirklich leiden können. Und jetzt hat er sich auch noch von seiner Frau scheiden lassen und eine Jüngere geheiratet. Aber das hat nichts damit zu tun, dass ich ihn nicht mag. Irgendetwas an ihm hat mich schon immer gestört. Aber ich weiß nicht, was. Das Gespräch zu dritt will nicht gelingen. Er fragt Mara, wie Paris ist. Und Mara ist so seltsam schnippisch. Dann fragt er mich nach meiner Arbeit und meinem Gatten. Erstens klingt Gatte so albern, und zweitens frage ich mich, was für ein Spiel er spielt. Ich habe doch gesehen, wie er vor wenigen Minuten bei ihm stand und sich mit ihm unterhielt. Was will er jetzt von mir hören? Und dann schweigen wir lange. Sieht er nicht, dass er lästig ist? Ich wünsche mir so sehr, jemand würde uns von diesem seltsamen Schweigen befreien.

»Ich glaube, dem graben sie bald das Wasser ab«, sagt Mara, nachdem er unser Schweigen endlich verstanden hat und gegangen ist.

—

SCHON WIEDER BELGRAD. FRÜHER bin ich da so gerne hin.

»Kannst du nicht mitkommen?«, bitte ich sie.

»Du weißt, wie gerne ich das tun würde. Wenn du es mir nur ein wenig früher gesagt hättest.«

Der jugoslawische Innenminister, der slowenische Innenminister, der mazedonische Minister für was weiß ich wofür. Die bosnische Delegation, die kroatische. Die serbische. Montenegriner, Vojvodiner. Die aus dem Kosovo sind eher still und nicken hauptsächlich dem jugoslawischen Minister zu.

Der Bau der Eisenbahnstrecke von Belgrad nach Bar. Die Slowenen sind dagegen.

»Wirtschaftliche Analysen zeigen, dass diese Strecke sehr notwendig und effektiv wäre«, sagen die Serben und Montenegriner.

»Was wollt ihr denn mit dem Hafen in Bar«, sagen die Slowenen. »Ihr habt doch Thessaloniki.«

»Und was wollt ihr mit Koper? Ihr habt doch Triest.«

Der Ton wird immer rauer. Jeder kommt mit seinen Vorstellungen, seinen Wünschen, seinen Analysen. Wie einfach das Leben vor kurzem noch war, in diesem finde ich mich nicht mehr zurecht. In dieser Unübersichtlichkeit, diesem Egoismus und zuweilen Hass bin ich nicht mehr zu Hause. Ich höre zu, ob man die Lokomotive in Schweden oder Frankreich kaufen sollte, und überlege, ihnen vorzuschlagen, doch auf Pferde und Wägen zurückzugreifen und die Sache zu vereinfachen. Herrgott, was weiß ich denn. Schwedische oder französische Lokomotiven.

Ich erinnere mich, als das erste Frachtschiff, ein japanisches, glaube ich, in den neuen Hafen von Koper einlief und die slowenische Miliz die hübschesten Prostituierten aus ganz Slowenien einsammelte und sie mit einem Bus in den Hafen brachte. Die Slowenen wollten, dass die Matrosen des ersten Frachtschiffes, das in Koper anlegt, den Hafen noch anderen empfehlen würden.

»Was lachst du«, donnert der jugoslawische Innenminister.

Ich hatte noch nicht einmal bemerkt, wie mein Mund sich zu einem Grinsen verzogen hatte.

»Ihr Slowenen zählt so oder so zu Mitteleuropa. Zu allem habt ihr eine andere Meinung als wir.«

Dann sieht er mich nicht mehr an.

Was hat er nur? Ich kann nicht glauben, dass unsere Sache zerfällt. Das darf einfach nicht passieren. Dieses Land der tausend Helden.

—

*Es wird gebaut und* gebaut. Mitten in der Stadt. Tag und Nacht, habe ich das Gefühl. Eigentlich wird in unserer Stadt nur noch dafür gelebt. Endlich findet der gesamtjugoslawische Parteikongress auch in Ljubljana statt. Die Stadt ist voller Lastwagen, die Baumaterial und Möbel umherfahren. Gestern konnten wir uns dieses Wunder eines Palasts zum ersten Mal ansehen.

Alle sind gekommen. Tito und die anderen. Von überallher. Auch internationale kommunistische Delegationen. Nun sind wir der Nabel der Welt.

Morgens habe ich schnell gestillt, dann die Fläschchen Milch für die Zeit, in der ich weg bin, vorbereitet, und bin aus dem Haus. Unsere jüngere Tochter ist eine richtige Frohnatur, aber unglaublich willensstark.

Ich bin überglücklich. So viele Menschen, die ich kenne. Gerne würde ich mit jedem wenigstens ein bisschen plaudern und kann die Pause kaum erwarten. Ich höre zu, lausche den Reden über den Weg unserer Partei, die die einzig richtige ist, und darüber, was wir alles bereits geschafft haben und was wir noch erreichen werden. Von den Schönheiten unseres Landes und der aufrechten Haltung unserer Leute. An meine eigenen Sorgen denke ich nicht mehr.

Jemand kommt auf die Bühne und flüstert dem Redner etwas ins Ohr. Der Redner nickt und macht eine kleine Pause. Über Lautsprecher wird mein Name durchgesagt. Ich soll mich augenblicklich am Eingang des Kongresszentrums melden. Völlig erschrocken stehe ich auf. Ich sehe, dass auch er aufgestanden ist und mich begleiten will. Kurz winke ich ihm zurück und bedeute ihm, ruhig hierzubleiben. Am Eingang warten zwei Frauen aus dem Organisationsbüro auf mich. Sie lachen.

»Was soll das?«, denke ich wütend. Dieses Lachen.

»Die Ihren daheim haben so oft wegen Ihnen angerufen. Die Kleine will nicht aus dem Fläschchen trinken. Sie müssen schnell heim und sie stillen.«

Ich werde die Pause verpassen. Das Schönste am Parteikongress. *Tito! Partija!* Für unsere Kinder!

—

WIR SIND MIT DEN Kindern ins Lazarett gefahren. Dort in den Hornwald. Dort, wo ich fast gestorben wäre. Ich habe ihnen die Baracken gezeigt, das Bett, auf dem ich lag und mich vom Leben verabschiedete.

Die Kinder jagen durch den Wald. Sie spielen Partisanen und schießen auf Deutsche.

»Schwabos wie Blätter am Baum«, rufen sie.

Und sie ist kreidebleich. Ich kann das Grauen in ihren Augen sehen. Wie damals, als sie mich das erste Mal hier besuchen kam. Alles konnte ich von ihrem Gesicht ablesen. Es verrät sie immer. Nur dieses eine Mal sah ich Angst in ihren Augen. In der ganzen Zeit des Krieges. Genau genommen habe ich es später noch einmal gesehen. An dem Abend, als wir uns mit den Russen zerstritten. Damals, als wir abends die Fenster verdunkeln mussten und tagelang warteten, was kommt.

Vielleicht hätte ich mit den Kindern allein hierherkommen und ihr die alten Erinnerungen ersparen sollen. Erinnerungen daran, wie sie mich bat, am Leben zu bleiben. Und wie ich mich gegen das Leben sträubte und um den Tod bat, während für sie die Welt zusammenbrach.

Im Grunde genommen bin ich ihr dankbar, wenn ich so die Kinder sehe, wie sie im Wald herumrennen und gewinnen. Ich bin dankbar für all die Farben des Lebens. Dankbar dafür, dass sie so beharrlich war.

»Bereust du es?«, frage ich sie und schaue in ihr blasses Gesicht.

»Was denn?«

»Dieses Leben, die Kinder?«

»Wann hörst du endlich mit diesen langweiligen Fragen auf?«, lacht sie und funkelt mich an.

In dem Moment kommt der Kleine angerannt und springt ihr in die Arme.

»Mutter, Mutter, wir haben alle, wirklich alle erledigt«, kreischt er überglücklich.

DAS GANZE JAHR HABEN wir Geld beiseitegelegt, und dann sind wir losgefahren. Erst nach Triest und dann noch nach Venedig.

Meine Freude, ihre Freude, die Freude der Kinder. Wir haben Gondeln und Schaufenster bestaunt, Eis gegessen. Meine Prothese scheuert mittlerweile schon nach kürzester Zeit, und so musste ich mich schon bald hinsetzen.

»Ich warte in dem Café am Markusplatz auf euch. In dem schönen.«

Ich wusste, sie wollte den Kindern Schuhe kaufen und hatte sich das nicht zu sagen getraut. Jetzt, da sie allein waren, konnte sie das machen.

Ich lausche dem Pianisten, der im Café spielt. Nur einmal waren wir gemeinsam in die Oper gegangen. Während der Vorführung hatte ich so sehr geweint, dass es ihr peinlich war und sie mir gedroht hatte, nie wieder mit mir in die Oper zu gehen. Wir sind wirklich nie mehr hin. Wenn ich nur wüsste, was dieser Pianist gerade spielt. Ist ja egal. Vieles kenne ich so oder so nicht. Schön klingt es.

Ich beobachte die Menschen, die Tauben füttern, und die Menschen, die vorbeieilen. Dieses Leben ändert sich so schnell, dass ich kaum hinterherkomme. Manchmal ist das richtig anstrengend. Von der strohbedeckten Holzhütte zu den Villen am Meer, in denen wir unseren Urlaub verbringen, vom Wald zum Parlament, vom Knecht zum Herrn. Oft denke ich an die Genossen aus dem Krieg. Einige haben sich zurechtgefunden, viele nicht.

Letztens in Holland, als ich beim Bürgermeister einer Stadt zu Besuch war und wieder aufpassen musste, welches Messer, welche Gabel ich benutze, habe ich mir zum ersten Mal eingestanden, dass mir das alles leid und zu viel ist und ich mich am liebsten von all dem zurückziehen würde. Und dann haben der Bürgermeister, der Bischof und ich uns so sehr betrunken, dass ich nicht mehr zurück ins Hotel bin, sondern bei dem Bürgermeister auf dem Sofa übernachtet habe. Später haben sie alle Urlaub in Slowenien gemacht. Der Bürgermeister mit seiner Familie und der Bischof. Sie brachten Zigarren und Jeans für die Kinder und ihr eine Tasse aus Porzellan. Ich weiß nur nicht, ob der Bischof auch unseren Bischof besucht hat. Ich habe ihn nicht gefragt, und er hat dazu auch geschwiegen. Nachdem sie wieder weg waren, habe ich ein paar Tage darauf gewartet, dass man mich anrufen und fragen würde, was der Bischof bei uns gemacht hat. Aber das ist nicht passiert.

Es wird langsam dunkel. Sie sind noch nicht zurück. Wieder kommt der Kellner und fragt mich, was ich bestellen möchte. Etwas muss ich, sonst bittet er mich noch zu gehen. Einen Kaffee habe ich schon getrunken. Ich denke, das ist das Günstigste. Noch einen.

In letzter Zeit streiten wir beide uns viel. Nach jeder Parteiversammlung, nach jedem Besuch, bei fast jedem Mittagessen. Dieses Leben ist daran schuld. Sie hat den Anschluss geschafft und ich nicht. Sie hat eine Arbeit außerhalb der Politik gefunden und ich nicht. Nach jeder Parteiversammlung oder schon währenddessen fängt sie an sich aufzuregen und ich nicht. Sie möchte den Kindern Schuhe in Italien kaufen und ich nicht.

Sie möchte ein Meer am Haus haben und ich nicht. Doch, doch, ich würde es schon haben wollen, aber es wäre mir unangenehm, wirklich unangenehm. Schon die Haushaltshilfe war mir zu viel. Obwohl die uns unaufhörlich beteuert, sie wäre glücklich, dass sie bei uns ist. Wir haben sie zur Schule geschickt, und langsam glaube ich, dass sie jetzt daheim das Sagen hat. Jeden Morgen dreht sie schon um fünf das Radio auf, und sonntags geht sie frühmorgens in die Kirche. Die Kinder habe ich gebeten, sie zu siezen, aber das fällt ihnen im Leben nicht ein.

Sie kommen mir entgegengerannt. Alle drei. Jedes mit seiner eigenen Tüte. Selbst die Tauben beachten sie nicht.

»Wir haben dir eine Krawatte gekauft«, ruft der Kleine.

»Schau mal meine Schuhe. So ein wunderschönes Rot«, sagt meine Tochter aufgeregt.

»Warum können wir hier in die Kirche und in Ljubljana nicht?«, fragt die Älteste.

Wir fahren nach Hause. Die Kinder sind glücklich eingeschlafen. Vielleicht doch ein Haus am Meer, überlege ich.

Den Kindern werde ich sagen, sie sollen den Freunden nicht erzählen, dass sie in Venedig waren. Nein, das kann ich ihnen wirklich nicht antun. Warum sollten wir eigentlich nicht nach Venedig? Wie so viele andere auch.

—

*KEINE AHNUNG, WER AUF* die Idee gekommen ist, den Hornwald in Ljubljana aufzustellen. Vielleicht war auch er dabei. Zumindest ist er begeistert davon.

Dort hinter dem Museum stellen wir wieder Holzbaracken auf, stellen wieder die Basis 20 auf, genau so, wie sie früher war. Wir arbeiten vierundzwanzig Stunden am Tag, weil alles bis zum Jahrestag fertig sein muss. Der wievielte ist mir inzwischen egal. Ich trage Gegenstände, Dokumente, Fotografien, Tagebücher zusammen und frage mich, wer uns zurück in die Geschichte drängt. Politiker besuchen uns, ermuntern uns, jeder möchte noch etwas von sich dazustellen. Hier gebe ich nicht nach. Keine neuen Gesichter, keine neuen Lobeshymnen, keine neuen Helden. So war es und nicht anders.

Manchmal kommt Katja mit belegten Broten und einer Thermoskanne Tee vorbei.

»Aber jetzt ist es anders. Damals hatten wir Hunger.«

»Ich glaube, das da an der Wand war rechts neben der Tür«, sagt sie.

Wir sitzen auf der Türschwelle zur Baracke, und auf einmal sind wir mitten in den Erinnerungen, die jedes Mal, wenn wir zusammen sind, schöner werden. Unschuldig und tapfer, voller Nostalgie und bitterer Hoffnung. Diese schreckliche Entschlossenheit, als wir in Röcken und Sandalen dort standen und plötzlich Waffen in den Händen hielten. »Ihr seid doch zu allem fähig«, haben die Männer gelacht. Und Mara und Ančka und Marija und Olga und Katja.

Wie naiv wir damals waren. Eigentlich noch Kinder. Im Grunde waren wir das alle, sonst hätten wir das nicht getan. Wahrscheinlich wären wir in unserer Dickköpfigkeit und der rebellischen Art in dem Moment sogar fähig gewesen, einen Panzer zu fahren. Flugzeuge zu fliegen. Alle Älteren hatten Angst, und wir waren unverwundbar. Wie viele gefallen sind.

Wir lachen wie zwei Jugendliche und vergessen, dass die Wände der neuen Baracken Ohren haben. Werden sie sich etwas merken? Sie können uns doch nicht verstehen. Wenn sie uns beiden so zuhören, denken sie noch, der Krieg war etwas Schönes. Etwas Glückliches.

Olga ist in Rente gegangen.

»Bist du verrückt? In deinem Alter.«

»Weißt du, sie sagten, ich solle mich entscheiden. Aber ich denke, dass ich keine Wahl hatte. Zumindest haben sie mir so ein Gefühl gegeben. Meine Intuition funktioniert immer noch ganz gut. Ich werde mir das Häuschen zurechtmachen, das von Großmutter. Dort am Meer. Es wird mir nicht schlecht gehen.«

»Du wirst allein sein.«

»Kaum mehr als hier.«

Lange Empfangsreden, Fahnen, unsere Helden. Lauter Glückwünsche und Lob. Große Worte über den schweren Kampf gegen den Feind und wie wir uns aus eigener Kraft befreit haben. Ohne fremde Hilfe. Ein Lied und noch eins.

Wird sich morgen noch jemand an uns erinnern?

Ich werde schlafen und schlafen. Die Haushaltshilfe werde ich bitten, dass die Kinder leise sind.

—

WAS WIRD NOCH ALLES an den Tag kommen?

Beide haben wir ihn umarmt. Auch seine Frau, die wir bisher nicht kannten. Nach all den langen Jahren haben sie ihn rehabilitiert.

»Ihr nehmt es uns doch nicht übel, dass wir gekommen sind.«

Ich umarme ihn noch einmal. Genau genommen aus Verlegenheit. Nur mit Mühe schaue ich ihm in die Augen.

»Unsere Töchter gehen zusammen zur Schule«, sagt er.

»Ich wusste nicht, dass das deine Tochter ist.«

Wir sitzen am Tisch und warten. Warten, wer zuerst anfängt zu sprechen. Er ist alt geworden. Und seine Frau hält die ganze

Zeit seine Hand. Gott sei Dank haben wir heute frische Potica. Als hätten wir gewusst, dass er kommt.

Und dann beginnt er zu sprechen. Er erzählt von den langen Wintern, die sich hinzogen. Durch den Sommer, Herbst und Frühling. Von den schlaflosen Nächten, vom Wahn der Mitgefangenen, von den Streitigkeiten unter ihnen und den gegenseitigen Anschuldigungen. Wie sie bösartig wurden. Einer gegenüber dem anderen. Er erzählt vom ungeschriebenen Gesetz, das ihm diese Schuld auferlegt hatte. Die Schuld, die er die ganze Zeit im Gefängnis nicht verstand, die Schuld, die keiner seiner Mitgefangenen auf sich nehmen konnte. Die langen Jahre des Lebens in Unwissenheit. In Erwartung der düsteren Wahrheit.

Ich erinnere mich daran, wie sie damals war, als die Prozesse begannen. Ich erinnere mich an ihre Wut, ihre Verzweiflung. Vor dem Krieg hatten sie beide dieselbe Schule besucht. Er war ein wenig älter als sie und schon damals Kommunist. Als der Krieg begann, wurde er schon bald nach Dachau geschickt. Der Sieg. Die Freude. Das Feiern, das oft an Übermut grenzte. Die Menschen kehrten aus den Lagern zurück. Dann hörten wir Namen. Lauter alte Kommunisten. Darunter auch spanische Widerstandskämpfer. Leute, von denen wir nun wirklich keinen Verrat erwartet hätten. Und sie war, als sie seinen Namen hörte, durchgedreht. Mara und sie wollten direkt nach Belgrad. Ich machte mir Sorgen um sie. Maras Mann und ich trafen uns und beschlossen, wie wir sie beide zum Schweigen bringen wollten. Sonst hätte man auch sie eingesperrt.

»Das wird schon so gewesen sein«, versuchte ich, ihr klarzumachen. »Die wissen doch wohl, was sie tun. Wird schon richtig sein.«

»Ich weiß, dass ich unschuldig bin, aber wenn sie sagen,

dass ich schuldig bin, dann bin ich es«, sagten viele. Damals in der Stalinzeit.

Eigentlich war ich überzeugt, die Prozesse seien gerecht, und sie erwähnte sie nie wieder. Auch ihn nicht. Aber ich kenne sie. Ich weiß, dass es ihr weh tat. Ich überlege, wie ich damals noch mit meinem Partisanenschädel gedacht habe, und wie naiv. Und dann später. Wie eigentlich jeder von uns ganz schnell hätte dran sein können. Wie viele sich verbrannten. Viele wissen wahrscheinlich noch heute nicht, warum. So wie Rudi, der ein paar Tage, nachdem wir erfahren hatten, dass Stalin nicht mehr unser Verbündeter ist, verschwand. Letztens sind wir uns über den Weg gelaufen. Ganz dürr und ziemlich grau war er.

»Hör mal, wie bist du eigentlich auf Goli otok gelandet?«, habe ich ihn gefragt.

»Keine Ahnung. Es hat mich aus heiterem Himmel getroffen. Niemand hatte mich gewarnt. Andererseits, selbst wenn, wäre ich wahrscheinlich bei meiner Ansicht geblieben.«

Und jetzt hatte man begonnen, es zu korrigieren. Von Reue kann ich nicht sprechen. Sie wurden nach Hause geschickt. Einer nach dem anderen. Wer von ihnen hat denn noch sein Zuhause? Und die, die gestorben waren? Und die Frau, die zum Tode verurteilt wurde. Wie hieß sie noch mal?

Ich schaue den erledigten Menschen hier an meinem Tisch an. Ich suche das Leben in seinen Augen. Einen klitzekleinen Funken wenigstens. Ich versuche, ein Thema zu finden, das für ihn nicht schmerzhaft wäre, das ihn nicht an das Unrecht und alles Verpasste erinnern würde.

»Kommt doch wieder«, sagt sie beim Abschied.

Heute kam meine Tochter weinend aus der Schule.

»Meiner Schulfreundin ist der Vater gestorben.«

Wir fragen nicht, wessen Vater. Von welcher Schulfreundin.

—

*DIESE ERSTEN NOVEMBER WERDEN* langsam zu richtigen Familienfesten. Das ist die einzige Gelegenheit, meine Brüder zu treffen. Und doch fehlt immer jemand. Dieses Jahr sind wir an Mutters Grab. Sie starb so leise, wie sie gelebt hat. Selbst in ihren Augen war keine Spur Leid zu erkennen.

Einen Tag bevor sie ins Krankenhaus kam, fuhren wir beide mit ihr ans Meer. Während der ganzen Zeit sagte sie kein Wort. Sie saß auf einer Bank am Hafen und blickte in die Ferne. Und wir beide warteten. Ich wünschte mir, dieses Warten würde ewig dauern.

Als wir wieder zu Hause waren, sagte sie: »Danke. Danke für alles.« Und umarmte mich. So innig wie noch nie. »Wirklich, danke.«

»Mutter!«

»Gute Nacht!«

Und ich habe geweint und mir so sehr gewünscht, die Nacht würde den Tod besiegen. Aber der Tag kam zu schnell.

—

DER WAHRHEIT ZULIEBE MUSS ich mir eingestehen, dass es mir etwas unangenehm ist. Ich stehe auf dem Balkon einer wundervollen Villa oben auf dem Berg. Die Kinder jauchzen im Schwimmbecken. Ihr gegenüber habe ich meine Verlegenheit nur kurz erwähnt, schon hat sie sich empört.

Abends sitzen wir mit Freunden im Salon. Jeden Abend. Ich

frage mich, wie es bei ihnen ist. Haben sie auch manchmal Zweifel? In den letzten Jahren verbringen wir mit Freunden, mit denen wir gemeinsam bei den Partisanen waren, und ihren Familien den Urlaub in verschiedensten Villen. Einige sind ganz aus Marmor, und andere haben einen Golfplatz. Diese hier hat einen Golfplatz, ein Schwimmbecken und noch einen Billardtisch. Die Kinder finden das ganz normal. Sie kosten alles aus, sie wissen, dass es danach wieder nach Hause geht. Sie kramen auf den Dachböden herum und werden immer neugieriger. Sie fragen die Nachbarn und Köchinnen, diejenigen, die schon vor dem Krieg in den Häusern gearbeitet haben, nach den alten Besitzern und ihren Geschichten. Den Geschichten dichten die Kinder dann noch mit viel eigener Phantasie Dinge hinzu, und ich glaube, keiner von ihnen weiß mehr, was die Wahrheit ist und was ihre eigene Geschichte.

Ich nehme einen Schluck Wein und betrachte das Klavier, das keiner von uns spielen kann. Die jüngeren Kinder schlafen schon, und die älteren stöbern in der großen Bibliothek. Was für eine Stille. Vielleicht sogar zu still. Wir hören den Erzählungen unseres Freundes aus Belgrad zu, wo er schon seit einem Jahr mit der Familie lebt. Ist es möglich, dass er sich verändert hat? Dass ihm Belgrad ein bisschen zu Kopf gestiegen ist? Auch sie hatte heute Morgen eine seltsame Bemerkung gemacht, die in diese Richtung ging. Ich werde sie fragen. In letzter Zeit leben wir so verschiedene Leben. Aber was Menschen anbetrifft, haben wir immer noch ein sehr ähnliches Gespür. Wir sind uns so nah und doch so fern. Wird es so bleiben? Ich werde sie bitten, ob wir wieder dorthin gehen können, wo wir uns kennengelernt haben. Wenigstens dort zum Wald. Die Zeit können wir so oder so nicht zurückdrehen. Obwohl ich das gerne würde.

Auf einmal werden alle Türen zum Salon aufgestoßen.

»Guckt mal, guckt mal, was wir gefunden haben«, rufen die Kinder und kommen mit einem dicken Buch angerannt.

»Pscht«, mäßigt sie die Kinder. »Ihr weckt noch die Kleinen auf.«

Und die Kinder zeigen uns stolz ihre Entdeckung. Ein Kochbuch in deutscher Sprache. Die Fotografie einer Torte, mit Hakenkreuzen verziert.

Ich will wirklich nicht wissen, wer früher in diesem Prunk gelebt hat. Gott sei Dank fahren wir morgen schon. Ich werde mit ihr nicht darüber sprechen.

—

*SCHON WIEDER SCHICKEN SIE* mich umher. So wie früher. Skopje, Pristina, Belgrad, Titograd. Überallhin. »Brüderlichkeit und Einheit« wird das angeblich genannt. Überall würden sie gerne Labore zur Konservierung alter Dokumente, Handschriften und Bücher einrichten, und ich soll ihnen das beibringen. Und ihnen dabei helfen.

»Hört zu, ich habe so viel Arbeit ... Und die Kinder.«

Ich stoße auf taube Ohren. Brüderlichkeit und Einheit nennt man das.

Ich mag mein Labor, meine Mitarbeiter. Jeden Morgen, wenn ich durch den Park zur Arbeit gehe, freue ich mich auf neue Schätze, die sich in getrockneten Erdklumpen in Holzkisten verstecken. Ich muss lachen, wenn ich feststelle, dass der Maler, der jetzt sogar so etwas wie »Titos Hofmaler« geworden ist, früher tatsächlich Hofmaler war. Dass er dieselbe Kreide für Tito und den König verwendete. Ich weiß, er würde im Boden versinken wollen, wenn er wüsste, dass ich es weiß. Und jedes Mal bin ich zufrieden, wenn ich mit dem Gefühl nach Hause komme, dass ich etwas geschafft habe. Etwas, das ich mit den Händen anfassen kann, etwas, das ich sehen kann, und etwas, an dem ich nicht zweifeln muss.

Zwischendurch war ich ein bisschen ins Schleudern geraten. Ich wurde zur Abgeordneten gewählt. Es hatte mich gepackt, und ich hatte mich entschieden, noch ein bisschen in die Politik zurückzukehren. Nach all den Kriegsjahren, nach all der Zeit der Entsagung in den ersten mit Angst verbundenen Jahren der Freiheit, hatte ich das Gefühl gehabt, dass ich vielleicht doch noch irgendwo ein Wort mitzureden hätte. Ich saß also in der Abgeordnetenbank, hob meine Hand oder auch nicht und kam mir selbst lächerlich vor. Jeden Morgen lief ich ins Labor im Museum, gab den Mitarbeitern Anweisungen, besserte aus, was auszubessern war, und lief dann wieder meine Hand heben. Als ich nach Hause kam, wartete ich nur noch darauf, wann die Kinder die Haushaltshilfe »Mutter« nennen würden. Ich verließ die Abgeordnetenbank und entschied mich für die Arbeit, die ich so mag. Auch er war glücklich.

»Weißt du, du warst die ganze Zeit so missmutig, dass ich mich gar nicht mehr getraut habe, irgendetwas zu sagen«, verriet er mir nach meiner Entscheidung. »Es reicht doch, wenn ich in diesem politischen Wirrwarr stecke«, sagte er noch.

Er wird immer stiller. Und erschöpfter. Sie schicken ihn so oft nach Belgrad. Er erzählt nicht gerade viel davon. Auch er macht bei »Brüderlichkeit und Einheit« mit.

»Hilf mir«, dröhnt es in meinem Kopf, wenn ich im Museum von Belgrad sitze. »Hilf mir.«

»Hilf mir«, dröhnt es in meinem Kopf, wenn ich im Museum von Skopje sitze. »Hilf mir.«

»Hilf mir«, dröhnt es in meinem Kopf. In Titograd, Pristina, Novi Sad.

Hilf mir. Unsere »Brüderlichkeit und Einheit«.

Letztes Jahr waren wir alle auf dem Kongress in Amsterdam.

»Warst du beim Friseur?«, fragt mich die Kollegin aus Titograd.

»Was ziehst du an?«, fragt mich die Mazedonierin.

»Ich war nicht beim Friseur, ich werde mich nicht umziehen. Ich bin müde«, rede ich mich heraus.

Es ist schön, an den Grachten in Amsterdam entlangzuspazieren und die beleuchteten Häuserfenster anzusehen. Ohne Gardinen. Ein Boot, Fahrräder und jemand, der Gitarre spielt. Trotzdem eine seltsame Einsamkeit, die ich von irgendwoher kenne. Vielleicht aus der Zeit vor dem Krieg, wenn ich die reichen Mitschülerinnen sah, und vielleicht die ersten Nachkriegsjahre, in der Zeit der besonderen Läden oder was auch immer das war, in denen man sogar Butter bekommen konnte. Im Grunde versuche ich, mich zu überzeugen, dass es wirklich schön ist. Heute gibt es ein gemeinsames Abendessen zum Abschied, das man selber zahlen muss. Und mein ganzes Tagegeld beläuft sich auf genau so viel, wie dieses letzte Abendessen kostet. Wie soll ich da mit? Brüderlichkeit und Einheit. Was, wenn das auch fürs Tagegeld gelten würde? Die Grachten sind wirklich wunderschön, die Traurigkeit mag ich nicht.

»War es nicht schön in Amsterdam?«, fragt die Frau aus dem Museum in Belgrad.

Ich nicke.

Ich hoffe, sie werfen mir zum Schluss keinen Nationalismus vor.

—

Unser Land ist schon wieder in Aufruhr.

Es ist noch früh am Morgen. Die Telefone klingeln. Das Radio ist laut aufgedreht, fast aus jedem Haus kann man es hören. In der Stadt sind Lautsprecher aufgestellt, die so laut sind, dass man nichts mehr versteht. Polizei und Militär auf den Straßen.

Und wieder eine Parteiversammlung. Und noch eine.

Spionage, Abhöraktionen, Putschvorbereitungen. Ich verstehe gar nichts. Marko soll das alles getan haben? Warum hätte er das nötig? Es folgen Wechsel bei Polizei, Militär und Geheimdienst. Warum nur? Marko. Das kann ich schwer glauben. Zunächst frage ich nach, dann versuche ich zu verteidigen, dann bin ich lieber still. Hat überhaupt noch jemand Überblick über diese Belgrader Küche? Ich weiß nicht, ob es wirklich Marko war. Aber alle um mich herum sind so entschlossen und klar und rechtgläubig, dann bin ich es auch. Marko? Das kann ich trotzdem schwer glauben.

Und Marko! Und die Kosovo-Albaner und …! All das hat Marko getan. Gestern oder heute? Oder wollte er das erst morgen?

Daheim hat sie schon ihre Reisetasche gepackt.

»Wohin gehst du?«

»Nach Belgrad. Zu Marija. Jetzt ist sie wirklich allein. Sie ist meine Freundin. Ich denke nicht darüber nach, was Marko getan oder nicht getan hat. Das kommt später.«

Ich halte sie nicht davon ab. Ich nicke nur.

»Pass auf dich auf.«

Dieses wütende Funkeln in ihren Augen. Sie geht zu ihrer Freundin. Zu einer Freundin, die Warmherzigkeit braucht. Das kennen wir heutzutage kaum noch. Diese kleinen Momente, in denen dich jemand braucht oder du ihn. Ohne Partei, ohne Revolution, ohne Geschichte, ohne Kalkül. Egal, was passiert ist.

Aus Belgrad ruft sie an, dass alles in Ordnung sei und sie bald zurückkomme, und ich frage mich, ob jetzt die Zeit für ein neues Goli otok gekommen ist. Wieder werden sie viele Leute in den Ruhestand versetzen. Ich will nicht an die Folgen denken, die uns wegen ihrer Fahrt ins Unbekannte erwarten. Wenn ich bloß wüsste, was wirklich vor sich geht.

—

*DAS IST ZUM ERSTEN* Mal passiert. Wir haben uns betrunken, mit all meinen Brüdern. Einer wurde General, den anderen haben sie in seinem jungen Alter schon pensioniert, der dritte hat geheiratet.

»Ich habe dich noch nie so glücklich gesehen.«

»Wir haben auch noch nie so zusammengesessen. Nur wir.«

Dieses kleine Haus an der Bahnstation, das wir mit Mühe gebaut haben, Vater, der ständig schlecht gelaunt war, und unsere geduldige Mutter. Die schlaflosen Nächte wegen des Lernens und das schlechte Gewissen wegen Mutters harter Arbeit. Jedes Mal, wenn ich aus der Schule kam, habe ich sofort angefangen, ihr zu helfen, ich musste. Ständig habe ich versucht, die Jungs dazu zu bringen, ihr auch zu helfen.

Kennen wir uns überhaupt? Den Krieg haben wir alle überlebt. Nie haben wir uns wirklich gesagt, dass wir uns gernhaben. Das können wir nicht.

»Und sie?«

»Sie mag mich nicht.«

»Hast du ihr das überhaupt mal gezeigt?«

Schweigen.

»Und deine?«

»Meine mag mich.«

Wir sticheln, äffen uns gegenseitig nach. Erinnern uns an

Vaters Bestrafungen in der Kindheit und Mutters Trösten. An die Armut und an Mutters Vater, der Schneider war. Sich gegen eine Nähmaschine sträubte und von allen überholt wurde. Und wir waren glücklich, weil er dadurch mehr Zeit für uns hatte. Seine Erzählungen und das Träumen von der weiten Welt. Deshalb wurde einer von uns Seemann, wenn auch auf einem Kriegsschiff. Es ist ihm nicht erlaubt, über die Grenze zu fahren, dort in die Fremde. Ständig werden sie versetzt. Mazedonien, Serbien, Bosnien. Keiner der Brüder, die beim Militär bleiben mussten, darf über die Grenze. Deshalb erzähle ich ihnen lieber nichts von Rom, London, Amsterdam. Von Venedig. Nur der auf dem Meer ist wirklich glücklich.

Und ich? Ich werde immer missmutiger in letzter Zeit. Er und die Kinder. Die Arbeit. Und all die unaufhörlichen Veränderungen in unserem Land. Immer mehr gerät in Vergessenheit, was wir uns damals für die Freiheit eigentlich gewünscht haben. Habe ich mir zu viel aufgebürdet? Habe ich mich selbst verraten? Mit ihm ist es immer schwieriger. Selbst die Treppen schafft er nicht mehr allein. Er hat mich ja darauf hingewiesen, dass es schwer wird mit ihm. Und ich habe ihn nach langer Zeit doch davon überzeugt, dass es das nicht wird. Wenn ich am liebsten schreien würde, hülle ich mich in Schweigen. Dann, wenn ich mich gefangen fühle, dann, wenn ich mir wünsche, diese Anstrengung wäre endlich vorbei, der Schmerz würde endlich aufhören. Aber bei ihm spüre ich eine Geborgenheit, wie ich sie sonst nirgends finde.

Die Brüder singen, obwohl wir in der Familie alle ohne musikalisches Gehör sind. Ich glaube, wir sind alle Meister dieses Lebens geworden.

Ich sehe ihnen zu. Wir dürfen uns nicht erst an einem Grab wiedersehen.

1968

»STINKST DU AUCH SO sehr, wenn du reist?«, fragt Mutter mich, nachdem die beiden Anhalter ausgestiegen sind.

Ich wusste doch, da kommt noch was. Es hatte mich schon gewundert, dass sie mir überhaupt erlaubte, per Anhalter zu fahren. Gewundert, dass sie meinen Hunger nach Neuem, Unbekanntem verstand. Museen, Galerien, neue Städte, große Städte. Andere Menschen. Farben. Gerüche. Möglichst weit weg von Ljubljana. Weg von der Sicherheit und dem bekannten Unbehagen. In Parks und an Bahnhöfen übernachten, und manchmal in einer spirituellen Kommune. Ab und zu scheint mir, dass selbst der Mond und die Sterne dort auf der anderen Seite der Grenze anders sind. Ich habe Hunger nach allem. So wie damals in der Schule, als ich immer heimlich ein Buch unter dem Tisch hatte. In den letzten Jahren wusste ich gar nicht mehr, was in der Schule passiert. Nur noch Lesen und Träumen. Selbst auf dem Weg nach Hause habe ich gelesen.

»Ich glaube, ich stinke nicht«, antworte ich Mutter und will vor ihr nicht zugeben, dass es trotzdem immer schön ist heimzukommen, besonders in das Haus am Meer. Aus dem freiwilligen Nomadentum in die Sicherheit. Ausschlafen und stundenlang im Meer schwimmen. Und dass ich ihre Žganci, ihren Sterz so gerne mag. Besonders den aus Buchweizen. Und ich sagte ihr nicht, dass ich immer noch darauf warte, dass Vater sein Versprechen einlöst. Dass wir, wenn ich groß bin, nach Lateinamerika reisen. Auf den Spuren seines Vaters. Ich überlege, dass ich ihn doch mal daran erinnern und ihm sagen sollte, dass ich jetzt nicht mehr größer werde.

»Seid ihr sicher, dass der Fluss ins Meer fließt?«, frage ich auf der Brücke inmitten der Stadt.

Jemand hat das *Kapital* von Marx und Engels mitgebracht. Wir reißen Seiten aus dem Buch, falten Schiffchen und lassen sie ins Wasser gleiten. Wir sind überglücklich. Ich weiß gar nicht, warum. Wir denken nicht einmal darüber nach, dass uns jemand verpetzen könnte.

»Lumpenkind«, sagt Mutter immer, wenn ich aus der Tür will. »Schau dich doch nur an, wie du aussiehst.«

Und wirklich. Ich sehe mich im Spiegel an. Statt eines Gürtels trage ich einen dicken Strick. Ich habe lange Haare und finde, ich sehe wunderschön aus.

»Mit einem solchen Strick habe ich früher Kühe auf die Weide gezerrt«, sagt Vater grimmig.

»In was für einer Welt lebt ihr bloß«, sage ich und schließe die Haustür hinter mir.

Werden die beiden überhaupt jemals das Leben verstehen? So wie ich. So wie mein indischer Bekannter, mit dem ich manchmal nachts durch London spaziert bin. Ohne Geld für eine Karte für die U-Bahn, geschweige denn, um Tee trinken zu gehen. Und so sind wir durch die Parks spaziert, durch die, die nicht verschlossen waren, und haben uns unterhalten. Über das Heilige, die Sterne am Himmel, über Wunder, die angeblich nur in seinem Land echt sind. In dem Land, in dem Menschen von Luft allein leben können. Dort, wo die Welt angeblich ein einziges Märchen ist. Deshalb habe ich in einem Buchladen die Autobiographie eines Yogis geklaut und sie dann fast auswendig gelernt. Mit dem Inder habe ich mich nicht mehr getroffen. Eigentlich wollte ich das auch nicht, er hatte angefangen mich zu fragen, ob ich lesbisch bin. Und als wir das nächste Mal verabredet waren, war ich schon in Australien.

Aber das würde ich am liebsten vergessen. Die Reise. Ich

will sie vergessen, kann aber nicht. Emigranten. Das ganze Flugzeug voller Emigranten. Weinende Kinder, blasse Mütter, finstere Blicke.

»Das bisschen, das wir hatten, haben wir verkauft und damit den Weg in ein besseres Leben bezahlt.«

»Die Kinder. Wir gehen wegen der Kinder. Sie haben etwas Besseres verdient als das, was sie bisher hatten.«

»Ich habe Tag und Nacht gearbeitet. Es umsonst versucht.«

»Wir haben eine Kuh verkauft und einen Fotoapparat gekauft.«

Wo immer wir auf dem Weg haltmachten – Istanbul, Abadan, Singapur, Darwin –, liefen sie schnell aus dem Flieger und machten ein Foto am Eingang des Flughafens.

Das kann doch nicht sein, dass sie aus dem gleichen Land kommen, in dem ich lebe. Aus dem Land, in dem sich alles öffnet und verändert. Ich glaube ihren Geschichten nicht. Wir leben schließlich nicht in einem traurigen Roman aus dem neunzehnten Jahrhundert. Oder ist die Zeit doch stehengeblieben?

Auf der Reise denke ich an Großvater, Vaters Vater. Die Bürde, die mein Vater mir auferlegt hat. Die versprochene Reise nach Lateinamerika.

Als ich nach Hause komme, spreche ich nicht über die Leute im Flieger. Über ihre Geschichten. Ich halte mir die Ohren zu, wenn ich ihre Stimmen höre. Sie kehren so oft zurück. Diese Stimmen aus dem Flieger, wieder und wieder. Plötzlich. Manchmal scheint mir, ich wäre ihnen etwas schuldig. Aber ich weiß nicht, was. Und ich weiß nicht, warum überhaupt ich. Die Engländer haben mich doch nur engagiert, damit ich im Flugzeug für sie übersetze.

Wir sitzen auf einem Hügel. Das Gras ist uns ausgegangen, und eigentlich ist mir langweilig. In einem fort kauen wir ein und dieselben Dinge durch. Trotzkismus, Leninismus, Maoismus. Mit meinem Buddhismus komme ich nicht wirklich weit. Ich schaue runter auf die Stadt. Die Stadt, die ich hasse, die Stadt, die ich gernehabe, und die Stadt, die mir die Luft abschnürt. So sehr, dass ich manchmal am liebsten sterben würde.

Eigentlich ist es Zeit, dass ich wieder gehe. Wohin? Nach Indien? Dort lebt man angeblich von Luft und Heiligkeit. Von Wundern und Ewigkeit. Was weiß ich. Ich weiß noch nicht einmal, wie mein Inder hieß. Damals, dort in London. Ich habe immer vergessen, ihn zu fragen, warum er eigentlich in London ist, wenn es in Indien doch so schön ist.

—

ICH WÄHLTE DIE TELEFONNUMMER. »Ich komme zu dir. Wenn möglich, jetzt sofort«, sagte ich und nahm meinen Stock.

Sie sollen die Kinder endlich in Ruhe lassen. Lasst doch die Kinder für eine Weile in der Illusion leben, dass sie Teil einer Weltrevolution sind und weiser als wir. Sollen sie wenigstens noch ein bisschen träumen. Wir hatten nie Zeit dafür. Das Leben hat uns zu schnell überrollt.

»Hör zu, lasst meine Tochter in Ruhe«, sage ich jetzt dem Chef der UDBA.

Eines Morgens kam die Polizei zur Philosophischen Fakultät und hat sie geschlossen, den Studierenden wurde der Eintritt ins Gebäude untersagt. Stundenlang haben sie gewartet und wussten nicht, was los ist. Angeblich waren über Nacht große Schriftzüge an den Wänden der Universität aufgetaucht. Bis heute weiß niemand, was dort wirklich geschrieben stand. Angeblich waren die Parolen antikommunistisch, antititoistisch, gegen die Selbstverwaltung, kapitalistisch, zwischendurch noch trotzkistisch und auch maoistisch. Seitdem sind schon ein paar Wochen vergangen. Vielleicht erfahre ich heute doch noch, was wirklich war. Wir haben uns gewundert, warum unsere Tochter plötzlich so viel Zeit daheim verbringt. Gefragt haben wir sie aber nicht.

Eines Tages komme ich früh von der Arbeit. Als ich in ihr Zimmer treten und sie fragen will, warum sie nicht an der Universität ist, höre ich Stimmen hinter der Tür.

»Was glaubst du, wann die aufhören?«

»Wo auch immer ich hingehe, ist er hinter mir. Ich muss ihn noch nicht einmal sehen, weil ich ihn sofort am Geruch seiner Zeta-Zigaretten erkenne.«

»Ich erkenne meinen am Quietschen seiner Schuhe. Davon bekomme ich Gänsehaut.«

»Meiner war noch verängstigter als ich, als er mich das erste Mal angesprochen hat. Dann hat er mich gefragt, wer alles an jenem Abend mit uns zusammen war.«

»Zum Glück hast du mich sofort angerufen, und ich konnte noch die anderen informieren.«

»Aber sie kleben nur uns dreien an den Fersen.«

Ich lausche. Wovon reden die bloß? Ich verstehe rein gar nichts. Ich klopfe.

Die Freundin und den Freund meiner Tochter kenne ich gut.

»Ich habe da etwas durch die Tür gehört. Was ist denn los?«

Sie erzählen alle durcheinander. Seit die Polizei an der Universität war, hat sie sich ausgerechnet auf die drei eingeschossen. Ständig begleitet man sie. Ins Kino, an die Fakultät, ins Café. Wirklich überallhin. Deshalb haben sie sich entschlossen, viel gemeinsam zu unternehmen, damit ihren »Begleitern« nicht zu langweilig wird und auch sie Gesellschaft haben.

»Was habt ihr denn angestellt?«, frage ich dreist, und meine Tochter schaut mich böse an.

»Nichts. Abends waren wir bei der Philosophie-Vorlesung und dann bis zum Morgen auf dem Hügel Rožnik über dem Stadtpark. Wir waren viele. Es war eine schöne und laue Nacht«, erzählt der Freund.

»Aber inzwischen ist das alles ganz schön anstrengend geworden«, sagt die Freundin.

»Deshalb sind wir überwiegend einfach daheim«, sagt meine Tochter.

›Das schadet dir bestimmt nicht‹, denke ich wütend.

»Jetzt sag, worum es geht«, befehle ich dem Chef der UDBA. »Was für ein Spiel wird hier schon wieder getrieben? Sag, was sie gemacht haben.«

»Wir dachten, weil sie aus verlässlichen Familien kommen, würden sie uns helfen.«

Das Blut kocht mir in den Adern, als ich »verlässliche Familien« höre.

»Wobei sollten sie euch helfen?«

»Wir haben vor allem gehofft, sie würden uns melden, was unter den Studenten vor sich geht, bei den Vorlesungen, auf dem Rožnik, im Café, in den zwei Gaststätten, in denen sie so viele Abende verbringen. Kurzum, wir brauchen sie.«

»Lasst meine Tochter in Ruhe. Lasst sie alle drei in Ruhe.«

Langsam gehe ich nach Hause. Stütze mich auf den Gehstock. Verlässliche Familie. War der Preis, den ich gezahlt habe, nicht schon hoch genug? Wie viele Schlaganfälle ich schon überlebt habe. Und sie? Ohne Schlafmittel kann sie gar nicht mehr schlafen.

Ich drehe mich um. Nicht dass jetzt auch noch mir jemand folgt. Sie brauchen neue Kader. Es geht ihnen schlecht.

—

Wie in einem alten schwarz-weißen Gangsterfilm. Mit dem Schiff komme ich im Hafen von Brooklyn an. Taschen hoch, Taschen runter. Polizei, Zoll. Dicke mit Goldringen, Schwarze, die ich nicht verstehe. Ich winke meinen Seemännern zu. Mein Herz ist schwer.

Sechs Wochen. Sechs Wochen Sonne und Meer. Das Frachtschiff, Frachthäfen, Farben und Leben. Schiffe, Schiffe, noch größer als das unsere. Dalmatinische Seemänner. Geschichten von Ozeanen, schweren Stürmen.

Die meiste Zeit habe ich auf Deck verbracht und gelesen. Und abends den Geschichten der Seemänner gelauscht. Von ihren Familien, ihren Dörfern, ihrem Zuhause, das sie so sehr vermissen. Und wenn sie daheim sind, wünschen sie sich zurück aufs Schiff, aufs Meer, in die Häfen.

Manchmal habe ich stundenlang auf das Meer geblickt, Richtung Amerika. In Ljubljana habe ich das Yijing befragt, das mir sagen sollte, ob der richtige Augenblick für Indien schon gekommen war. Und die Antwort war, dass ich, wenn ich verstehen will, wozu ich auf dieser Welt berufen bin, über den großen Teich muss. Also. Nach Indien muss man über keinen großen Teich, nach Amerika schon. Außerdem sind die Amerikaner jetzt in Vietnam, deshalb weiß ich wirklich nicht, ob das die richtige Zeit für dieses Land ist. Dann habe ich ein Frachtschiff gefunden, das nach New York fuhr. Das Schiff oder Vietnam. Gewonnen haben das Schiff, Yijing, der Ozean und das neue Leben.

Und wenn ich in den Himmel blickte, dachte ich vor allem an Vater. »Vater, du hast mir versprochen, dass wir, wenn ich groß bin, nach Lateinamerika fahren, deinen Vater suchen. Soll ich jetzt allein losziehen?«

Immer, wenn er ein bisschen was getrunken hatte, war er gut gelaunt. Wenn er noch etwas mehr getrunken hatte, fing er zu singen an. Und wenn er dann noch ein bisschen mehr getrunken hatte, wurde er traurig und versprach, dass wir mit dem Schiff dort in die Ferne fahren, um seinen Vater zu suchen. Früher konnte ich mir nicht vorstellen, dass mein Vater wirklich selbst mal einen Vater gehabt hatte, und den Kindern in der Straße erklärte ich so oder so, der Dschungel hätte ihn umgebracht. Ich denke nicht, dass sie mir geglaubt haben. Egal, ich fand, es klang gut.

Ich stehe nun also da und schaue diesen amerikanischen Film. Alles geschieht so schnell und laut. Nur mein Polizist hier hat es nicht eilig. Er blättert in meinem Pass, Seite um Seite schaut er sich an. Ich warte nur darauf, dass er auch noch anfängt, daran zu schnuppern. Nachdem er jede Seite mindestens dreimal umgeblättert hat, ruft er einen zweiten Polizisten und der wiederum einen dritten.

»No communist?«

»No communist.«

»No communist party?«

»No communist party.«

Das klingt langsam fast schon wie ein Gedicht. Fast wie ein Werk von Gertrude Stein. Sagen wir mal: »Who is the first? Napoleon the First. Who is the second? Napoleon the First.« Zum Beispiel.

»No communist? No communist party?«

Das muss ich nachher aufschreiben. Wahrscheinlich werde ich mir das auch ohne Stift und Zettel für immer merken.

»No communist. No communist party.«

Dann rufen die Polizisten ihren Chef.

»No communist?«

Wieder von vorne. In meinem Kopf wird das Gedicht langsam eine Ballade. Was, wenn ich sage: »Yes, communist.«

Inzwischen überlege ich, noch einmal zu meinem Schiff und

meinen Seemännern zurückzugehen und sie zu fragen, ob sie noch Platz haben, mich auf dem Rückweg mitzunehmen. Der Chef geht zum Telefon. Als er das Gespräch beendet, Gott weiß mit wem, lächelt er mich an und gibt mir meinen Pass zurück.

»Eine schöne Zeit in unserem Land.«

Schade, ich habe mich schon auf dem Deck sitzen und träumen gesehen.

—

NUR GOTT ALLEIN WEISS, ob mich überhaupt jemand versteht. Ich sitze zwischen den Bauern und erkläre ihnen die Selbstverwaltung. »Wir müssen stolz darauf sein.« Und sie? Stellen keine Fragen. Immer noch bin ich ihr Abgeordneter. Seit vielen Jahren jetzt schon.

Sie sehen mich verwundert an. Strom haben sie, fließend Wasser haben sie, einige auch Straßen. Und jetzt auch noch Selbstverwaltung. Eigentlich bin ich blöd. Wozu erkläre ich ihnen das überhaupt. Ihr Leben ist von der Sonne, der Erde, dem Regen und dem Frost abhängig. Ganz einfach: von der Natur. Viele verlassen das Land und arbeiten in Fabriken.

»Wir haben ihnen das doch schon erklärt«, sagen nun die, die keine Bauern mehr sind. »Und das mit dem Arbeiterrat und alles.«

»Meine Obstbäume hat der Frost erwischt, und letztes Jahr hat mir der Hagel den Weizen zerstört«, sagt jemand.

»Der Nachbar hat sich einfach die Hälfte meines Feldes einverleibt.«

»Mein Mann ist gestorben. Ich habe drei Kinder. Fast alles, was wir hatten, habe ich schon verkauft.«

»Und meine Kinder verkaufen morgens auf dem Markt

Pilze, bevor sie in die Schule gehen, damit sie sich Schulhefte kaufen können.«

»In der Mühle berechnen sie so viel für das Mahlen von Mehl, dass es sich fast nicht mehr lohnt.«

Ich sitze da und höre zu. Selbstverwaltung. Soll ich jetzt aufstehen und auch noch rufen: »Für die Heimat! Mit Tito voran!« Das ist schon längst vorbei, aber manchmal kommt es doch noch gelegen. Heute ist kein solcher Tag.

Ich erinnere mich an ihre Freude, als sie endlich Strom bekamen. Zum Dank haben sie mir einen Schrank nach Ljubljana gebracht, mit einer Intarsie, die einen Transformator darstellt, und drei Fässer Wein. Den Schrank habe ich noch immer auf dem Dachboden stehen, und die Fässer habe ich ihnen zurückgegeben. Sie haben es falsch verstanden und sie mir zurückgebracht. Wieder voll.

—

So eine richtige Hippiehochzeit war das. Ich weiß eigentlich nicht, warum ich geheiratet habe. In letzter Zeit ist es revolutionär zu heiraten. Diese Revolution verstehe ich zwar nicht, aber so ist es eben. Eigentlich war es keine wirkliche Hippiehochzeit. Zumindest in meinen Augen nicht. Nur meine Mutter denkt das. Wahrscheinlich hat sie die ganze Nacht geweint.

Gestern kamen wir beide barfuß und braun gebrannt von der Hochzeitsreise, oder was auch immer das war. Genau genommen war er gar nicht barfuß. Und wenn ich so drüber nachdenke, hat er wahrscheinlich beim Anblick meiner Kleider und der nicht vorhandenen Schuhe gelitten.

Ich schaue aus dem Fenster. Ich bin allein. Noch mehr als zuvor.

»Rufst du den Chauffeur?«, brüllt er mir aus dem Bad zu.

Ich kann es nicht fassen.

»Was sagst du?«, brülle ich zurück. Schon am ersten Morgen unseres neuen Lebens.

»Tone soll mich um halb zehn abholen«, sagt er, als er ins Zimmer kommt.

Ich werde blass.

»Bist du verrückt geworden?«

»Er soll mich um halb zehn abholen. Dafür ist er ja da.«

»Tone ist nicht der Chauffeur der Familie. Tone fährt Vater nur dienstlich. Keiner von uns wird von Tone durch die Gegend gefahren. Nicht einmal Mutter.«

Ich bin wirklich allein. Ein Chauffeur. Ich weiß nicht, was für Vorstellungen Menschen davon haben, wie meine Familie lebt. Vor der Hochzeit wurde in der Stadt darüber getuschelt, warum er mich heiratet. Dieses Gerede schien mir völlig lächerlich. In Zeiten von Revolution und Mystik und Rock 'n' Roll heiratet man doch nicht so.

—

SIE HABEN MIR NOCH eine Auszeichnung verliehen. Außerdem habe ich ein großes Zimmer bekommen, beinahe einen Saal, mit Perserteppich und einer slowenischen und einer jugoslawischen Fahne. Ich wurde Regierungsberater. Wen, was und warum ich beraten soll, weiß ich eigentlich nicht.

Den ganzen Tag sitze ich hier. Manchmal klopft jemand aus Höflichkeit an die Tür, und die Sekretärin fragt dauernd, ob ich etwas brauche. Vor allem werde ich nicht mehr gebraucht, offensichtlich habe ich ausgedient. Viele von uns haben sich zurückgezogen oder wurden zurückgezogen. Auf so eine raffinierte Art. Unter die Fahnen, zwischen Perserteppiche und täglich frischen Blumen.

Manchmal erinnern sie sich an uns. Wenn etwas ihrer Meinung nach Dramatisches passiert, dann kommen sie und bitten uns, der Öffentlichkeit etwas zu sagen. Im Namen der Befreiungskämpfer, im Namen der Revolution, im Namen der, ich weiß es nicht, Gefallenen wahrscheinlich. Ich sage nichts. Wenn es eng wird in diesem Land, holen sie uns für einen Moment wieder hervor. Sie brüsten sich mit dem antifaschistischen Aufstand, der Rettung der Heimat, dem Partisanentum, dem Aufbau des Sozialismus und stellen uns wieder an die Front, mitsamt der roten Sterne. Sie sind überzeugt davon, dass wir das schon lange nicht mehr bemerken.

Vielleicht sollte ich auf die große Holztür dieses Zimmers statt meines Namens und »Regierungsberater« eine andere Aufschrift anbringen: »Willkommen in meiner Einsamkeit.«

Janez und Miha klopfen an.

»Kommst du mit, einen Kaffee trinken?«

»Nein, ich habe zu viel zu tun.«

Sie lachen. Ich greife nach meinem Hut, und wir gehen. Heute komme ich nicht mehr zurück. Heute werde ich nicht mehr beraten.

—

*»Wartet der Chauffeur auf* euch?«

Miha, der uns gerade überholt hat, dreht sich plötzlich um und kommt auf uns zugerannt. Wir sind die beiden Letzten am Flughafen. Mit jedem Tag fällt ihm das Gehen schwerer. Er verbirgt das vor uns, vor allem vor den Kindern und Enkeln.

»Wartet der Chauffeur auf euch?«

Was für eine Frage. Die Zeiten der Chauffeure sind vorbei. Oder nicht?

»Ja, ja. Gleich drei haben wir.«

Unsere beiden Töchter und einer der Enkel kommen uns abholen.

Der Enkel springt ihm in die Arme.

»Lauter Fahrer und ich«, erzählt er. »Wir alle standen still vor Titos Bild und der jugoslawischen Fahne. Ganz, ganz still. Du musst mir alles erzählen, wirklich alles. Mama hat mir zwar erlaubt, dass ich die Beerdigung im Fernsehen gucken darf, aber das ist nicht dasselbe.«

Der Junge hält ihn fest umarmt, und Tränen laufen ihm über die Wangen.

Das Telefon hatte geklingelt. Am Sonntagnachmittag.

»Tito ist gestorben.«

Ich atmete auf. Endlich war dieser monatelange psychotische Albtraum zu Ende. Dieses Warten, dieser Schwur auf Tito und die Revolution, all diese Erzählungen von Kurieren und den Helden, die meine Enkel in den Kindergärten und Schulen anhören mussten. Selbst unseren Kindern hatte man keine so aufgeblasene revolutionäre Historie erzählt.

Ganz blass sitzt er da. Wie versteinert. Ich nehme seine Hand. Ich habe Angst. In den letzten Jahren hat er ein paar Schlaganfälle erlitten. Die meiste Zeit verbrachte er vor dem Fernseher und fluchte, wenn er Tito sah, der ständig mit Schiffen »befreundete Länder«, Könige und Kaiser besuchte und für den Weltfrieden sorgte.

»Der soll lieber mal daheim ein bisschen die Dinge in Ordnung bringen«, beschwerte er sich.

Wenn es ihm sehr schlecht ging, habe ich ihn in das Haus am Meer gefahren. Er lag unter dem Granatapfelbaum im Garten, sah in den Himmel und war ganz glücklich, wenn alle Enkel sich um ihn herum versammelten.

Seine Reaktion habe ich so nicht erwartet. Wirklich nicht.

»Es ist vorbei«, sammelt er sich nach ein paar Minuten.

»Ach, komm schon. Wir hatten doch schon eine ganze Weile nichts mehr von ihm.«

»Es ist vorbei«, beharrt er weiter.

Wieder klingelt das Telefon.

»Wir sind zur Beerdigung eingeladen. Sie haben ein Flugzeug dafür organisiert und ein Hotel gebucht.«

»Ich gehe nicht«, erwidert er. »Ich gehe nicht. Auf gar keinen Fall.«

Auch das habe ich nicht erwartet.

»Wir gehen.«

»Nein!«

Ich rufe die Kinder an und bitte sie, zu kommen und mir zu helfen. Ich weiß doch, was passiert, wenn wir nicht zur Beerdigung gehen. Ich traue mich noch nicht einmal, daran zu denken.

Zuerst kommt die Älteste. Selbst sie kann kaum die Tränen zurückhalten. Vor ein paar Monaten ist sie mit den Kindern aus London zurückgekommen und kann es kaum erwarten, wieder zu gehen. Sie ist unserem Land gegenüber so kritisch, dass ich manchmal richtig Angst habe. Und jetzt kämpft selbst sie mit den Tränen. Haben wir alle den Verstand verloren?

Sie setzt sich ihrem Vater gegenüber.

»Vater, du musst zur Beerdigung. Du musst.«

»Ich gehe nicht.«

Die Tochter schweigt. Die Jüngere klingelt an der Tür. Jetzt sitzen sie ihm beide gegenüber. Sie schauen ihn an. Und plötzlich geht die Ältere an die Decke.

»Bist du denn verrückt? Willst du jetzt die ganzen Tage hier vorm Fernseher sitzen, dir dieses Trauerspiel ansehen und dabei langsam vor dich hinsterben?!«

Stille. Ich glaube, sie ist selbst vor ihrer Grobheit erschrocken. Noch nie habe ich gehört, dass sie sich erlaubt hätte, ihren Vater anzuschreien. Mich schon.

Sein Gesicht nimmt langsam wieder Farbe an.

»Ruf an«, sagt er. »Sag ihnen, dass wir zur Beerdigung kommen.«

In Belgrad war er glücklich. Wenn man das Glück nennen kann. Die Volkshelden, die, die noch übrig geblieben waren, marschierten hinter Titos Sarg. Weil er fast nicht mehr gehen kann, haben sie ihn auf die Ehrentribüne gesetzt. Ich sehe die entschlossenen Schritte der Helden, die Titos Auszeichnungen tragen, ich sehe ihn, ich horche in mich hinein. Etwas in mir stirbt, etwas, von dem ich überzeugt war, dass es schon längst gestorben war. Scheinbar hatte ich es noch immer in mir getragen. Bis heute. Diese Entschlossenheit, dieser Kampf um ein besseres Leben, dieser Eifer, der uns nicht erlaubte, uns zu ergeben, unsere Gemeinschaft von Genossen, das alles. Diese zarte Hoffnung. Jetzt stirbt sie wirklich.

Helden. Er. Ich. Ist das ihr Schwanengesang? Ist das sein Schwanengesang? Ist das mein Schwanengesang?

Als wir vom Flughafen nach Ljubljana fahren, fragt der Kleine in einem fort. Und er antwortet ihm geduldig. Der Junge hat drei große Vorbilder. Tito, Opa und John Lennon. Jetzt hat er einen verloren, zwei sind ihm noch geblieben. Als er in London den ersten Tag in der Vorschule hatte, ohne ein Wort Englisch sprechen zu können, hatte seine Mutter den ganzen Tag nervös darauf gewartet, man würde sie anrufen und ihr sagen, so ganz ohne Englischkenntnisse würde das nicht funktionieren. Nach Schulschluss wartete sie vor dem Gebäude auf ihn, und er kam glücklich herausgelaufen.

»Ich kann es kaum erwarten, morgen wiederzukommen.

Weißt du, wir haben den ganzen Tag Deutsche und Partisanen gespielt.«

Gott sei Dank hat seine Mutter bei all den Partisanengeschichten mit den Beatles für einen Ausgleich gesorgt. Ich erinnere mich, wie sie mit fünfzehn Jahren glücklich aus London kam und ihre Schätze mit sich brachte. Eine kleine Schallplatte der Beatles und Plakate der Band. In einem fort hat sie ein und dieselbe Platte gehört und die Plakate in ihrem Zimmer aufgehängt. Eines Tages kam ich in ihr Zimmer, schrie irgendetwas über dekadente Bourgeoisie und riss ihr alle ihre Kostbarkeiten von den Wänden. Sie sah mich nur an, und dann sprachen wir monatelang kein Wort mehr miteinander. Noch heute tut es mir leid. Vielleicht würde ihr Leben anders aussehen, hätte ich das damals nicht getan. Ich weiß es nicht.

Titos Beerdigung. Die Partisanenhelden. John Lennon. Nur der Teufel weiß, was uns erwartet.

—

ICH FLIEHE VOR DER Jugo-Folklore. Dem verlogenen Lachen, den roten Sternen und der chamäleonartigen Anpassungsfähigkeit der Studenten- und Jugendfunktionäre. Den Staatsfeiertagen und dem ersten November. Den langweiligen Zeremonien der Lügen und des Eigenlobs. Vor den Staffelläufen, die einem toten Menschen gewidmet sind. Ich fliehe vor dem ewigen Verständnis der Eltern und ihrer Eltern und frage mich, warum meine Generation ihnen eigentlich so ähnlich ist, obwohl sie behauptet, so anders zu sein. Ich fliehe vor den alten Kurieren und denen meines Alters, die bedauern, dass sie die kämpferischen Jahre verpasst haben. Die Zeiten der Kuriere, denke ich. Ich fliehe vor den Dichtern und Hymnen, der Selbstverwaltung und dem Wetteifern der Sprachen, der Depression und dem Alkohol, den Besserwissern am Stammtisch und den Parteihuldigungen. Ich glaube niemandem. Nicht den Alten, nicht den Meinen.

Am Roten Meer sitze ich im Sand und beobachte die langsamen Schritte der Beduinen. Sie wirken sanft und bodenständig. Ich gehe in ihren Fußstapfen. Durch die Wüste, am Meer. Tagelang könnte ich gehen. Weit weg von dem Hegen der Angst, dem verlogenen Mut, dem Nachplappern und Schauspielern. All diese Machtkämpfe und das Vergessen des Lebens. Ich fliehe in dieses Andere, von dem ich überhaupt nicht weiß, ob es wirklich existiert.

Ich bleibe stehen. Die Beduinen verbeugen sich vor der Sonne. Jeder auf seinem wunderschönen Teppich in allen Farben. Nein, auch das ist nicht meins, dieses Andere.

Ich blicke ihnen nach.

So viel ist noch übrig geblieben. So viel Unausgesprochenes. Nicht zu Ende Gesagtes. Ich betrachte die Menschenmenge, die Trauerkränze. Lausche den inbrünstigen Reden. Sehe meine Kinder, wie sie aufrecht dastehen und gemeinsam mit dem Partisanenchor das Lieblingslied meines Vaters singen.

Er hat es ihnen beigebracht.

Händeschütteln. Umarmungen. Was jetzt?

Die Kinder sehen mich vorwurfsvoll an. Besonders meine Tochter. Ich weiß, was sie denkt. Und das tut weh.

»Wir sind nach Deutschland«, sagt sie immer wieder. Es tut weh.

Vielleicht wird sie mich eines Tages verstehen. Oder auch nicht.

»Wir sind nach Deutschland.«

Gleich wird sie sagen, dass Vater deshalb gestorben ist. Weil wir weggezogen sind. Ausgerechnet in das feindliche Land. Kinder können Monster sein. Sie wissen genau, was in mir vorgeht, sie kennen mein schlechtes Gewissen, und dann sprechen sie es auch noch mit Freude aus. Und wiederholen es immer wieder.

Aber dieses Mal sagt meine Tochter nichts. Sie kommt und fasst meine Hand. Schweigt. Ich wische ihr die Tränen nicht weg, weil ich weiß, dass sie dann noch mehr weinen wird.

Ich betrachte die alten Partisanen. Die, die noch übrig geblieben sind, und das, was von ihnen noch übrig geblieben ist. An viele kann ich mich aus der Kindheit erinnern. Lachende. Entschlossene. Geheimnisvolle. Als wäre das schon zehn Leben her.

Ehrensalven. Die Urne in die Erde. Banner über dem Grab. Die alten, mit der Hand genähten. Einigen ist anzusehen, dass sie durchs Feuer gegangen sind, und andere haben gestopfte Einschlusslöcher. Noch eine Verbeugung und noch ein schlagkräftiges Lied. Ein letzter Gruß. Wahrscheinlich fragen sich gerade viele, wer als Nächstes geht.

Einer nach dem anderen verlassen sie langsam das Grab. Umarmungen zum Abschied. Ihre Welt scheidet davon. Wo werden die Banner bloß enden?

Ich warte auf die Kinder, die die leeren Patronenhülsen aufsammeln, zur Erinnerung. Zu Mutter tritt dieser Priester, den Vater damals überzeugt hatte nicht zu fliehen, und bedankt sich auch bei ihr.

»Darf ich am Grab ein Gebet sprechen?«

Mutter nickt.

Ich warte. Nie waren Vater und ich bis nach Südamerika gekommen. Ich warte. Ich bin mir nicht sicher, ob Vater nicht lieber in einem Sarg hätte beerdigt werden wollen. Urne, Asche. Das ist wirklich das Ende.

Früher haben hier auf diesem Platz in Berlin Bücher gebrannt. Das ist schon lange her. Aber mir scheint, als wäre es gestern gewesen. Auf den Platz haben sie eine Bühne und Lautsprecher aufgestellt, haben uns eingeladen zu lesen. Jeder von uns musste sich ein Werk von jemandem aussuchen, dessen Bücher damals hier brannten. Seitdem ist viel Zeit vergangen, oder nicht, ich weiß nicht, warum mir scheint, als wäre es gestern gewesen. Ich weiß nicht genau, welcher Jahrestag heute ist.

Ich stehe auf der Bühne und lese das Gedicht einer jüdischen Dichterin, die in Auschwitz starb. Ein Gedicht voller Zärtlichkeit, Leben und Sehnsucht. Ich hasse meine Stimme übers Mikrophon, noch mehr aber, mich im Radio zu hören. Ich klinge wie so eine Maria. Der Platz ist voller Menschen. Voller Ehrfurcht und Bedauern.

»Ich kannte sie gar nicht«, sagt der Organisator der Veranstaltung.

»Natürlich nicht, Sie haben ja ihre Gedichte verbrannt«, entgegne ich. Manchmal schlage ich im Gespräch mit Deutschen über die Stränge. »Entschuldige«, sage ich schnell.

»Wo hast du sie bloß gefunden?«, fragt er.

»Im Antiquariat. Nahe dem jüdischen Friedhof.«

Er sieht sich das Buch an.

Eine ostdeutsche Dichterin liest, und das Publikum wird plötzlich unruhig. Auf der Bühne stehen drei Neonazis und versuchen, der Dichterin das Mikrophon aus der Hand zu reißen.

»Auschwitz ist eine Lüge«, brüllen sie.

Und die jungen Polizisten, die die Veranstaltung sichern sollen, stehen mit angsterfüllten Augen einfach nur da. Ein paar Leute springen auf die Bühne, und erst dann setzen die Polizisten sich in Bewegung.

Berlin. Es ist schon lange her. Es war gestern. Auch heute kann es sein. Manchmal habe ich Angst vor dem großen Deutschland. Jugoslawien ist zerfallen, und Deutschland wächst. Es wächst so sehr, dass Ostdeutsche begonnen haben, uns zu lehren, was Demokratie ist.

Vater. Mutter. Bücher.

Nur keine Angst haben.

Ich sitze im Garten beim Haus am Meer. Die Sonne geht unter, und der Himmel wird immer röter. Etwas stört mich gewaltig.

»Sag bloß, das Meer ist weg.« Der Nachbar setzt sich zu mir.

»Noch ein bisschen, dann ist es weg«, sage ich.

»Noch ein bisschen, dann sind wir weg.«

Dann schweigen wir.

Zum ersten Mal bin ich mit einem Pass zum Haus am Meer gefahren. Dem alten, den neuen gibt es noch nicht. Der Zöllner fragte, ob ich etwas anzumelden habe. Diese Berliner Mauer ist so schnell verschwunden. Ich frage mich, ob sie sie vielleicht einfach an uns weiterverkauft haben.

»Du orthodoxe Kommunistin«, beschimpft mich ein Bekannter in Ljubljana mitten auf der Straße.

»Bin ich jetzt verrückt geworden«, frage ich mich. Diese breiten Treppenstufen des Gymnasiums in Ljubljana, die ich mit so schwerem Herzen gegangen bin und mir so oft gewünscht habe, ein Erdbeben würde die Schule zum Einsturz bringen. Und eines Tages lief mir genau derselbe Bekannte, der mich jetzt als Kommunistin beschimpft, auf diesen Treppen nach und schrie mich mit derselben Stimme wie heute an.

»Du bist noch nicht in der Partei!«

»Du bist lächerlich«, habe ich ihm gesagt und war weitergegangen.

Die Beatles und die Partei? Bob Dylan und die Partei? Die Rolling Stones und die Partei? Das Living Theatre und die Partei? Yoga und die Partei? Tai-Chi und die Partei? Jasmintee und die Partei? Das Leben und die Partei? Wer denkt heutzutage noch an die Partei? Sollen sie doch in ihr ersticken. Besonders dieser brüllende Parteiaktivist, hier und jetzt, auf dieser riesigen Schultreppe. Und das während der Pause. Einfach so vor allen. Mir ist es peinlich und ihm nicht, weil er überzeugt ist, dass er recht hat. Ich hatte bald nicht mehr daran gedacht. Und jetzt sind wir wieder hier. Nur, dass er vergessen hat, dass er in der Partei war und nicht ich.

»Du orthodoxe Kommunistin. Du hast alles verwechselt. Du weißt nicht, was Heimat ist und was der Staat.«

Zum Teufel, hört der denn nie auf. Hier vor den Kindern, hier, mitten auf der Straße, mitten in der Stadt, ganz in der Nähe des alten Gymnasiums. Hat er es wirklich schon vergessen? Ich habe den Eindruck, dass einfach alle alles vergessen haben. Dass sie ihre Jahre der Parteiversammlungen vergessen haben und die Zeit, in der sie versuchten, alles, was anders war, auszulöschen, all jene, die hungrig nach dem Leben und Neuem waren. Wir sind dieselbe Generation, kommen aus demselben Land, sprechen verschiedene Sprachen, obwohl es die gleiche ist. Denken sie wirklich, auch ich hätte es vergessen, wir hätten es vergessen? So wie sie es getan haben.

»Du bist lächerlich«, sage ich. So wie damals auf der Treppe. In der Schule. »Vielleicht, vielleicht habe ich ja wirklich alles verwechselt. Nur eines weiß ich, dass meine Heimat nicht dein Staat ist. Nicht euer Staat.«

»Gehen wir«, sage ich den Kindern.

Soll ich wirklich einfach in Berlin bleiben? Heimat, Zuhause, entwurzelte Herzen, Muttersprache, slowenische Poesie, die als noch unentdeckte Perle der Welt gilt, tausendjähriges Suchen nach einem König und erneutes Knien in der Kirche. Gebete für verlorene Seelen. Das ist nicht meine Geschichte. Nicht die Geschichte meiner Kinder. Ich verstehe nur nicht, warum es mir nicht egal ist. Vielleicht habe ich wirklich alles verwechselt.

»Ihr wart ja vielleicht albern«, sagt mein jüngster Sohn.

»Eure Generation ist ja echt schräg«, sagt mein älterer Sohn.

Ich nicke.

Das Haus am Meer. Sonnenuntergang und roter Himmel.

»Das Meer wird bleiben«, sage ich dem Nachbarn. »Es verliert nur die Farbe.«

Es duftet nach Rosmarin und Lavendel. Die Feigen im Garten sind schon reif. Keine Wolken. Wie gerne würde ich die gesamte vergangene Zeit ausräumen.

Nachts sehe ich die Gesichter der Truppe, die jeden Moment durch Ljubljana und langsam durch das ganze Land marschieren wird. Was werden sie dieses Mal brüllen? Welche Fahnen werden sie schwenken?

—

*Sie sind gegangen. Beide* Töchter sind einfach auf nach Bosnien. Bestimmt ist die Ältere daran schuld. Immer fällt ihr etwas Verrücktes ein. Es ist Krieg. Es ist wieder Krieg. Und die zwei haben keine Ahnung, was Krieg bedeutet.

Ich stehe am Grab, wo er beerdigt ist. Am Grab, das sorgsam zurechtgemacht ist. Er hat es ausgesucht, auch die blühenden Sträucher. Für meine Mutter. Jetzt liegen sie beide hier, und so vieles wurde noch nicht gesagt. Nur schmerzhafte Leere ist geblieben. Ich blicke auf die Muscheln auf dem Grab, die meine Enkelin immer bringt, wenn sie vom Meer zurückkommt.

»Er hatte das Meer so gern«, sagt sie. »Abends saßen wir immer auf der Bank am Meer und haben uns den Sonnenuntergang angesehen. Und die Boote und die Delfine. Und die Fischer. Dann bist fast immer du gekommen und hast gesagt, dass es spät ist, dass wir nach Hause müssen«, erinnert sie sich.

Sie hatten ihn so lieb, unsere Enkel, und er sie.

»Siehst du, für unsere Kinder haben wir nie die Zeit gefunden. Und auch die Ruhe nicht«, hatte er oft gesagt.

»Du bist zu schnell gegangen«, sage ich ihm dort am Grab. »Du bist zu schnell gegangen. Du hättest die beiden aufhalten können. Mir ist es nicht gelungen.«

Wie entschlossen sie abgereist sind. Ich glaube, ich hätte sie nicht aufhalten können. Oder wäre es ihm vielleicht sogar recht gewesen? Was tun sie dort jetzt bloß? Haben sie Angst? Sind sie hungrig? Frieren sie? Bin ich schuld, sind wir schuld? All diese Partisanengeschichten, Feierlichkeiten, all diese Brüderlichkeit und Einheit. Ich erinnere mich, wie wir beide zum ersten Mal nach Paris reisten und die Kleine fragten, was sie sich wünschte.

»Ein Bild von Tito in Farbe«, sagte sie.

Ich dachte, sie würde sich lustig machen, aber dafür war sie noch zu klein.

»Bei uns gibt es Bilder von Tito nur in Schwarz-Weiß. Bestimmt verkaufen sie Titos Bilder in Paris auch in Farbe«, erklärte sie uns.

Da habe ich zum ersten Mal an meiner Erziehung gezweifelt. Aber was sollte ich tun, ich war doch fast nie zu Hause. Arbeit, Arbeit. Wie verrückt haben wir gearbeitet. Wie ging das noch mal? »Für die Heimat. *Za Tita.* Für unsere Kinder.« Irgendwie so. Für den Sozialismus und nicht für die Heimat, glaube ich. Ich kann mich nicht mehr erinnern. Nur an das Bild der Mutter mit dem Kind im Schoß. Diese rote Farbe.

»Wir beide sind schuld. Wie oft habe ich den Kindern gesagt, dass Bosnien das Herz des Partisanentums war«, sage ich und setze mich auf den Rand des Grabes. »Hörst du mich?«, frage ich.

Eigentlich bin ich, wenn ich ehrlich sein soll, stolz auf die beiden. Es ist ihnen offensichtlich nicht egal, was hier zu Hause passiert. Wenn ich doch bloß keine Angst hätte. Um mich selbst hatte ich nie Angst, um die beiden jetzt aber schon. So sehr, wie ich damals Angst um meine Brüder, um Mutter, um Vater, um Ančka hatte.

Alles zerfällt, und ich zerfalle. Nichts wird von unserem Erbe übrig bleiben. Ich beneide ihn, weil er schon gegangen ist, und bin wütend, weil er mich in dieser Geschichte allein gelassen hat. Aber er würde das doch gar nicht ertragen, was heute passiert. Alles kehrt zurück. So viele jener, die nach dem Krieg geflohen sind, sind wiedergekehrt. Oder ihre Kinder. Langsam, langsam verwandeln sie sich in Sieger. In diejenigen, die die Heimat verteidigt haben. Leider erinnere ich mich noch an viele von ihnen und an ihre Taten. Diese verfluchte Erinnerung. Jeden Tag wird sie lebendiger und schmerzhafter.

Vor zwei Tagen hat Marija angerufen. Fuchsteufelswild. Ich hatte gar keine Zeit, mich darüber zu freuen, ihre Stimme zu hören.

»Ist es wahr? Sag, dass es nicht wahr ist.«

»Was in Gottes Namen?«

»Sag, dass es nicht wahr ist, dass deine Töchter nach Bosnien sind. Das erzählt man sich in Belgrad. Bitte, sag, dass das nicht stimmt.«

»Marija, sie sind gegangen.«

»Bist du verrückt, dass du ihnen das erlaubt hast?«

»Sie sind doch längst erwachsen, Marija. Denk doch nur mal daran, wie wir beide waren. Das ist noch nicht so lange her.«

»Ich bin so enttäuscht von euch«, lässt Marija nicht locker.

»Marija«, flehe ich sie fast an. »Hör mir zu.«

»Dann höre wenigstens nicht auf die beiden, wenn sie zurückkommen. Sie werden voll von bosnischer Propaganda sein. Du wirst sehen. Glaube ihnen ja nicht alles.«

»Marija.«

Marija hat schon aufgelegt. Wirklich alles zerfällt. Unser Land. Unsere Freundschaften. Unsere Geschichte. Unsere Leben. Unsere faltigen Gesichter, die zu rasch gealtert sind. Unsere erschöpften Körper. Ich blicke in den Himmel. Die Nacht kommt ebenso schnell wie der Tod.

—

»WOLLT IHR EIN PAAR Walnüsse?«, fragt meine Schwester.

Nebel, Bäume, Matsch und umgekippte Lastwagen.

»Siehst du sie?«, fragt der Fahrer den Mann neben sich.

»Nein«, antwortet der und dreht sich zu uns um.

Ich gucke. Mir scheint, ich sehe Soldaten. Aber lieber nicht.

Meine Schwester schaut nicht aus dem Fenster, sie fragt unsere Begleiter noch einmal: »Wollt ihr ein paar Walnüsse?«

»Wo hast du die bloß her?«, frage ich.

Sie schmunzelt. Verrät ihr Geheimnis nicht. Aber ich glaube, ich weiß, woher.

Wir waren im Surrealismus zu Besuch. Dem echten. Nicht dem auf Bildern. In dem Surrealismus von minus zwanzig Grad, ohne Essen, ohne Wasser, ohne Heizung. Ohne Sonne. Im Surrealismus voller Granaten und Gelächter. Im Tal des Schmerzes und der Angst, der verängstigten Menschen, leeren Hände und verletzten Seelen. Wir waren im Surrealismus, der aus menschlicher Boshaftigkeit und Spott entstanden ist, aus dem Spiel der Gewalt, dem Hass, den ich nicht kannte. Ich kann ihn nicht als den meinen akzeptieren. Aber er gehört auch zu mir. Der Surrealismus, geboren aus verrückten, jahrhundertealten Geistern und Mythen, verlogenen Träumen und uns.

Frühmorgens haben französische Soldaten an die Tür geklopft, uns buchstäblich in einen Panzer gestopft und über die Landebahn gefahren, die von den Serben kontrolliert wird.

»Wenn sie euch bekommen, seid ihr am Arsch«, hat ein Freund beim Abschied gesagt.

Von den anderen haben wir uns nicht einmal verabschiedet. Dann halt beim nächsten Mal. Wird es ein nächstes Mal geben? Jedes Mal, wenn ich diese Stadt verlasse, beschließe ich, dass ich zum letzten Mal hier war, dass ich nicht mehr zurückkehre, und noch bevor ich sie verlasse, weiß ich, dass ich fast schon auf dem Weg zurück bin.

Im ersten bosnischen Dorf setzen die Franzosen uns ab, wünschen uns alles Gute und wir ihnen. Während wir auf die bosnische Polizei warten, die uns weiterfahren soll, bewirten uns die Dorfbewohner. Ich schaue meine Schwester an, die Vegetarierin, wie sie sich mit einem Stückchen gebratenen Lamm abmüht. Fett rinnt ihr über das Kinn und Tränen über die Wangen.

Der Polizist, der fährt, erzählt ganz stolz, wie er an das Fahrzeug gekommen ist, das er liebevoll seinen Jeep nennt. »Ein Stück VW, ein bisschen R4, ein wenig Yugo, etwas Fičo, also Zastava 750, und das Dach von einem Citroën.«

Sein Begleiter hält die ganze Zeit ein Gewehr in der Hand. Ich frage mich, ob er überhaupt schon mal geschossen hat. Vielleicht besteht die Waffe auch aus fünf verschiedenen Gewehren.

»Wir werden Uniformen bekommen. Ein Geschenk der deutschen Polizei. Das haben sie zumindest versprochen.«

Unsere Welt. Wie schief doch alles gelaufen ist.

Als ich das erste Mal in die belagerte Stadt ging, fuhr mich eine deutsche Bekannte aus Ljubljana nach Zagreb. Sie wurde von ihrem Mann begleitet, den ich bis dahin nicht kannte. Als wir an der Ruine eines Schlosses vorbeifuhren, dort irgendwo auf halber Strecke, zeigte er darauf und sagte: »In dem Schloss bin ich zur Welt gekommen.« Er war der Sohn jenes Grafen, der meinem Vater Bücher geliehen hatte.

Ich sitze auf dem Rücksitz und blicke auf den Boden. Bilder, Bilder. Vaters Erinnerungen an den Grafen, die Bibliothek, den Priester, den er oft besuchte. An die Partisanen, die das Schloss niederbrannten. Soll ich es ihm sagen? Oder nicht? Soll ich ihm sagen, wer mein Vater war? Im Nu kehren all die Wunder zurück, die wir in den, zumindest scheint es mir jetzt so, wundervollen sechziger Jahren gelebt haben. In Mystik gehüllt habe ich damals nicht an Zufälle geglaubt. Auch diese Fahrt kann kein gewöhnlicher Zufall sein. Der Krieg, das Schloss, die Deutschen, die dieses Mal so gern helfen möchten.

»Hat die Familie überlebt?«

Das war das Einzige, was ich in diesem Moment rausbrachte.

Die Dämmerung bricht herein. Wir fahren vorbei an Häusern, die es nicht gibt, vorbei an Menschen, die es nicht gibt, vorbei an einem Leben, das es nicht gibt. Wir kommen in eine Stadt, die es nicht mehr gibt. Wir sitzen im Jeep. Stille.

»Jetzt holen euch andere ab«, sagt der mit der Waffe.

Dann warten und schweigen wir weiter.

»Ihr könnt ruhig schon gehen. Ihr habt einen anstrengenden Rückweg vor euch«, sage ich.

»Auf keinen Fall, wir lassen euch doch nicht allein«, sagen die beiden beinahe entrüstet.

Ich habe vergessen, dass wir in Bosnien sind, und ich glaube, ich habe sie beleidigt. Es ist schon Nacht, als wir uns verabschieden. Eine warme Umarmung und alles Gute. Was auch immer du in dieser Gegend zum Abschied sagst, du kommst dir dabei dämlich vor, und es ist dir noch Stunden später peinlich. Manchmal wochenlang. Werden wir sie noch einmal wiedersehen? Meine Schwester hat ihnen die Walnüsse im Jeep gelassen. Es ist das Einzige, was sie tun konnte.

In Split duftet es nach Rosmarin und Meer. Wir beide umarmen uns. Wortlos. Ihr Flieger geht nach Ljubljana und meiner über Frankfurt nach Berlin. In Frankfurt werde ich zuerst etwas essen und diese gute englische Marmelade kaufen. In Berlin die Kinder umarmen. Nachts, wenn sie schlafen, werde ich in Tränen ausbrechen. Später, in Ljubljana, werde ich Vaters Grab besuchen.

Durch Matsch und Moos komme ich ans Meer. Wie anders es hier ist als bei uns. So viel uns vom Meer natürlich noch geblieben ist. Vielleicht werde ich hier meine Traurigkeit vertreiben können. Das Leben ist so verdammt lang. Mutter, Vater. Freude. Die Kinder. Mauern niederreißen, Mauern aufbauen, neue Staaten, alte Staaten, Verdrehung der Geschichte. Ständig neue Menschen und doch so bekannt. Mit jedem Tag hülle ich mich mehr in Einsamkeit. Mit jedem Tag werde ich weniger ich.

Das Meer ist hier ganz anders, viel weicher, viel mehr meins. Verlockend. Fast zu sehr. Und neugierig. Im walisischen Hafenörtchen, in der Apotheke, in der Bäckerei, in der Bücherei, bei der Post fragen alle, ob ich mich bei ihnen heimisch fühle. Ich nicke.

Ich kehre durch Matsch und Moos zum Haus zurück, in dem ich wohne. Alleinstehende Steinhäuser und Sonne. Eine Brücke über einen Fluss und eine alte Kapelle. Ich setze mich auf die Treppe. Hier fallen die Gedichte einfach aus dem Himmel.

Nicht mal einen Bleistift oder ein Blatt Papier habe ich dabei. In letzter Zeit nie, weil alles zu sehr weh tut. Ich verliere Tage, verliere Gedichte, verliere das Leben. Warum sollte ich schreiben? Was sollte ich schreiben? Dass ich abgestumpft bin, dass ich mein Leben nicht schwarz auf weiß sehen will? Mit einem Stift auf ein Blatt geschrieben. Und dann warten, dass es verblasst. Soll ich schreiben, soll ich warten?

Diese Ruhe, diese Stille. So vielsagend. Von der Terrasse schaue ich aufs Meer, und heute ist wieder Vollmond. Die Sterne sind so nah, und mir scheint, am walisischen Himmel gibt es noch mehr als anderswo. Und das sanfte Rauschen des Meeres. Seine gefährliche Verlockung.

»Durch Matsch und Moos zum Meer. Von daheim.«

Abschied und die Einladung des Meeres annehmen. Ins Meer. So wird das Leben ganz.

Es ist mir ein bisschen peinlich. Es ist mir sehr peinlich. Zum Glück kennt niemand meine Selbstgespräche, niemand hat sie gehört. Es ist mir vor mir selbst peinlich, wenn ich daran denke, wie ich am Meer stand und mir schien, das Meer würde mich zu sich rufen. Ich war überzeugt, es würde mich wirklich rufen. Jetzt ins Wasser zu gehen, und alles wäre im Nu vorbei. Nicht aus Verzweiflung, sondern wegen dieses langen Lebens. Nicht eines, wegen Tausender. Vielleicht noch mehr. Ganz bestimmt. Aber ich weiß ja, und wahrscheinlich hat mich genau das am Strand zurückgehalten: Ich weiß, ich hätte augenblicklich begonnen zu schwimmen.

Noch einmal, vielleicht das letzte Mal. In einem fort verfolgt mich dieses vielleicht letzte Mal. Also noch einmal, trotzdem, ob es das letzte Mal ist oder nicht, fahre ich am Fluss entlang, in dem Mutter fast ertrunken war, und dann stehe ich am Ufer eines anderen Flusses, an dem sie die Verwundeten nachts über das Wasser trugen. All diese Geschichten lassen mich in letzter Zeit nicht los. Ich denke an Marijas roten Rock, an meine Mutter, die ihre Sanftheit damals für immer beerdigte, an Vater, der seinen Heldenmut ganz einfach Verrücktheit nannte. Dafür bin ich ihm noch heute dankbar.

Ich fahre an der Romasiedlung vorbei und erinnere mich an die Samstage meiner Kindheit, wenn jemand in unserer Straße rief: »Die Zigeuner kommen. Die Zigeuner.«

Und dann der nächste: »Die Zigeuner kommen, die Zigeuner.«

Als würden wir Stille Post spielen. Wir Kinder versteckten uns. Jahre später erfuhren wir, dass das keine »Zigeuner« waren, sondern Bewohner des Ortes Resia, die mit ihren Dreirädern nach Ljubljana kamen, Töpfe ausbesserten, Scheren und Messer schliffen sowie Regenschirme reparierten. Und wir versteckten uns jeden Samstag vor Zigeunern. Heute ist das nicht viel anders. Nur kommen keine Resianer mehr in die Stadt, und Roma, glaube ich, auch nicht gerade oft.

Ich fahre in Mutters Heimatdorf. Hier stand das Haus, das sie selbst bauten, und als sie es gebaut hatten, mussten sie fliehen. Später war darin ein italienischer Stützpunkt. Ich weiß nicht, wer jetzt auf diesem Grund wohnt. Die Tür ist zu.

Ich bleibe im dunklen Wald stehen, in dem eine der ersten Partisanenbrigaden gegründet wurde. Ein mit Moos bewachsener Felsen und darauf ein kleiner, schüchterner roter Stern. Die Bäume schweigen. Und ich zerbreche in meiner Wertschätzung. In meiner Wertschätzung all den Menschen gegenüber, die sich einst hier versammelt haben. Es tut weh. Ich weiß nicht, warum sich dieser rote Stern eigentlich schämen sollte.

Ich erinnere mich an eine der Fahrten nach Berlin, es ist lange her. An meinen Sohn, der in einem einzigen Jahr alle drei Idole verlor. Zuerst Tito, ein paar Monate später den Großvater und zum Ende des Jahres noch John Lennon. Während der Fahrt schwieg er, was nicht seiner Natur entspricht. Kurz vor Berlin sagte er dann doch etwas.

»Du hast gar keine Ahnung«, sagt er. »Ich fahre von daheim, wo es urplötzlich eine Schande ist, dass dein Vater Volksheld war, und fahre nach Deutschland, wo ich das mit Stolz sagen kann.«

»Übertreib nicht«, sagte ich und wusste, er hatte recht.

Und hier an dem Felsen, mitten im Wald und in der Stille, erinnere ich mich an das Olympiastadion in Sarajevo und daran, wie ich dort während des Krieges zum ersten Mal war. Ich ging zwischen frischen Gräbern. Das ganze Stadion war voll davon. Ich las die Namen auf den Holztafeln und die Geburtsjahre der Menschen, die da liegen. Die Geburtsjahre meiner Kinder. Lauter junge Menschen, fast noch Kinder, liegen dort begraben.

Ich lausche der Stille der Bäume in diesem finsteren Wald. Lauter Kinder haben sich hier einst versammelt. Wie viele von ihnen haben überlebt?

Ich muss noch zu Vaters Dorf. Jedes Mal bleibe ich kurz davor stehen. Ich habe Angst, ins Dorf zu kommen und feststellen zu müssen, dass die glänzende Tafel mit der Aufschrift, dass hier mein Vater geboren wurde, von der Hauswand verschwunden ist. Jetzt leben hier die Enkel seiner jüngeren Schwester.

Die Tafel glänzt immer noch. Ich gehe an der Heuharfe vorbei, durch Vaters Obstgarten und bis zu seinem Bach. Ich weiß, dass ich seinen Vater nicht treffen werde. Trotzdem werde ich auf ihn warten.

Wie sehr ich dieses Dorf immer gehasst habe. Schon als Kind habe ich mich gefragt, wie man in einem Dorf leben kann, das schon in seinem Namen trägt, dass Gott es nicht will. Es ist noch nicht lange her, dass ich meinen jüngsten Sohn ins Dorf mitgenommen habe, der zuletzt als kleines Kind hier war und dann nie wieder.

Er ging durchs Dorf.

»Mama, etwas so Schönes habe ich noch nicht gesehen.«

Ich sah ihn an und dann das Dorf. Schön?

»Warum sind wir nie hierhergekommen? Das ist doch wie ein Dorf in Kolumbien dort am Pazifik«, rief er.

Von den schweren Geschichten des Baches zurück zum Dorf. Langsam zu Vaters Haus. Warum ist das Dorf auf einmal so hell? Geheimnisvoll. Voller Hoffnung.

2012

Sonne. Schiff.

Die beiden Enkel springen auf dem Deck herum. Sie hüpfen, kreischen, lauschen dem Widerhall. Das Mädchen, das älter ist, zeigt dem jüngeren Cousin die Delfine. Dort in der Ferne. Und der Junge sieht die Cousine mit bewundernden Augen an.

»Noch ein Märchen«, bittet er sie.

»Das ist kein Märchen, das ist wirklich so.«

»Trotzdem, erzähl«, bittet der Kleine.

Das Mädchen war schon in Lateinamerika und wollte von dort nicht mehr nach Hause.

»Weißt du, wie viele Freunde ich hätte, wenn ich dageblieben wäre«, hat es auf der Rückreise am Flughafen gesagt.

Ich betrachte die beiden, wie sie auf dem Liegestuhl liegen, eng umschlungen, und sie ihm ausführlich erzählt. Ich muss zugeben, dass ich ein bisschen lausche. Aber ich kann nicht alles hören.

»Weißt du, vor langer, langer Zeit ist der Vater von unserem Urgroßvater mit dem Schiff weit weg nach Amerika gefahren.«

Sie flüstert etwas, und ich kann sie nicht mehr verstehen. Der Kleine klatscht in die Hände.

»Kannst du denn Wale rufen?«, fragt er sie.

Dieses Dorf Bogneča vas. Das Dorf, das an Kolumbien oder Nicaragua, Venezuela oder Bolivien erinnert. Was weiß ich, woran. An das Leben. An Geheimnisse, etwas Neues, etwas Unbekanntes. Dieses Dorf, das ich mein ganzes Leben lang gehasst habe.

Jetzt sind wir auf einem Schiff. Die Kinder, ihre Partner,

meine Schwester und ihr Freund, selbst unseren Bruder haben wir mitgenommen. Die Hunde sind, Gott sei Dank, schon gestorben. Wir fahren nach Südamerika, in Vaters Träume. In dieses nicht zu Ende Gesagte, Unbeendete. Nie Erfüllte. Wir haben gesagt, wir machen uns auf die Suche nach Spuren des Großvaters, Urgroßvaters und Ururgroßvaters. Ich weiß, dass wir das nicht tun werden. Mit dem Schiff fahren wir weg von all dem Erstickenden, all dem Finsteren, den Knochen und der Vergeltung. Dem Rechtfertigen. Entschuldigen.

»Warum und vor wem?«, habe ich mich immer gefragt. Wir verlassen dieses Alte, voll von Sünden. Wessen eigentlich?

Ich beobachte die Freude auf dem Schiff, in der Sonne, im Wind. Die kleinen Kinder, die Wale rufen, und meine Schwester, der Tränen über die Wangen laufen.

»Vielleicht fahren wir ja doch nach Patagonien. Dort gibt es angeblich einen Friedhof mit fast nur slowenischen Gräbern«, sagt sie.

# Nachwort

Ihren ersten Roman, »Trotz alledem«, schrieb Maruša Krese spät, so spät, dass sie das Erscheinen nur knapp erlebte. Am 7. Januar 2013 starb sie in Ljubljana, 65 Jahre alt.

Die wörtliche Übersetzung des slowenischen Titels »Da je me strah?« lautet »Habe ich Angst?«. Angst hatte sie kaum je gehabt, doch viele Fragen. Behauptungen und Gewissheiten waren ihr fremd, der Welt begegnete sie mit Neugier und Staunen, mit Offenheit und Unvoreingenommenheit.

Geboren wurde sie am 13. April 1947 in Ljubljana, als Tochter von Partisanen. Der kriegsverwundete Vater erhielt Orden, die Mutter den Nimbus einer tapferen Widerstandskämpferin. Beide Eltern galten als streng und erzogen Maruša und ihre Geschwister im Geiste aufopfernder Hingabe an eine höhere Sache. Zugleich lebte man komfortabel in einem noblen Stadtviertel. Maruša kümmerte sich wenig um Wohlsituiertheit und war gleichzeitig insgeheim stolz auf ihre Eltern, die auf der richtigen Seite der Geschichte gestanden und zum Sieg über die deutschen und italienischen Besatzer beigetragen hatten. Doch die Zeiten änderten sich. Als die Studentenbewegung auch in Jugoslawien Einzug hielt, begeisterte sich Maruša für die neue, unheroische Lebensart und war bald Teil der slowenischen künstlerischen Avantgarde. Neben dem Studium der Komparatistik, Kunstgeschichte und Psychotherapie schrieb sie ihre ersten Gedichte.

1969 heiratet sie, 1970 kommt Tochter Ana, 1974 Sohn David zur Welt. Die lebenshungrige junge Frau hat alle Hände voll zu tun.

Die Ehe sollte nicht lange halten. Mit zwei kleinen Kindern verlässt Maruša ihre Heimatstadt, geht nach London, dann nach Kalifornien, wo sie sich als Psychotherapeutin durchbringt. Das Nomadenleben bewältigt sie mit tänzerischem Schritt und stets reisefertigen Koffern, doch die Last der Verantwortung wiegt schwer. Eines Tages kehrt sie nach Europa zurück, heiratet in Tübingen ein zweites Mal, 1984 kommt Sohn Jakob zur Welt.

In diesen Jahren besucht sie mich oft in Zürich. Immer mit dem Auto, vollgepackt mit Kindern. Und fährt meist nachts zurück. Schlaf braucht sie wenig, Bewegung umso mehr. Mit starkem Kaffee und selbstgedrehten Zigaretten hält sie sich wach. Wobei ihre Wachheit mit Luzidität einhergeht. Als wüsste sie leiseste Andeutungen zu entziffern, in Gesichtern zu lesen, Kommendes zu erspüren. Von spirituellen Fähigkeiten spricht sie kaum, interessiert sich aber für Yoga, Tai-Chi, indische Heilpraktiken. In ihren langen bunten Röcken, zu denen sie Wildlederstiefel und eine große Umhängetasche trägt, ist sie eine Erscheinung.

Der Zerfall Jugoslawiens erfüllt sie mit Ratlosigkeit und Angst. Und tatsächlich brechen 1991 Kriege aus, die vor allem Bosnien mit aller Wucht treffen. Sarajevo wird 1425 Tage lang belagert, der Massenmord an bosnjakischen Männern in Srebrenica erschüttert die ganze Welt. Maruša tauscht mit feministischen Kolleginnen aus Zagreb und Belgrad Briefe über Krieg und Nationalismus aus, die 1993 in der Edition Suhrkamp erscheinen. Zu dieser Zeit lebt sie bereits in Berlin, wo sie – mit Unterbrechungen – viele Jahre bleiben sollte. Aber es hält sie nicht, ruhig in ihrer Wohnung zu sitzen, während andernorts die Hölle los ist. Sie sammelt Geld und Medikamente und fährt ins belagerte Sarajevo, nicht einmal, sondern mehrmals. Unter Lebensgefahr übergibt sie, was sie gesammelt hat. Für ihren Mut und ihre eminenten humanitären Dienste wird ihr 1997 der Verdienstorden der Bundesrepublik Deutschland verliehen.

Sarajevo, der geschundenen Stadt, widmet Maruša ergreifende Gedichtzyklen. Auch in ihren ersten Radiofeatures »Überleben, ist das alles? – oder – Some like it in Sarajevo« und »Von der Bora verweht. Ljubljana – Beograd – Sarajevo« spielt Sarajevo eine zentrale Rolle. Als hätte die Stadt von den Eltern vererbte Wunden in ihr aufgerissen, als wäre der Krieg nun auch in ihrem Leben angekommen.

Unter jedem Bild in dieser Stadt breche ich zusammen,
vor jedem Streich des Lebens breche ich zusammen,
vor den eiligen Gräbern breche ich zusammen,
vor dem brennenden Fluss, der eingestürzten Brücke,
dem verschneiten Berg,
vor jedem Verlassen der Stadt,
die buchstäblich verschwindet. ( … )
Vor meiner Ruhe breche ich zusammen,
die der Tod gebracht hat,
der richtige, der böse, der fremde,
der hässliche,
den sich keiner von uns ausgesucht hat.
Meine Kinder, lieber schreibe ich kein Testament.

In solchen Gedichten zeigt sich, wie prekär Maruša ihre eigene Existenz empfindet, ihr »Minus-Leben« der Ortlosigkeit, aufgerieben zwischen Mutterschaft, Schreiben und finanziellen Ängsten, zwischen Tapferkeit und Verletzlichkeit, Engagement und Einsamkeit. Da schwingt auch die Suche nach Identität mit und die Sehnsucht nach ein bisschen Glück, und sei es »eine Handvoll heiße Maroni«.

Es ist ein ganz eigener Ton, den Maruša in ihren Lyrikbänden »Gestern, heute morgen« (1992), »Selbst das Testament ging verloren« (2001) und »Heute nicht« (2009) entwickelt hat: lied- und litaneienhaft, klagend und schlicht. Man darf sich nicht wundern, Spinoza in Nachbarschaft einer Waschmaschine zu begegnen, »Tee, Windeln, Frieden«

vereint in einem Vers. Hier spricht eine Frau, die ihr Frausein keine Sekunde leugnet, auch wenn sie mit ihren Lebensumständen manchmal hadert. Sie verzichtet auf kunstvolle Metaphern, nennt sich eine Närrin, zum Hoffen geboren, zum Scheitern verdammt, deren Wahnsinn »weint und lacht«.

Weinen und Lachen charakterisieren Maruša treffend. Sie konnte wunderbar herzhaft lachen, was an ihrem feinen Humor lag, zugleich war sie den Tränen allzu oft nahe. Denn immer wieder stellte sich die Frage: Wie weiter? Wohin? Da lebt sie in Berlin, schreibt aber auf Slowenisch. Alles muss übersetzt werden, die Gedichte und Erinnerungstexte, auch die Radiofeatures und Hörspiele wie »Alle meine Weihnachten« und »Alle meine Kriege«, die ihr, zusammen mit gelegentlichen Stipendien, die Existenz sichern. Und der Alltag bleibt chaotisch, weil Marušas Stärke nicht in praktischen Dingen liegt. Ihre Wohnung in der Bamberger und später der Sophienstraße ist ein Provisorium und eine Zuflucht für andere. Jeder in Not darf kommen und sich zwischen Kisten, Koffern und Matratzen einrichten. Gastfreundschaft zählt mehr als Ästhetik, Freundschaft ist oberste Priorität.

Das habe ich mehr als einmal am eigenen Leib erfahren. Wie ein Engel rauschte Maruša herbei, brachte mir Essen und einen frischen Pyjama, als ich mit einer Lungenentzündung und hohem Fieber darniederlag. Auf sich selbst nahm sie am wenigsten Rücksicht.

In den nuller Jahren unternahm Maruša mit ihrer Schwester, der Fotografin und Journalistin Meta Krese, Reisen ins palästinensische Gaza, in die Türkei, nach Kurdistan, Kaschmir und Venezuela, wo sie Unterdrückten und Benachteiligten ihr Ohr lieh. Zugleich erzählte sie mir von ihrem Vorhaben, über ihre Eltern zu schreiben, über die Partisanen. Etwas Größeres, einen Roman. Bislang war sie nie mit einer längeren Prosa hervorgetreten. Ich wunderte mich. Hatte sie nicht zahlreiche Vorbehalte gegen das Partisanenheldentum? In ihrem Gedicht »Meine Generation« heißt es lakonisch:

Tief in die Seelen konnten wir uns nie retten.
Als junge Katzen schon hat man uns ertränkt.
Als junge Mädchen hat man uns entjungfert,
als junge Burschen durch die Kälte gefahren.
Als Papageien in Wintergärten gesperrt.
Uns mit Muttermilch, mit Angst genährt.
Als Erben junger Helden gebrandmarkt,
Seelenkultur sei bourgeois,
Zweifel am Leben ein unkeuscher Spaß.

In einem Gedicht über den Vater klagt das lyrische Ich, dieser habe nie geweint, dafür meist geschwiegen und jeden Rat verweigert. Vielleicht war es das Schweigen der Eltern, das Maruša bewogen hat, deren Geschichte aufzudecken, mehr noch: in deren Haut zu schlüpfen, um ihnen ganz nahe zu kommen. Nach vielen Jahren der Arbeit ist ihr das gelungen.

Der Roman »Trotz alledem« beginnt im Jahr 1941 und kreist um zwei Figuren: eine Sie und einen Er. Abwechselnd reden sie in Ich-Form, ohne dass ihre Namen genannt werden. Erst 1952 gesellt sich zu den beiden Stimmen, hinter denen Marušas Eltern stehen, die der Tochter, nämlich der Autorin selbst. Ihre Ich-Erzählung, ebenfalls strikt im Präsens gehalten, reicht bis ins Jahr 2012 und liest sich wie ein kurzer Bildungsroman.

Eine ungewöhnliche Romankonstruktion. Es gibt keinen allwissenden Erzähler, der die Geschehnisse von oben betrachtet und objektiv beurteilt, jede Stimme erzählt von innen heraus, aus ihrem eigenen Blickwinkel. Das setzt, von Seiten der Autorin, Empathie, mehr noch Erfindung voraus. Tatsachen zu recherchieren ist eines, in die Figuren einzutauchen und sie authentisch-unmittelbar sprechen zu lassen ein anderes. Die Vaterfigur, zum Kommandanten befördert, dann schwer verletzt, entpuppt sich als ehrgeizig-siegesgewiss, im Falle eines Scheiterns eher bereit, sich selbst aus dem Weg zu räumen als das Feld dem

Feind zu überlassen. Die Mutterfigur macht Karriere als Politkommissarin und ist der Inbegriff von Pflichtgefühl und Selbstaufopferung. Und die Tochter? Muss mit dem heroischen Erbe umzugehen lernen. Sie wählt ein Leben im Ausland, ohne die Beziehung zur Heimat und zur Muttersprache aufzugeben. Ihr Roman ist der beste Beweis dafür, dass man der eigenen Vergangenheit sowie derjenigen der Eltern nicht entrinnen kann.

Und was hat er ihr an Erkenntnisgewinn gebracht? Ist Maruša manchem Geheimnis ihres verschwiegenen Vaters näher gekommen, hat sie seine Gefühle besser verstanden? Und begriffen, wie eine Liebe mitten im Krieg entstehen konnte? Vor allem aber: Hat sie den Befreiungskampf, jenseits offizieller Verklärung, in seiner alltäglichen Härte und Grausamkeit erfasst?

Wenn meine Antwort ein klares Ja ist, so darum, weil Marušas intuitive, vergegenwärtigende Herangehensweise jede Schwarzweißmalerei und ideologische Voreingenommenheit ausschließt. Nicht jeder Partisan ist für sie per se ein Held, überhaupt dekonstruiert sie auf subtile Weise den Partisanen-Mythos, doch aus ganz anderen Gründen, als dies die politische Rechte in Slowenien tut. Maruša geht es darum, uns in Nahaufnahme Menschen mit ihren Stärken und Schwächen, mit ihren Zweifeln und Hoffnungen zu zeigen, die sich einer guten Sache verschreiben, dabei ihr Leben riskieren, aber auch das Leben anderer nicht schonen. Und sie sucht – und findet – dafür neue künstlerische Ausdrucksmittel.

Die slowenische Nachkriegsliteratur hat sich vielfach mit dem Thema des Partisanenkampfs auseinandergesetzt. Beispiele solcher Auseinandersetzung stammen von Boris Pahor, Alojz Rebula oder Lojze Kovačič. In der Gegenwartsliteratur wären die Romane »In jener Nacht habe ich sie gesehen« (2010) von Drago Jančar und »Engel des Vergessens« (2011) der Kärntnerslowenin Maja Haderlap zu nennen.

Marušas Interesse am Thema beruht nicht auf Geschichtsversessenheit, sondern auf persönlicher Betroffenheit. Aus dieser Perspektive versucht sie, die komplexen Geschehnisse und deren Folgen plastisch werden zu lassen. Zum historischen Kontext: Die von Josip Broz Tito angeführte jugoslawische Volksarmee fügte mit ihren Partisanen den deutschen und italienischen Okkupatoren – unter riesigen eigenen Opfern – schwere Verluste zu und trug zum Sieg über den Faschismus in Europa bei. Der Antifaschismus vereinte große Teile der Bevölkerung, auch wenn die slowenische Heimwehr (Domobranci), die kroatische Ustascha, viele Tschetniks und Weißgardisten mit den Deutschen kollaborierten, bis hin zur Verfolgung von Juden. Wer sich der Partisanenbewegung anschloss, bekannte sich zu einem freien Jugoslawien unter Titos Führung. Tatsache ist aber auch, dass es nach dem Sieg Titos zu einer grausamen Abrechnung mit Kriegsgefangenen, mit ehemaligen Kollaborateuren und antikommunistischen Militärangehörigen sowie Zivilisten kam.

Doch damit endeten die Kriegswirren nicht. Als 1948 Tito mit Stalin brach, wurden viele, die diesen Schritt nicht mittrugen, auf die Gefängnisinsel Goli otok deportiert. Ein neues Kapitel der Abrechnungen begann. Marušas Eltern versuchten, auf der Parteilinie zu bleiben. Der kriegsversehrte, hochdekorierte Vater (er hatte im Krieg ein Bein verloren und lebte mit einer Holzprothese) besuchte Paraden und Staatsfeiern, die Mutter, Angestellte in einem Forschungslabor, ließ sich als Abgeordnete wählen und rang damit, Beruf und Mutterschaft unter einen Hut zu bringen. Zweifel am politischen System konnte sie nicht ausräumen, vor allem als auf die Verhaftungswelle (Goli otok) offizielle Rehabilitierungen folgten. Wer war im Recht, wer im Unrecht?

Auch Maruša Kreses Roman ist voller Fragen, die nicht eindeutig beantwortet werden. Was er jedoch unmissverständlich aufzeigt, sind die Spuren, die Krieg und Nachkriegsjahre in ihren Eltern hinterlassen haben, sowie die Auswirkungen der elterlichen Erfahrungen auf die Kinder.

Gegen Ende des Romans bekennt Maruša durch ihre Ich-Erzählerin:

»Ich fliehe vor der Jugo-Folklore. Dem verlogenen Lachen, den roten Sternen und der chamäleonartigen Anpassungsfähigkeit der Studenten- und Jugendfunktionäre. Den Staatsfeiertagen und dem ersten November. Den langweiligen Zeremonien der Lügen und des Eigenlobs. Vor den Staffelläufen, die einem toten Menschen gewidmet sind. Ich fliehe vor dem ewigen Verständnis der Eltern und frage mich, warum meine Generation ihnen eigentlich so ähnlich ist, obwohl sie behauptet, so anders zu sein. Ich fliehe vor den alten Kurieren und denen meines Alters, die bedauern, dass sie die kämpferischen Jahre verpasst haben. Die Zeiten der Kuriere, denke ich. Ich fliehe vor den Dichtern und Hymnen, der Selbstverwaltung und dem Wetteifern der Sprachen, der Depression und dem Alkohol, den Besserwissern am Stammtisch und den Parteihuldigungen. Ich glaube niemandem. Nicht den Alten, nicht den Meinen.«

»Trotz alledem« ist nicht zuletzt ein Buch über familiäre Traumata und der Versuch einer Selbstfindung. Ein Glück, konnte Maruša es vollenden. Ich vermute, ein Stein ist ihr vom Herzen gefallen. Erst so jedenfalls war es ihr möglich, gleichsam geläutert und versöhnt nach Ljubljana zurückzukehren, in die Stadt, aus der sie einst mutig aufgebrochen war. Sie kehrte zurück, um zu sterben.

*Ilma Rakusa*

# Kein Ende

*»Mama, weißt Du noch die Geschichte vom Ende, die kein Ende hat. Es war nur ein Märchen. Du hattest uns versprochen, dass es kein Ende geben wird. Nicht für uns, unsere Kinder und nicht einmal für die Kinder unseres Hundes. Sogar Deine Mutter, die vier Jahre im Wald gegen die Faschisten gekämpft hat, wurde älter als Du. Du warst unverwundbar, den Krieg in Sarajevo hast Du überlebt, das jahrzehntelange Kettenrauchen, Nescafé, die slowenischen Nationalisten, die Dich bespuckten, die narzisstischen Ehemänner, die Krankheiten Deiner Kinder, sogar den Rassismus der Deutschen hast Du überlebt. Wahrscheinlich haben sie alle zusammen eine Allianz in Deinem Bauch gebildet, um Dich zu besiegen. Vielleicht war es aber auch nur einfach der Nescafé!«*

18. 06. 2012 Meine Tante Meta schreibt mir eine Mail, während ich in Buenos Aires studiere:

»Die Chemotherapie soll bald anfangen. Ich glaube, dass Maruša gerne sehen würde, wenn du für ein paar Tage nach Ljubljana kommst, sie würde es natürlich nie sagen, du weißt ja, wie sie ist. Wir legen alle zusammen für das Flugticket.«

Wir überraschen sie mit meiner Ankunft, als ich sie sehe, erschrecke ich. Gut, dass ich gekommen bin, denke ich.

Heimlich gehe ich zur Ärztin meiner Mutter. Ich weiß, dass wir nur so erfahren können, wie es wirklich um sie steht. Und tatsächlich gibt sie ihr nur noch wenige Wochen. Meine Mutter sagte der Ärztin wie uns allen, dass sie sich, wie immer, durchkämpfen wird. Aufgeben gehört nicht zu ihrem Wortschatz. Die Chemo ist nur ein Placebo für ihren letzten Kampf. Und so inszenieren wir den letzten gemeinsamen Akt in unserem kleinen Familiendrama. Darin sind wir alle sehr geübt: Wir stehen am Abgrund unseres Lebens, trinken Kaffee und reden über das schöne Meer.

Aus den Wochen sind Monate geworden. Ein ganzer Sommer, ein Herbst, ein Weihnachten und sogar noch ein Neujahr mit Väterchen Frost. Die Besucher, die täglich aus allen Welten zu uns kommen, spielen unser Spiel gekonnt mit: verdrängen und erinnern. Ich werde zu einem beobachtenden Kellner, der gespannt den verschiedenen Lebensgeschichten meiner Mutter, den leicht auf den Besuch angepassten Versionen, lauscht.

Viele kannte ich, manche sogar auswendig, die meisten sind veröffentlicht. Schon lange wissen wir nicht mehr, was unsere eigenen Erinnerungen sind, was wer wann dazugedichtet hat, um sich oder andere zu inszenieren, was wir aus Büchern oder oraler Überlieferung haben. Nennen wir es Autofiktion?

Ich frage sie nach ihrem Buch, das sie schreiben will. Sie sei weit gekommen, aber suche noch das richtige Ende. Mit Enden hatten wir schon immer ein Problem.

Jetzt ist keine Zeit zu schreiben, jetzt muss der Besuch unterhalten werden, das hat sie schon immer geliebt. Den Gästen, die sie noch nicht so lange kennt, erzählt sie die Grundlagen: wie sie als Kind denkt, dass es nur einen sinnvollen Beruf geben kann – Partisanin. Wie sie dann versteht, dass keine Partisan*innen mehr gebraucht werden und wie sie sich entscheidet, Schriftstellerin zu werden, um »Vom Winde verweht« als Partisanenroman zu schreiben.

Später konnte sie die Heldengeschichten ihrer Elterngeneration nicht mehr hören, das ständige: Sei brav und fleißig, damit du in die beispielhaften Fußstapfen deiner Eltern treten kannst. Der Geruch nach Gulasch und der Klang der Ziehharmonika während all der Jahrestage der Partisanen lösten bald allergische Reaktionen bei ihr aus.

Eine ihrer Lieblingsgeschichten ist die von Weihnachten und Pepca, ihrem streng katholischen Hausmädchen, das sie und ihre zwei kleineren Geschwister im Grunde großgezogen hat.

Meine Großeltern haben nach der Arbeit Parteitreffen, bis spät abends. Oft haben sie nicht mal Zeit für die Geburtstage ihrer Kinder. Eines Tages erfährt Maruša, dass manche Kinder Weihnachten feiern. Sie weiß, dass die Kirche den Faschist*innen geholfen und viele Freund*innen ihrer Eltern umgebracht hat. Aber sie platzt vor Neugier auf dieses Weihnachten. Eines Heiligabends nimmt Pepca sie heimlich mit zur Kirche. Am Abend danach betet sie zu Gott. »Falls es dich doch geben sollte, dann sorg bitte dafür, dass Pepcas und mein Geheimnis nicht auffliegt.«

Seit diesem Tag ist Weihnachten identitätsstiftend für unsere Familie geworden, zugegebenermaßen eher eine schizophrene Entwicklung, irgendwo zwischen Sehnsucht, Ablehnung, Romantisierung und Antifaschismus, je nachdem, wo wir gerade wann waren.

Meta, die gerade vor dem Computer sitzt und das Manuskript liest, unterbricht die Erzählung ihrer älteren Schwester: »Das Ende ist perfekt, schick das Buch sofort zum Verlag.« Meine Mutter vergewissert sich: »Bist du sicher?« – »Ja, schick es heute noch raus.« Meine Mutter nickt und widmet sich wieder ihrem Besuch, alten 68ern aus Berlin. Ich bin erleichtert, meine Tante und ich können wieder auf ein Erscheinen des Romans vor der Beerdigung hoffen.

Die jugoslawischen 68er-Geschichten sind mir ganz neu, sie werden für den linken Besuch ausgepackt: Die »revolutionären« Eltern sind im Alltag konservativ, sie selbst rebelliert, liest Gertrude Stein, Allen Ginsberg, hört die Beatles und läuft, als erste Hippie von Ljubljana, barfuß durch die Stadt. Meine Großmutter zerbricht die Schallplatten und zerreißt die Poster der »kulturbourgeoisen« Held*innen. Maruša fängt an zu schreiben und schließt sich der Studentenbewegung an, die ihre Elterngeneration als »rote Bourgeoise« beschimpft und Transparente an der besetzten Universität mit der Beschriftung

»Für Kommunismus gegen den Kommunismus« hisst. Sie nennen die Arbeiterselbstverwaltung eine Farce und beschuldigen das System, nicht sozialistisch zu sein, sie kritisieren die neuen marktwirtschaftlichen Reformen. Sogar Präsident Tito muss in einer Liveübertragung des jugoslawischen Fernsehens Stellung beziehen und verspricht eine Korrektur der antisozialistischen Tendenzen. Vor ihren Besuchern schimpft Maruša über ihre männlichen Freunde, die alle zu Studentenfunktionären werden oder gute Positionen im Kulturproduktionsapparat bekommen.

Die Bewegung ist schnell vorbei, und Tito hält sich nicht an seine Versprechen.

Kein Gast wird abgewiesen. Seitdem ich denken kann, fragen wir uns, woher sie all diese Energie nimmt, mit so wenig Schlaf und Nahrung. Aber in diesen letzten Monaten fangen wir fast an, an Wunder und an Gott zu glauben.

Maruša beschreibt ihren Gästen die Studentenbewegung als eine, in der die Männer das Sagen hatten, und in der avantgardistischen Literaturszene sei es noch schlimmer gewesen. Frauen hatten keine Chance, als Dichterin oder Schriftstellerin überhaupt wahrgenommen zu werden. Sichtlich entsetzt ist sie, dass sie Jahre brauchte, um die Machtstrukturen überhaupt zu erkennen. Trotz all der feministischen Literatur, die sie damals lasen.

Die Geschichte ihres ersten Mannes, des Dichters, ist den meisten Gästen gut bekannt, des Vaters meiner Geschwister, der sie öffentlich zur Muse degradiert hat. Lebenslang musste sie sich dagegen wehren, nicht als dekoratives Anhängsel im Schatten seines Ruhmes präsentiert zu werden.

Wir haben einen kurzen Moment unter uns. Der nächste Besuch kommt erst in einer Stunde. Da reden Meta und Maruša über eine mir vollkommen neue Geschichte: über meine Großmutter, die außer sich vor Wut über die Nachricht der geplanten Heirat mit dem Dichter war. Niemand verstand, warum sie so aufgebracht war. Sie wollte es nicht erklären, bis sie plötzlich mit der Sprache rausrückte: Er sei homosexuell. Aber woher konnte sie das vor allen anderen wissen, frage ich, besonders vor Maruša. Meine Tante ist sich sicher, und meine Mutter nickt: Sie kann es nur von ihren alten Genoss*innen vom Geheimdienst wissen, der die Studentenbewegung sehr gründlich unter die Lupe nahm. Gründlicher als wir dachten. Die Jahre nach der Heirat waren wohl sehr hart. Allein zu sein mit den Kindern und auf die Rolle reduziert, als Ehefrau den Schein einer Hetero-Ehe zu wahren, hat tiefe Wunden bei ihr hinterlassen.

Mein Leben habe ich aufgeführt.
von der Bühne hat man mich verwiesen,
weil ich einen Aussetzer hatte,
weil ich einen Hänger hatte,
weil ich mein Unglück glücklich hinnahm,
weil ich meinen Schmerz in Spinnweben hüllte,
weil ich ihnen sagte,
dass mich all das schmerzt und umbringt,
weil ich beim Spaghettikochen Gedichte schrieb,
weil ich sie nicht ernst nahm,
weil mir mein Leben zu wertvoll ist,
um es in goldene Lügen zu hüllen.

Sie betont immer wieder, dass sie kein Glück bei der Wahl ihrer Männer hatte. Meta und ich schauen uns ungläubig an und rollen mit den Augen. Diese zwei Ehemänner riechen ja wohl auf Kilometer Entfernung nach Ärger, denken wir und lassen sie weitererzählen. Beim Lesen ihrer Texte frage ich mich, ob sie das Unglück zum Schreiben brauchte. Vielleicht hat auch sie ihre Männer in Bezug auf ihre Funktion als Musen des Unglücks ausgesucht?

Die Gäste hören gespannt zu, sie wissen, sie sehen meine Mutter das letzte Mal.

Sie erzählt vom schwierigen Umzug nach Deutschland mit meinen Geschwistern. Im Jahr 1980 ist mein Bruder David sechs Jahre alt, und meine Schwester Ana zehn. Ana will mit aller Kraft verhindern, dass sie aus Ljubljana wegziehen und ihre geliebten Großeltern verlassen. Die Großeltern, alte Partisan*innen, weinen. Nicht, weil die Enkel nach Deutschland ziehen, sondern weil sie die Vorstellung nicht ertragen können, von ihnen getrennt zu sein. Es ist das Jahr, in dem Tito, der jugoslawische Präsident auf Lebenszeit und ewige Partisanenheld, stirbt. In Anas und Davids Schule läuft die Propaganda über Titos Partisanen auf Hochtouren. Am Tag des Umzugs sperrt Ana sich im Badezimmer der Großeltern ein und sagt, dass sie nicht ins Naziland gehen wird.

In Tübingen angekommen, lässt Ana nicht locker: David solle nachts die Fenster zumachen, weil sonst Hitler zu Besuch komme. Hier sei es nicht sicher für sie, denn alle Menschen mit grauen Haaren seien Faschisten, und ihre Mutter sei von einer Hexe bewohnt. Unser geliebter Großvater stirbt. In dieser Zeit werde ich als erster Deutscher in die Familie geboren. Ana versucht, David zu überreden, nachts aufzubrechen, um zurück nach Jugoslawien abzuhauen, mich will sie auch schon als Baby mitnehmen und vor dem Naziland retten. Anas Bemühungen sind vergeblich. Wir bleiben. Erst 1989 geht sie zurück nach Ljubljana, und Maruša, David und ich ziehen nach Berlin.

Ana ist gerade noch rechtzeitig abgehauen. Meine ersten Erinnerungen: wie wir im Supermarkt als Kanaken beschimpft werden, wie man auf dem Amt in Babysprache mit uns spricht. Rassismus war eine Konstante, und kleine Erniedrigungen gehörten zum Alltag. Am Platz der Bücherverbrennung nimmt meine Mutter an einer Lesung teil, deren Bühne für einen Moment von zwei Nazis gestürmt wird. Kurz nach dem Anschlag in Lichtenhagen schreibt sie in einem Brief, dass sie nicht mehr weiß, ob wir in Deutschland viel sicherer sind als bei uns zu Hause, wo die Nationalisten toben.

Jedem Besuch aus Deutschland sagt sie: »Vor den 90er Jahren wart ihr eher verhalten, leicht beschämt als Nachkommen der Täter, und wir waren die stolzen Nachfahren der Antifaschisten. Mit der Wende drehte es sich plötzlich, wir spürten die Arroganz und das Herabschauen auf uns ›Unzivilisierte‹, die sich im Balkan bekriegen. Wir spüren es noch heute.«

Sie berichtet ihren Gästen von der aktuellen und katastrophalen politischen Lage in Slowenien. Gerade jetzt, 2012, ist wieder der um sich schlagende Janez Janša, der Orbán Sloweniens, an der Macht. Sie sagt: »Immer, wenn ich dachte, in ein tieferes Loch kann dieses Land nicht mehr sinken, werde ich eines Besseren belehrt.«

In den 90er Jahren sind die meisten ihrer jugoslawischen 68er-Freunde zu schnaubenden Nationalisten geworden. Viele stilisieren sich als Dissidenten im kommunistischen Regime. Dass die meisten von ihnen aber gute Positionen im alten System hatten, verschweigen sie lieber.

Ich mache Kaffee. Keinen Nescafé! Ein guter 68er-Freund aus Ljubljana ist zu Besuch. Er ist eine der wenigen Ausnahmen, wurde nie zum Nationalisten und hat alles Erdenkliche getan, um ein blutiges Auseinanderbrechen Jugoslawiens zu verhindern. Plötzlich erzählt er eine Geschichte, die sogar für Maruša vollkommen neu ist. Ich springe ins Wohnzimmer, der Kaffee kann warten.

Meine Großmutter tritt Ende der 80er aus der kommunistischen Partei aus. Sie ist enttäuscht und sagt, dass nur noch Nationalisten das Sagen in der Partei haben und es niemandem mehr um soziale Gerechtigkeit gehe. Der Freund erzählt, wie sie 1990 geheime Papiere des jugoslawischen Militärs über die österreichische Grenze schmuggelte. Sie wussten, dass eine alte Partisanin nicht kontrolliert wird. Die Papiere werden der Presse übergeben, es sind Pläne einer möglichen Intervention der jugoslawischen Armee in Slowenien.

Nachdem Slowenien 1991 seine Unabhängigkeit erklärt hatte, veröffentlicht »Die Zeit« einen kritischen Artikel Marušas. Sie greift den Nationalismus an, erinnert an die Mitverantwortung Sloweniens für die brutale Zerschlagung Jugoslawiens und warnt vor vielem, was später zur Realität wird. Sie erhält Drohanrufe, wird von einem Kollegen auf der Frankfurter Buchmesse bespuckt und zur Vaterlandsverräterin im neu gegründeten Heimatland erklärt. Wir aber sind stolz auf sie.

Wie in ihrem Artikel vorhergesagt, bricht kurze Zeit später der Krieg in Bosnien aus. Jetzt kann sie doch noch zur Partisanin werden. Nachdem sie merkt, dass von den vielen Spenden nur wenig in der belagerten Stadt Sarajevo ankommt, entscheidet sie, Spenden in Militärflugzeugen der UN in die Stadt zu schmuggeln. Nun wird sie in Slowenien endgültig für verrückt erklärt. Und von uns zur Heldin!

Das sind die schönsten Erinnerungen meiner Kindheit: Unsere Wohnung wird zu einer gemütlichen, nach Kaffee und Tabak duftenden Höhle voll von schwarzem Humor.

Voll mit Menschen, die vor dem Krieg fliehen, und anderen, die nur eine kurze Pause von ihm nehmen, weil sie zur Berlinale gehen, ein Konzert geben, aus ihrem Buch lesen und immer Geld für Sarajevo sammeln. In Sarajevo wissen die Leute wohl, dass unser Berliner Wohnungsschlüssel unter der Fußmatte liegt und alle willkommen sind. In jeder Ecke der Wohnung findet sich wer zum spielen, man kann einem Witz nach dem anderen lauschen und die Freude der Gäste über das fließende warme Wasser und die funktionierende Heizung genießen.

Die Tränen werden meist gut versteckt. Als Achtjähriger denke ich, dass Jugoslawien so schön gewesen sein muss wie die Stimmung in unserem kleinen Auffanglager. Und am schönsten muss diese brennende Stadt aus den Nachrichten gewesen sein.

Meine Mutter ist immer wieder in dieser qualmenden Stadt, die wir jeden Tag im Fernsehen beobachten. Manchmal für mehrere Monate. Oft ruft sie an, um uns zu sagen, dass die Serben mal wieder den Flughafen unter Beschuss nehmen und sie deswegen noch etwas länger bleiben muss. *Maybe Airlines* steht auf den UN-Flugzeugen. In der Grundschule prahle ich mit den Heldentaten meiner Mutter.

Nach dem Krieg wird ihr das Bundesverdienstkreuz verliehen. Eine Auszeichnung, die auch »ehemalige« Nazis in der BRD bekommen hatten. Das Bundesverdienstkreuz legen wir neben die Nationalheldenmedaille meines Großvaters und freuen uns über den neuen Stoff für gute Witze über die Ironie der oder unserer Geschichte. Wie mein Bruder auf einer Fahrt nach Deutschland in den 90er Jahren bemerkt: »Jetzt fahren wir nach Deutschland, wo wir mit Stolz sagen können, dass unsere Großeltern Partisan*innen waren, während sie zu Hause als Kriegsverbrecher behandelt werden.«

So fuhren wir, seitdem ich denken kann, am Abgrund entlang. Meistens auf der A9 zwischen Berlin und Ljubljana. Zwischen einem Land, das uns nicht willkommen heißt, und einem anderen, das verbrennt. Mein Bruder verliert seine Nieren, meine Mutter spendet vergeblich eine der ihren, meine Großmutter verliert den Verstand von all den Albträumen, und wir pflegen und bewundern unsere größer werdenden Wunden.

Meine Mutter wird langsam stiller, sie muss jetzt mehr liegen und zuhören oder wenigstens so tun, als ob sie zuhört.

Ich habe meine Mutter nie liegen sehen. Immer sitzend, vor ihrem lauwarmen Nescafé. Ein Knie angewinkelt, darauf ihre Hand mit der selbstgedrehten Zigarette. Meist zuhörend, oft erzählend, immer rauchend. Ich habe sie nie schreiben sehen. Sie schrieb nur nachts, wenn wir schliefen. Wann sie schlief, weiß ich nicht, ich habe es nie gesehen.

Der letzte Akt zwingt sie zum Liegen. Zum Ausruhen. Erst jetzt verstehe oder glaube ich, dass sie es genossen hat. Nach einem langen Leben, in dem sie ausschließlich für die anderen sorgte, sorgen sich nun ein paar Wochen lang alle um sie. Die Uhr wird nach ihr gestellt, es wird gekocht, was sie möchte, auch wenn sie nicht mehr isst. Jeden Tag tragen wir sie mit dem Bambus-Sessel vom vierten Stock hinunter, spazieren und trinken Kaffee. Die zum Teil unangenehmen Blicke von Menschen auf der Straße blitzen an ihr ab. Ob sie wohl Probleme mit der Vergänglichkeit haben? Sie genießt jeden Tag das Leben, kämpft weiter, und wir sind stolz.

Und dann brechen kurz vor ihrem Tod die größten sozialen Proteste seit der Unabhängigkeit aus. Ihr vor zwanzig Jahren erschienener Artikel wird wieder gelesen. Manche alten Freunde und Institutionen entschuldigen sich bei ihr, andere sagen, dass sie eigentlich schon immer derselben Meinung waren. Auf der ersten Demo ist sie dabei, für die folgenden ist sie zu schwach. Ich filme und zeige ihr das Material. Sie ist neugierig und zeigt mir bekannte Gesichter in den Menschenmassen. Auch diejenigen, die sie in den 70er Jahren beschimpft haben, nicht in die kommunistische Partei eingetreten zu sein, und die sie dann in den 90er Jahren als orthodoxe Kommunistin beschimpft haben. Wir reden viel über früher und heute. Über die sozialen Ungerechtigkeiten, gegen die sie 1968 gekämpft haben, die im Vergleich zu heute wie ein schlechter Witz wirken. Die demonstrierenden Massen lassen uns ein bisschen hoffen, dass sich vielleicht doch irgendwann etwas ändern könnte.

Jetzt muss sie noch mal alle Kraft sammeln: Ihr Roman erscheint, und sie gibt eine Lesung.

Der Saal platzt aus allen Nähten, alle sind da. Ihre Kinder, ihre Enkelkinder, Freunde aus Sarajevo, die 68er, alte Nationalisten, die jetzt wieder zu linken Demos gehen, sogar die letzten Partisan*innen stehen mit ihren Krückstöcken in der Schlange, um eine Widmung zu bekommen. Ein befreundeter Partisan fragt mich: »Wie konnte sie dieses Buch schreiben? Als wäre sie im Krieg dabei gewesen?« Meine Mutter ist in ihrem Element, sie genießt die Veranstaltung, den Trubel, die Menschen um sich herum, keine Spur von Müdigkeit, kein Ende in Sicht!

*Jakob Krese*

traduki

Die Herausgabe dieses Werks wurde gefördert durch TRADUKI, ein literarisches Netzwerk, dem das Bundesministerium für europäische und internationale Angelegenheiten der Republik Österreich, das Auswärtige Amt der Bundesrepublik Deutschland, die Schweizer Kulturstiftung Pro Helvetia, die Interessengemeinschaft Übersetzerinnen Übersetzer (Literaturhaus Wien) im Auftrag des Bundesministeriums für Kunst, Kultur, öffentlichen Dienst und Sport der Republik Österreich, das Goethe-Institut, die S. Fischer Stiftung, die Slowenische Buchagentur, das Ministerium für Kultur und Medien der Republik Kroatien, das Ministerium für Gesellschaft und Kultur des Fürstentums Liechtenstein, die Kulturstiftung Liechtenstein, das Ministerium für Kultur der Republik Albanien, das Ministerium für Kultur und Information der Republik Serbien, das Ministerium für Kultur Rumäniens, das Ministerium für Bildung, Wissenschaft, Kultur und Sport von Montenegro, die Leipziger Buchmesse, das Ministerium für Kultur der Republik Nordmazedonien und das Ministerium für Kultur der Republik Bulgarien angehören.